徳間文庫

濁流 上

企業社会・悪の連鎖

高杉良

目次

第一章　総理来たる

1

突然、〝ロッキー〟の軽快なメロディーが帝京ホテル「芙蓉《ふよう》の間」のパーティ会場内に流れた。入り口付近がざわざわし、十数人のSPとガードマンが人垣をかきわけてステージまでの通路をつくった。会場内に一団がなだれ込んで来たのは、平成三年（一九九一年）一月十一日金曜日午後四時三十五分十七秒過ぎのことだ。

ピンスポットが中央の男のひたいをとらえる。ステージに集中していたスポットライトも、レーザー光線のように鋭いピンスポットの輝度にはかなわない。

会場の大ホールは、すでに五百人ほどの招待客を呑《の》み込んでいたが、一瞬の静けさのあと、どよめきが起こった。

タキシード姿の司会者が両手でマイクを握りしめて、うわずった声を発したのだ。

「ただいま海野吾一《うんのごいち》内閣総理大臣がご来臨くださいました。皆さまどうぞ盛大な拍手でお迎えください！」

一団から脱け出した海野首相が、喝采《かっさい》の中を、両手を挙げて登壇した。ピンスポットがネクタイの水玉模様を照らし出す。

ステージの右袖《そで》に金屛風《きんびょうぶ》を背に居並んでいた受賞者たちも一斉に起立し、拍手で総理を迎えた。

産業経済社が主催する第十七回〝産業経済大賞〟の受賞者は、日本経営者団体連盟会長の田中健二である。

特別経済賞やら敢闘企業賞やらを合わせ、受賞者は十二名。事前にアンケート調査も実施されているし、審査委員も存在するが、産業経済社社長・隔週経済誌『帝都経済』主幹の杉野良治《りょうじ》が恣意《しい》的に決めるケースが少なくない。審査委員のシンクタンク会長、大学教授、評論家はお飾り的存在に過ぎない。

もっとも、十七回目を迎えた今回の大賞受賞者は、アンケート調査の段階でも圧倒的な支持を集めてはいた。

田中は経営の一線を退いて久しいが、いま最も注目されている財界人で、ストレートに正論を吐く直言居士《こじ》として世に知られている。

受賞者を代表して田中健二が舞台の中央に進み出、杉野良治と二人で海野総理を待ち受けていた。

杉野は白の羽織に薄鼠色の袴《はかま》。昭和四年生まれの六十一歳。皺《しわ》が多いせいか、ふけた顔をしている。むしろ喜寿（七十七歳）を迎えて間もない田中のほうが若く見える。田中はスリーピースの黒っぽいスーツ。二人とも左の胸に大きな白菊と名前入りのリボンをつけていた。

拍手が鳴りやんだのは海野が田中と杉野と握手を交わして、マイクの前に立ったからである。

「田中健二さん、栄えある〝産業経済大賞〟の受賞おめでとうございます。田中さんは財界人の中で、私が最も尊敬するかたであります。田中さんには行革審会長という大役を引き受けていただきました。田中さんなら行政改革におきましても存分にリーダーシップを発揮していただけると、私は確信しております。まさに〝産業経済大賞〟は田中さんに相応《ふさわ》しいものだと申せましょう……」

田中礼讃《らいさん》をひとしきりつづけた後で、海野は杉野を称揚することも忘れなかった。

「実は良治さんとは、私が代議士になる前からのつきあいなんです。私は弁護士を志して学生時代に司法試験を受けて落ちたことがあります。そのとき良治さんは〝あなたにはもっと向いていることがある。弁護士なんか使えばいいんです〟とおっしゃってくださった。良治さんの言葉にどれほど励まされたかしれません」

2

田宮大二郎はステージから離れた会場の隅で胸を高鳴らせながら、海野のスピーチを聞いていた。百七十六センチのスリムな体型で、きかん気な面立ちである。苦み走った顔とでもいうのか、面魂《つらだましい》もあるほうだ。人から田宮二郎にそっくりだ、とよく言われる。そのたびに「大二郎なんて名前をつけた親の気がしれません。そっくりなのは名前だけですよ。あんな悪党面ではないでしょう。迷惑至極です」と冗句を飛ばすことにしているが、往年の人気俳優に似ていると言われて悪い気がするわけがない。

田宮は独身で三十二歳。名刺の肩書は、産業経済社秘書室主査。杉野の気まぐれで、〝主査〟が〝主事〟になったり〝課長〟になったりする。

西北大学の出身だから、海野総理は田宮にとって誇るべき大先輩ということになる。杉野から、「海野総理が大賞の表彰式に来てくれるよ」と言われたときは、わが耳を疑った。過去十六回のグランプリ・パーティで、現職の総理が出席したことは一度もなかったからだ。さっきからずっと入り口のほうを気にしていたが、トランシーバーを耳に当てているSPを見かけてもまだ半信半疑だった。

田宮は一流紙の入社試験に失敗して週刊誌の契約社員を三年、フリーのレポーターを二年やり、産業経済社にスカウトされた。社歴四年は、この雑誌社では古手のほうだ。信じられないほど出入りが激しく、社員が定着しないのである。

取材記者として有能だし、筆力もレベル以上と自負していたが、二年前に秘書室勤務を命じられた。

杉野は、社員に自分を〝主幹〟と呼ばせている。自分でも、社内では主幹と言うことが多い。主幹室に呼ばれて、かき口説かれたときのことを、田宮は生涯忘れないだろう。

「田宮君、まあ座ってください」

「失礼します」

田宮は警戒する顔になった。クンづけで言葉遣いが丁寧なときは気をつけなければいけない。機嫌のいいときは大二郎と呼ばれることが多かった。

杉野はデスクを離れ、ソファに近づいて来た。左脚をわずかに引き摺《ず》るのは、十年ほど前に病んだ脳梗塞《のうこうそく》の後遺症である。しかし気になるほどではなく、けっこうゴルフも強い。

田宮は、杉野に並びかけられて、三人座れる長椅子の位置をずらした。主幹室に呼びつけられたことは何度もあるが、こんな座り方は初めてだ。

「きみは編集のエースだし、川本が困るって泣いてたけど、実は秘書室に来てもらいたいんだ」

川本克人《かつと》は常務取締役で、『帝都経済』編集局長。当年四十四歳。

「そんな、困ります。冗談じゃありません」

「おい！　よく考えてから返事しろよ」

がらっと口調が変わった。しゃがれ声なので余計気圧《けお》される。もともと眼に険があるほうで、凄《すご》みさえ帯びていた。

田宮は怖気《おぞけ》をふるった。

クビを覚悟しなければならないらしい。なにかチョンボをしたろうか――。田宮は、最近自分が書いた記事を思い起こしていたが、思い当たる節はなかった。

「そのかわり管理職になってもらう。給料もはずむぞ。二、三年でいいから、主幹の秘書をやってくれ」

田宮はふるえ声で辛うじて言い返した。

「いま、返事をしなければいけませんか」

「うん。こういうことは愚図愚図考えても意味がないんだ。要は、イエスかノーしかないだろう」

田宮は生唾《なまつば》を呑み込んだ。

杉野が両手で、田宮の右手を取った。

「大二郎、頼むよ。主幹がどんなにきみを頼りにしているかわからんのか。きみだけが頼りなんだ。俺を助けてくれよ」

杉野はぼろぼろ涙をこぼした。感情の起伏が激しい。話しているうちに勝手に感きわまってしまうのである。

杉野の涙腺《るいせん》がゆるくなったのは、ここ四、五年のことだ。少なくとも宿痾《しゅくあ》に倒れるまで、こんなことは絶対になかった。〝鬼のスギリョー〟の異名そのままに、人前で泣くなんておよそ考えられなかった。

「断らんでくれ。頼む、受けてくれ。頼むよ。次の編集長を約束してもいい。いますぐというわけにはいかんが、役員にもなってもらう。きみは産業経済社を背負《しょ》って立つ男なんだよ。主幹付になって、いろいろ勉強してもらいたいんだ」

涙滂沱《ぼうだ》でここまで言われたら、いやとは言えない。田宮はなんだかよくわからないながらも、胸が熱くなった。

〝スギリョー〟の涙は計算ずくで、演技に過ぎない、と陰口を叩《たた》く者も社内にはいるが、田宮はこのとき、そうは思わなかった。

「わかりました。よろこんでお受けします」

田宮は無理に笑顔をつくった。

杉野は鼻水までずるずる流した。

「ありがとう、ありがとう。大二郎は俺の宝だ。産業経済社の宝だよ」

田宮もここまで言われると、穴があったら入りたくなる。

3

海野総理は、十三分でパーティ会場を去った。

計ったようなタイミングで、海野とすれ違いに通産大臣の中北栄太郎がパーティ会場にあらわれた。

「国会会期中で超多忙ですが、先生がた全員の了解をとりつけまして馳《は》せ参じました」

マイクの前に立った中北は、さっそく調子のいいスピーチを始めた。杉野良治よいしょのスピーチで、場内にはしらけたムードが漂った。

いつの間にか、会場がいっぱいになっている。七百人は下るまい。

田宮の周囲にも、著名財界人、有名政治家がうようよしている。霞《かすみ》が関の高級官僚も、けっこう出席していた。

銀行、証券、生保、損保の金融界の重鎮がとくに多い。建設、不動産、自動車、家電、ビール……。広報同士あるいは秘書間で連絡を取り合い、横並びを気にしながら渋々出席した者がほとんどだろう。

「現職総理が駆けつけるとは、やるじゃないか」

「これでスギリョーのパワーがまた上がったんですかねぇ」

「あの曾根田でさえ総理のときに来なかったのに……」

大手都銀の会長と頭取が田宮の近くでひそひそ話をしていた。

曾根田とは、元総理の曾根田弘人のことだ。杉野良治のパワーアップにどれほど寄与したことか。

「現職総理が駆けつけなければならんほどのパーティなんだろうか」

「そこが海野の軽いところでしょう」

「違うな。海野はスギリョー毒素の免疫ができてないんだよ。それだけまだクリーンなんだろう。曾根田が総理のときにこのパーティに現れなかったのは、心得てるのさ。なんせ巨悪といわれるほどの海千山千だから」

「代議士を三十年もやってて海千山千じゃない人がいるんですかねぇ。要するに海野は総理の器じゃないってことでしょう」

「海千山千も比較の問題、程度の問題だよ」

話の内容まではわからないが、〝スギリョー毒素〟は聞こえた。杉野良治が世間でスギリョーと呼ばれていることは百も承知だが、スギリョー毒素は、いくらなんでも聞き捨てならないと田宮は思った。コスモ銀行会長の松原直巳と頭取の秋山大介の名前をテイクノートしておこう——。田宮は両人の背後に接近した。

向こうはこっちを全然、気にしていない。

「田中健二さんが産業経済大賞とは皮肉なめぐり合わせじゃないか」

松原が話題を変えた。

「まったくですね。辞退するかと思いました」

「きみ、スギリョーはそんなに甘くないよ。断ろうものなら、落とし前が大変なことになる。敵は、ちょっとやそっとの絡み方じゃないからなあ」

「まあねぇ。しかし、田中健二ほどの人でもスギリョーには気を遣わなければならんのですかねぇ。ちょっとがっかりしませんか。行革審会長を海野首相に推したのはスギリョーっていう話もありますしね」

「いろんな人事にスギリョーが口出しするのも困ったもんだな」

「田中健二さんも、スギリョーあたりと懇意にしてるようじゃ、えらそうなことは言えませんね」

秋山頭取は、田中健二に怨《うら》みでもあるのだろうか。

田中健二は、金融と非金融の賃金格差、製造業の人材確保難などで、ひところ盛んに発言した。バブル問題でも銀行の非を鳴らした。怨みを買わないほうがおかしい。田宮は最も非難されるべきは金融政策当局の大蔵省と日銀ではないか、と考えている。バブル問題の元凶は政策当局だ。

それにしても、スギリョーが田中健二と近いことを知っているとしたら、秋山の情報収集力も相当なものだ。

昨年七月十八日の早朝、海野総理を囲む〝一徹《いってつ》の会〟がホテル・オーヤマの特別室で開催されたが、そのときの世話人は田中健二だった。会を取り仕切るのは杉野良治だ。その日の朝七時半に二十数人の財界人が顔をそろえた。会費は世話人が持つので無料だが、朝の和定食だから、部屋代を入れても、せいぜい一人五千円。もっとも、出席者はあとで百万円の年会費を〝一徹の会〟の口座に振り込まされている。

杉野良治が政界と財界のパイプ役、フィクサー役を果たしていることはつとに知られていた。

杉野が政治家に恩を売り、媚《こび》を売るのは、怖い警察と税務署相手にいざというときに備えてのことで、もともとは政治家嫌いだという説もある。

曾根田を囲む会は、〝青雲の会〟。息子の参議院議員、曾根田弘友にまで、杉野は気を遣っている。〝若竹の会〟がそれだ。いずれも年一、二回の朝食会で年会費は百万円。杉野良治が取り仕切る政治家を励ます会、囲む会は山ほどある。大蔵官僚から代議士に転じた、まだ若手の浜本卓朗を囲む会〝暖流会〟まであるのだから推して知るべしだ。

背後から背中を叩かれて、田宮はどきっとした。

なんと山本はなではないか。

「盛況でよかったですわね」

「お陰さまで。ありがとうございます」

田宮は低く頭を垂れた。

山本はなは五十八歳。背筋をしゃんと伸ばしてて姿勢がいい。瓜実顔《うりざね》で、鼻筋も通っている。チョゴリ風の純白のドレスに数珠状のネックレス。ドブネズミ一色に近いパーティ会場だけに、異彩を放っている。

山本はなは、二十年ほど前まではごく普通のおばさんだった。ある日突然、霊感に打たれ、〝聖真霊《せいしんれい》の教《きよう》〟なる宗教団体の教祖になった。たしかに宗教法人ではあるが、現世利《り》益《やく》を説く新興宗教にほかならない。

杉野良治は信徒総代だから、多額寄付者でもある。脳梗塞で死線をさまよったうえ、幾多の経営難にも直面したが、健康を取り戻し、産業経済社が隆々と栄えているのは信仰のお陰だと信じ込んでいるらしい。

杉野に、山本はなを紹介したのは青山建設のオーナー社長だ。最近、〝聖真霊の教〟の豪勢な神殿、参集殿が建立されたが、杉野が財界から集めた資金がどれほど注ぎ込まれているることか。工事を請け負った青山建設に膨大な利益がもたらされたことも疑いを容れなかった。青山建設から杉野にキックバックされるカネも莫迦《ばか》にならないだろう。杉野の口利きで青山建設の受注工事は今後も増え続けると考えれば三者のもたれあいは果てしなく続くことになる。運命共同体なのだ。

「田宮さんもよう頑張りましたわね。杉野先生がそろそろ編集長にしようか、言うてましたよ」

「恐れ入ります」

「隔週刊の本誌を週刊化したい、と杉野先生から相談を受けていますが、あなたはどう思いますか」

「一挙に週刊化するのはリスキーです。まず十日に一回の旬刊をめざすべきでしょうが人材も育っておりませんので、ちょっと……。それだけ主幹に負担がかかりますし」

「週刊化は時期尚早ということですね」

「そう思います」

「田宮さんは主幹思いで、立派です」

田宮は緊張のあまり、寒けがするほど背筋がぞくぞくした。

4

海野総理は早々に帝京ホテル「芙蓉《ふよう》の間」から引き揚げたが、五時を過ぎてパーティ会場は最高潮に達していた。

そこここでフラッシュが光り、ビデオカメラが回っている。

例年一月の第二金曜日に開催される〝産業経済大賞〟表彰パーティは、産業経済社にとって、最大のイベントであり、セレモニーである。

しかし、パーティの主役はあくまでも杉野良治主幹である。年に一度、杉野が財界に向けて、企業に対して、大盤振る舞いし、見得を切る晴れ舞台なのだ。

もっともコストは一割に満たない。終了後の社員パーティも含めて、経費は一切合財で七百五十万円。ご祝儀や広告で軽く十倍は稼げる。表彰パーティは産業経済社の集金システムに組み込まれているのだ。

産業経済社は東京・平河町《ひらかわ》の雑居ビルに本社を置く。資本金は八千万円。株式の九割方は杉野と家族が保有し、残りを役員に持たせていた。産業経済社はカマドの灰まで俺の物と杉野良治が思っているのもうなずける。

社員は約百四十名。年間売上高約百二十億円。不動産業、M&A（企業買収）事業、ヘッドハンティングなど、雑誌・書籍以外にも業容を広げている。

『帝都経済』は産業経済社の看板雑誌だ。

杉野はことあるごとに一流経済誌だと吹聴しているが、自他共に認めるというわけにはいかない。発売日には全国紙に派手に広告を打つし、中吊り広告も出しているが、雑誌の内容が一流経済誌の体をなしていないのだ。発行部数も公称十万部だが、実質は一万部に満たない。

経営者、財界人の人物評論的記事が多く、火をつけてみたり消してみたり、激しい個人攻撃を加えたかと思うと、一転して当該人物を褒《ほ》めちぎる。要はカネ次第なのである。マッチポンプ誌、ブラックジャーナリズムに毛が生えた程度と酷評されるゆえんだ。

田宮大二郎は、『帝都経済』の質を誰からも一流経済誌と認められるまでに高めたいと念願していた。目下のところ挫折《ざせつ》感、屈辱感のほうが勝っている。というより、スギリョー毒素に心身を蝕《むしば》まれつつあると言うべきかもしれない。

そんな中、パーティ会場の片隅で、杉野良治が産業経済社の守護神と称している〝聖真霊の教〟女教祖の山本はなから、次期編集長を匂わされたのだ。気持ちが高揚しないわけがなかった。

「あなたの意見はもっともと思います。本誌の週刊化は時期尚早だと主幹に話しておきましょう」

山本はなはおごそかに宣《のたま》わった。怪しい光を放つ眼で見据えられると、引き込まれるようで見返すことができない。

「教祖様、私の意見ということは主幹に伏せてくださいませんでしょうか」

「言われなくてもわかっています。それよりあしたの土曜日は〝お籠《こ》もり〟なさい。主幹命令ですよ」

山本はなの眼がふたたび光を放った。

杉野良治が現世でただひとり頭が上がらない人物がいるとすれば、山本はなただけだろう。〝お籠もり〟とは、富士山麓《さんろく》の神殿に参拝して、禊祓《みそぎはらい》を受けることである。

それにしても、杉野が『帝都経済』の週刊化について山本はなに相談しているとは驚きだった。田宮が知る限り、まだ社内で論議された形跡もないからだ。

編集長の話も、当てにしてよいかもしれない。なんせ女教祖のお告げには弱い主幹である。

青山建設の青山社長がこっちへ近づいて来た。杉野に次ぐ〝聖真霊の教〟のスポンサーである。

田宮は一礼して、二人から距離を取り、四周に眼を遣《や》りながら杉野を探し歩いた。

杉野は会場のメインテーブルの近くでコスモ銀行名誉会長の大山三郎と談笑していた。大山は、杉野良治応援団の有力メンバーの一人である。事実、『帝都経済』の表紙に何度も登場していた。

杉野と大山から三メートルほど離れた位置に、古村綾《こむらあや》が控えていた。

綾は田宮の上司で肩書は秘書役だが、産業経済社の実質ナンバー2である。

着飾った料亭の女将《おかみ》や奇麗どころが会場に点在し、嬌声を発している中で、地味なグレーのスーツ姿の綾がひとり輝いて見えるのは、その美貌《びぼう》ゆえである。独身で四十一歳。薄化粧なのにかなり若く見える。

ショートカットのヘア。広いひたい。大づくりの眼鼻だち。身長は百五十五センチ。ほどよい胸のふくらみ。ふるいつきたくなるほどいい女だ。

綾と眼が合ったので、田宮は綾のほうへ躰《からだ》を寄せた。

「こんなに興奮している主幹を見るのも初めてですねぇ」

「ええ。あなた、山本さんとなにを話してたの」

田宮は怪訝《けげん》そうな顔をした。

この位置から、山本はなと話していた場面が見えるはずはない。

「山本さんが田宮さんを探してたらしいから」

「教祖と話されたんですか」

「いいえ。主幹から聞いたの。会ったんでしょう」

山本はなを「山本さん」と呼べるのは綾だけだ。社員という社員が杉野から〝聖真霊の教〟への入信を強要されているのに、綾だけは別格扱いである。

社員は月に一度は、一泊二日の〝お籠もり〟を義務づけられる。気骨のある若い社員で、断固〝お籠もり〟を拒み通し、憲法で保障されている〝信教の自由〟を盾に「出る所へ出る」と抵抗を試みる者もいないではなかったが、帰するところは辞表を叩《たた》きつけて、産業経済社から退《た》ち去る以外にない。選択肢は、入信するか、会社を辞めるかの二つしかないのである。

古村綾だけがどうして例外なのか、と誰しも不思議に思う。

杉野と綾は、情を通じ合う仲。杉野は綾に暗部、恥部のすべてを握られている——。

社内の噂はそんなところに落ち着くが、田宮は前者については、心情的に否定したい気持ちである。

だが、山本はなに対する「教祖様」の呼称に侮蔑《ぶべつ》や皮肉を込めた響きがあることは否めないにしても、綾が頑《かたく》なに「山本さん」にこだわるのを、女の意地と解釈すれば、前者にも説得力が伴う。

事実関係はどうなのかと、綾に訊《き》いてみたい気もするが、それは向こう見ずというものだ。綾に睨《にら》まれたらクビが危ない。

「教祖の話は……」

田宮が説明しようとしたとき、杉野治子《はるこ》がこっちへ歩いて来た。裾《すそ》の長いきらきらしたイブニングドレスを身にまとい、香水の匂いをぷんぷんさせている。彫りの深いエキゾチックな顔だが、濃いメイキャップは田宮の趣味ではない。

治子は、杉野良治の長女である。年齢は二十七歳。女子大の英文科を出てアメリカに留学中だが、大賞表彰パーティのためにわざわざ帰国を命じられた。

父親似で気が強い。

古村綾が治子に会釈して、スーッと立ち去った。

「大二郎さん、土曜日あいてる？」

「それがダメなんです。主幹命令で〝お籠もり〟なんですよ。教祖様がなんか話があるらしくて」

「断りなさいよ。わたしが父に話してあげる。買い物につきあってもらいたいの。月曜日にはニューヨークに帰らなければならないから」

バチ当たりがここにもいた。治子は社員ではないが、大株主である。杉野良治は、妻の文子《ふみこ》との間に一男一女を生《な》した。長男の文彦《ふみひこ》は二十九歳。母親似でやさしい性格の持ち主だ。父親の顔を立てて〝聖真霊の教〟に入信したが、このところ〝お籠もり〟をサボリがちだ。

産業経済社への入社を拒否して、平凡なサラリーマンの途《みち》を選んだところをみると、案外、芯《しん》は強いのかもしれない。父親のあざとさ、あこぎさに従《つ》いてゆけなかったとも考えられる。結婚して、子供も一人いる。

杉野良治も文彦を飽き足りなく思ってるに相違ない。治子に養子を迎えて、跡を継がせる魂胆らしい。

田宮は、杉野から眼をつけられていることを意識しないわけにはいかなかった。まんざらでもないと思いながらも、簡単に割り切れるものではなかった。

治子も田宮を憎からず思っている。土曜日の買い物をつきあえ、と言うのはなによりの証拠だ。

「いいわね。きっとよ。あとで父に話しておくから」

治子は返事も聞かずにドレスの裾をひるがえして、田宮に背中を向けた。

5

六時を過ぎると、招待客が潮の引くように退場した。パーティの引き出物は、杉野良治著、産業経済社刊の『信仰は勁《つよ》し』だった。

〝轟々《ごうごう》たる反響〟〝十万部突破〟などと宣伝攻勢をかけているが、心ある産業経済社の社員も恥ずかしがっている。引き出物、手みやげはいつも杉野の自著なのだ。

社員パーティに移り、百四十人ほどがメインテーブルを囲んだ。

杉野は妻、長男夫婦、長女を従えて中央に立った。文子は着物姿だが、目立たない地味な女だ。うつむきかげんに硬い顔で立っている。

「皆さん、きょうはご苦労さま。恒例の産業経済大賞も十七回を数え、日本の経済界、産業界にとって欠かせない新春行事となりました。しかも今回は分刻みの超過密のスケジュールの合間を縫って、一国の宰相が、わたくし杉野良治のためにこの会場へ駆けつけてくださったのです。満腔《まんこう》の謝意を表さずにはいられません。私は感慨無量であります」

杉野は感きわまり、涙を流してせぐりあげた。

次の言葉を押し出すまで二十秒ほども要したろうか。

「一国の総理さえもが、産業経済大賞の表彰パーティに駆けつけてくださるということは、この大賞がそれだけ権威があるということであります。どうか諸君も胸を張ってこの日のことを誇ってください。しかしながら私は一介のジャーナリストに過ぎません。生涯ペンを捨てず一記者として書き続けたいと念じております。〝ペンは剣より強し〟の信念を失ってはならないのです。日本の経済界、産業界はバブルがはじけたと言って大騒ぎしておるが、わが産業経済社は微動だにしません。それもこれも信仰のお陰であります」

杉野はふたたび絶句し、袂《たもと》からハンカチを取り出して涙を拭《ぬぐ》った。

「私が今日あるのは、そして産業経済社が今日あるのも、みんな信仰のたまものでありま す……」

信仰の話になると、しらける社員が多い。若い社員はとくにそうだ。

田宮は、眼で山本はなを探したが、女教祖の姿はなかった。

いま杉野が話したことは間違いなく、次号の〝有情仏心《うじょうぶつしん》〟に書かれるだろう。〝有情仏心〟は、杉野が署名入りで『帝都経済』に毎号書いているコラムだが、経済界、産業界、そして社内からさえも〝無情無心《むじょうむしん》〟の間違いではないかと揶揄《やゆ》されている。

杉野の気に召さない経営者は、〝有情仏心〟で容赦なく叩かれる。田宮でさえも〝有情仏心〟が聞いてあきれる、と思うことがあるのだから、推して知るべしだ。

もちろんよいしょが多いし、自慢話やひけらかしで二ページを埋め尽くすことがほとんどだが、陰《いん》にこもった杉野の絡み方は一筋縄ではなかった。槍玉《やりだま》に上げられた企業や経営者はたまったものではなく、大抵は降参して、広告料の名目でカネを出してしまう。

　やっと杉野の挨拶《あいさつ》が終わり、拍手になった。

「さあ乾杯しよう。乾杯の音頭は、瀬川君にお願いしようか」

「はい」

　瀬川誠が一歩進み出た。

　正装のタキシード姿は瀬川だけだが、役員は略装の礼服を着用していた。瀬川は、表彰式、パーティで司会を務めた男だ。まだ四十三歳だが、副社長で社内ナンバー3。営業を担当し、如才のなさが身上である。

「はなはだ僭越《せんえつ》ではありますが、主幹からご指名を受けましたので、杯《はい》をあげさせていただきます。乾杯のご唱和をお願いします」

　瀬川は色白の顔を真っ赤に染めて、ビールを満たしたグラスを眼の高さに掲げた。

「第十七回産業経済大賞表彰パーティの大成功を祝し、そしてさらなる社の発展と主幹の健康を祈願いたしまして、カンパイ！」

「カンパイ！」

「カンパイ！」

「主幹おめでとうございます」

「ありがとう。ありがとう」

杉野はビールを立て続けに三杯呷《あお》った。ビールを注いでいるのは瀬川である。

古村綾が運んできた取り皿の料理をガツガツかき込むように、あっという間にたいらげた。早めし早ぐそ芸のうちというが、杉野の食事のスピードは驚異的で、料亭ですら三十分もあれば充分である。

「あれを頼む」

「はい」

綾は杉野が指差したコールドビーフを取りにテーブルに戻った。

文子も、文彦も、嫁の早苗も食事には手をつけず、社員パーティに融け込もうとしなかった。

田宮は、杉野のほうにちらちら眼を遣《や》りながらも、治子につかまって仕方なしに話し相手になっていた。

「田宮さん、土曜日ほんとに〝お籠《こ》もり〟なの」

「ええ。教祖様直々にお声をかけられて、主幹命令と言われたら断れませんよ」

「ほんとに信じてるわけ」

「わが社の守護神なんですから、信じなければ仕方がないでしょう」

「母も兄も、もう父には従《つ》いていけないって言ってるわ。ウチは一家離散で、悲惨なものよ」

治子は伊勢えびのムニエルを食べながら、文子たちのほうへ眼を流して、つづけた。

「きょうだって、出席するのしないので大騒ぎだったのよ。わたしが首に縄をつけて引っ張って来たようなものだわ」

「治子さん自身は、どうなんですか」

「あんなの信じられるわけがないでしょう。お陰さまでわたしは日本にいないから気楽だけど」

治子は肩をすくめた。

「日曜日ならいいかしら」

「何時に帰れるかちょっとわかりませんけど」

「なるべく早く帰って来てよ。ホテルに電話して」

治子は蠱惑《こわく》的な眼で田宮を見つめた。

田宮は右頰に視線を感じた。首をめぐらすと、古村綾がじっとこっちを見ていた。

第二章　午前四時の電話

1

一時間足らずで社員パーティも終了し、杉野良治は午後七時前に帝京ホテルを出た。家族はひと足先に帰り、玄関まで見送ったのは古村綾と瀬川誠の二人だけだ。

田宮大二郎は杉野の乗車を見届けてから、専用車の助手席に収まった。杉野の専用車は国産車だが、横たわれるように胴体が長い。変型のリムジンである。

大手自動車メーカー、大洋自動車への特注品だが、一千五百万円の代金は広告料と引き換えにチャラにしたという噂もある。

真偽のほどは田宮にはわからないが、杉野良治ならやりそうなことだ。

〝泣く子と地頭には勝てぬ〟というが、泣く子も黙る〝鬼のスギリョー〟には、誰も刃向かえない。

田宮は、金曜日なので道路渋滞を心配したが、十二、三分で赤坂のホテル・オーヤマに着いた。

ホテル・オーヤマは杉野の常宿である。常宿というより棲《す》みついて四カ月ほどになるから住居と言ったほうが当たっている。ツインルームで、スウィートではない。

杉野は、ホテル・オーヤマ、キャピタルトーキョウ、帝京ホテルなどの一流ホテルを数カ月単位で借り切って、かわるがわる使っている。

社員たちは、杉野がホテルを変えるときを、〝お引っ越し〟と称している。

身の回りのものやらなにやら、けっこう大がかりな荷物がホテルからホテルへ移動する。ホテルの従業員の態度が気にくわなくて、ひと月で変わることもある。激し上がると前後の見境がつかなくなってしまうのだ。

リムジンを降りるとき、杉野は運転手の岡沢善之《よしゆき》に命じた。

「あしたの朝七時に頼む。大二郎を送ってもらうので二十分ほど待ってくれ」

田宮はがっかりした。土曜日の休日も朝寝坊できないことがはっきりしたからだ。

岡沢は四十五歳。杉野の運転手になって八年になる。頑健な体力と並はずれた精神力がなければとても勤まる仕事ではない。そのかわり相当の高い給料を取っている。

「シャワーを浴びたい。汗びっしょりなんだ。大二郎、五分待っててくれないか」

「はい。お待ちしてます。ごゆっくりどうぞ」

杉野は上下《かみしも》を脱いで、駱駝《らくだ》のシャツと袴下《こした》姿でバスルームに消えた。

田宮は、ベッドの上に投げ捨てられた羽織袴《はかま》を、ワイシャツや下着をしまう抽《ひ》き出しの上に置いた。たたみ方なんかわからないので、そのまま移しただけだ。

抽き出しをあけると、汚れ物が詰まっていて、饐《す》えたような臭いが鼻をついた。クリーニングに出せばいいのに、横着しているのだ。

杉野は神経質なようでいて、変に間の抜けたところがあった。

うす汚れたパンツを何日も穿《は》いていることがある。何代か前の『帝都経済』編集長の林田昭が杉野のパンツを洗って、逆鱗《げきりん》に触れ、会社をいびり出された。

野心家の林田を杉野が見抜いていたとも言えるが、へたに擦り寄ってゆくと、ひどい目に遭う。

秘書とはいえ、距離の取り方は難しい。あんまりべたべたしても嫌われる。

ただし、これは産業経済社の社員に限って通用する話だ。経済界、産業界、企業の人たちはさにあらず。歯の浮くような世辞、追従《ついしよう》を杉野はまともに受け取るのだから不思議である。

杉野の下着を洗ってくれる者はいないのだろうか。家族の者はホテルに寄りつかない。

古村綾のたおやかな面《おもて》が田宮の眼に浮かんだ。

汚れた下着の分量から察して、ごく最近、綾がホテルに忍んで来た形跡はないように思える。惚《ほ》れた弱みでもないのだが、田宮はそう願わずにはいられなかった。

杉野が駱駝のシャツや袴下を抱え、パンツ一枚でバスルームから出て来た。

早風呂も芸のうちなのか。烏の行水どころではない。

シャンプーや石鹼《せっけん》をちゃんと使ったのか、と心配になる。

汚れたパンツをそのまま穿いている。

田宮は悲しくなった。

「主幹、羽織袴をクリーニングに出しましょうか」

田宮は婉曲《えんきょく》に下着のことも伝えたつもりだった。

「そうだな」

「ルーム係を呼びましょう」

田宮は、ルームサービスのダイヤルを回した。

杉野が抽き出しから浴衣《ゆかた》を取り出し、袖《そで》に手を通しながら言った。

「大二郎、きょうはいい日だったな」

「はい。来賓のかたがた皆さんよろこんでました。海野総理のスピーチは圧巻でした」

「昨夜は興奮してよく眠れなかった。こんなことは、めったにないんだが……。寝酒に水割りでも飲むかな。ロイヤルサルートで薄めに一杯つくってもらおうか。大二郎も一杯どうだ」

「いただきます」

棚の上に到来物の高級ウイスキーやらブランデーがずらっと並んでいる。

田宮は、封が切られているロイヤルサルートのボトルをセンターテーブルに運んだ。

ふくらみのある一輪差しの花瓶のような陶器製のボトルなので、見ただけでは残量はわからないが、掌《て》にずしりと量感が伴った。あけたばかりなのだろう。

田宮が冷蔵庫からキュービックアイスとミネラルウォーターを取り出したとき、ノックの音が聞こえた。

田宮がドアをあけると、ルーム係の若い女性従業員が緊張した面持ちで立っていた。よく見かける顔だ。ホテル側も気を遣って気働きのする女性従業員を杉野係に付けている。

田宮が羽織袴を抱えながら訊《き》いた。

「これだけでいいんですか。ほかになにか」

「ワイシャツと下着も出そうか」

やっと気づいてくれた。ついでにいま着けているパンツも着替えてくれるといいのだが、そこまでは気が回らない。

田宮は水割り一杯で解放された。

夜八時就寝、午前三時起床が、杉野の生活リズムである。

起きると、朝七時までホテルで原稿を書いていることが多い。夜遅くまでつきあわされる心配はなかった。宴会も六時から七時までの一時間と決めていた。

この原則を崩したのは過去に一度あるだけだ。曾根田弘人の総理時代、紀尾井《きおい》町の料亭で三十分延長を求められて、断れなかったのである。曾根田がコスモス事件で失脚するはるか以前、国鉄、電電、専売などの民営化、民間活力が受けていた時代のことだ。

「おい！　着いたぞ」

岡沢に揺り起こされて、田宮は助手席であくびと一緒に伸びをした。

「田宮君、よく寝てたなあ。すげえいびきをかいてさあ。主幹が乗ってるときは借りてきた猫みたいにおとなしくしてるくせに」

「借りてきた猫ってことはないでしょう。いつも緊張はしてますけど」

「あしたの朝も早いから夜更かしするなよ。六時四十分に下に降りててくれ」

「ええ。夜更かしなんてとんでもない。バタンキュウですよ。きょうはご苦労さまでした。おやすみなさい」

田宮はリムジンから降りた。

赤坂から広尾《ひろお》までのわずかな時間だが、なにも憶《おぼ》えていないほどだから、ほんとうに寝入ってしまったらしい。

広尾のマンションは、産業経済社の所有物で、２ＤＫ、十三、四坪の小さな部屋だが、環境といい、つくりといい独身者には勿体《もったい》ないような代物だ。住宅専用マンションで、

504号室に田宮は住んでいた。

岡沢も車で三分ほどの広尾のマンション住まいで、田宮同様社宅である。

2

一月十一日、この日の朝、午前四時に頭の上で電話が鳴った。五度の呼び出し音で、田宮は受話器を取った。

「主幹だが、すぐ来てくれんか。岡沢にも電話したから、おっつけきみを迎えに行くはずだ。じゃあ、あとで」

杉野のだみ声はいつになくうわずっていた。

朝八時から社員総会があることになっている。産業経済社では、産業経済大賞表彰パーティに合わせて、社員総会を開く習わしだが、田宮は前夜、杉野から七時にホテルへ迎えに来るように命じられていた。

目覚ましを六時に仕掛けたのはそのためだが、就眠は十一時だったから、睡眠時間五時間はちょっときつい。

早朝、緊急招集をかけられることはしょっちゅうなので、驚くこともないし、格別のことでもないとは思う。ただ、海野総理がらみでなにかあったのかどうか、気がかりである。

外遊中の海野が、前夜帰国したことは確認されていた。

杉野は演出効果を計算して、官邸サイドとの交渉を極秘裏にすすめた。海野総理のパーティ出席を社内で事前に知らされたのは、古村綾、瀬川誠、そして田宮大二郎の三人だけである。

同僚から「いまやナンバー4」だと、やっかみ半分にからかわれるほど、田宮は杉野に寵愛《ちょうあい》されていた。

副社長まで昇り詰めながら、信仰問題がらみで辞職を迫られた者もいる。

鬼のスギリョーも世間体を気にして、追い出すときに〝社友〟の称号を与えたが、文字通り名ばかりで、たいして意味はない。それどころか〝産業経済社社友〟の肩書はかえって邪魔になる。

田宮が顔をあたり、歯を研《みが》いて、ネクタイを結んでいるとき、ブザーが鳴った。

時刻は午前四時十分。

岡沢が玄関で生あくびを洩《も》らしながら厭《いや》みを言った。

「三時四十五分に電話で叩き起こされたよ。主幹は、田宮君にやさしいねぇ。わざわざ俺に迎えに行けって電話してくるんだから」

「なにか緊急なことでも起こったんでしょうか」

「運転手の俺にそんなことわかるわけねえだろう」

岡沢はつっかかるように言った。

「あと一分で支度ができます。散らかってますけど、ちょっと上がってください」

「いいよ」

岡沢はぶっきらぼうに返した。

田宮は急いで身支度した。くつ下を穿きチョッキと背広を着るだけのことだから造作はない。

空気が乾燥し、周辺も静まり返っているので、エレベーターのモーター音がやけに大きく響く。

外へ出ると、星月夜《ほしづくよ》で明るかった。

吐く息が白い。

岡沢はむすっとした顔でリムジンを発車させた。ひとことも言葉を発しない。

寝不足で機嫌が悪いのはお互いさまだ。年中車内で昼寝ができる岡沢は、秘書のきつさに比べれば、ずっと楽なはずだ。文句があるなら杉野に言ってもらいたい。鬼のスギリョーに永年仕えてきたにしては人間が練れていない。

田宮は肚《はら》の中で毒づいてみたものの、ねんがら年中顔をつきあわせていなければならない岡沢と仲良くするに如《し》くはない。なにか話しかければ、と考えていた。

海野総理の件を話してしまえば、岡沢の機嫌は直るだろう。

田宮は口がむずむずしたが、ここは堪《こら》えなければいけない。

岡沢が杉野にそれを伝えないという保証はないのだ。他人の口に戸は立てられない。

電話が鳴ってから赤坂のホテル・オーヤマまでわずか十三分。せっかちな杉野にはこれが一番だ。のろまは嫌われる。

ドアをノックしようとした田宮の手が止まった。

話し声が聞こえてきたのだ。

なんと瀬川誠の声ではないか。

瀬川の草履取りぶりは、社の内外に轟《とどろ》いているが、それにしても凄《すご》い。

「おはようございます」

「やあ」

杉野は軽く手をあげた。

「おはよう。きみも早かったねぇ」

「副社長はこのホテルに泊まったんですか」

「三時に眼が覚めちゃってねぇ。テレパシーって言うんだろうか、主幹から電話がかかるような予感がしたから、外出の支度をして待ってたんだ」

瀬川は青山のマンションに住んでいる。専用車をあてがわれている身分だ。

三時に起きられちゃあ、勝てっこない。

テレパシーなんてよく言うが、こういうチャラチャラを、杉野は、瀬川にだけは容認していた。

虎の威を借る狐には違いないが、営業センスは抜群で、企業からカネをむしり取る才能に長《た》けた瀬川を杉野が好まぬわけがなかった。

瀬川はもちろんだが、杉野までこんな早くからスーツを着て、ネクタイも着けていた。よほど緊張しているのだろう。

田宮はポットで湯を沸かし、緑茶を淹《い》れた。それも沸騰した湯を湯呑《ゆの》みで冷ましてから淹れる本格派である。茶の淹れ方を伝授してくれたのは、古村綾だ。

「大二郎は気が利くようになったな。初めのうちはどっちが主幹でどっちが秘書なのかわからないほど鷹揚《おうよう》にかまえていたが」

杉野は冗談が出るほど機嫌がよかった。二人の顔を見て気持ちも落ち着いてきたのだろう。

田宮はソファには座らず、少し離れた所で椅子に座った。

「主幹、その後首相官邸からなにか……」

「いや、心配はない。大二郎にも来てもらったのは、きょうのスケジュールを確認しておきたかったからだ。原稿を書こうかとも思ったが、気持ちが集中できなくてねぇ」

「よくわかります。わたしも、このところずっと興奮しっぱなしです」

茶をすすりながら、瀬川が言った。のっぺりした顔が上気している。

「政治家なんかカネに穢《きたな》いだけで、性悪で碌《ろく》でもないやつらばかりだから、そのへんの石ころぐらいに思ってちょうどいいんだが、一国の総理が、わが産業経済社のパーティで祝辞を述べてくれるとなると、やっぱり緊張するのかねぇ」

杉野は、政治家を利用しているわりには、政治家を糞味噌《くそみそ》に言う。目糞鼻糞を笑うたぐいで、田宮に「政治家はカネさえつかませれば、なんでもしてくれる」と話したこともある。

ふた昔以上も旧《ふる》い話だが、生まれ故郷の東北地方で衆議院議員選挙に保守系無所属で立候補して落選した苦い経験が、杉野をして政治家に対する屈折した思いを呼び起こすのだろうか。大規模な選挙違反で拘置所に勾留《こうりゅう》された辛酸も嘗《な》めていた。

政治家はたかる一方でカネを出さないことも、軽蔑《けいべつ》する理由かもしれない。

曾根田元総理などの大物政治家が、「良治君、良治君」「先生、先生」と杉野を立てるのは、杉野がカネになるからだ。

ただし、杉野が身銭を切るわけではない。財界、企業のパイプ役としての機能を担っているに過ぎない。それでも、政治家にとって利用価値は大いにあると言わなければならなかった。

「海野総理が表彰パーティに来てくだされば、これが実績になって、総理の出席が定着するかもしれませんね」

「そうなるだろう。きょう平成三年一月十一日は、わが産業経済社の歴史に新しい一ページを書き加えることになるな」

大物擦れしている杉野がこんなに高揚するとは信じられないくらいだった。

3

杉野良治の電話で午前四時に起こされた被害者がもう一人いた。

古村綾である。

綾は、世田谷区松原の閑静な住宅街に百五坪の土地と七十坪の家屋を持っている。資産価値は五億円をくだるまい。

同居人は母親の加代と弟の治夫で、両人は綾の扶養家族である。加代は六十歳、治夫は二十二歳で大学三年生。

綾はいつもは十時に寝て、六時に起きる。

そして朝八時に家を出て、九時前に出社する。

「起こしたか」

「いいえ、起きてましたよ」

綾は無理をした。

自分本意、自己中心主義の権化のような杉野に、気遣いがわかってもらえたかどうか。

杉野は、会社の幹部が自分に合わせて四時に起床するのはむしろ当然と思っていた。

それでも綾は別格扱いで、朝六時前に電話をかけてくることはない。

気持ちの高ぶりが電話の声にも出ていた。

「羽織袴《はかま》はどうなってたかなあ」

「きょうの午後、田宮さんが帝京ホテルへ届けることになってます」

「そうか。瀬川と大二郎にたったいま電話して、すぐ来るように言ったが、きみも早めに来てもらおうか。すぐじゃなくていい。朝食に間に合えばけっこうだ」

「七時までに伺います。ではのちほど」

綾は硬い声で返し、電話を切った。

羽織袴のことは昨日、報告してある。失念してしまったのか、電話をかける口実に使ったのか。どっちにしても四時に起こされるいわれはない。

落ち着かずに苛立《いらだ》っている杉野の顔が見えるようだ。

羽織袴、着物、足袋、草履などの一式は、きょうの午後、杉野邸に田宮大二郎が取りに行く手筈《てはず》になっていた。本宅には、留守番を置いているだけで、杉野は年に数回帰るだけだ。

妻の文子は、長男文彦一家と三田《みた》のマンションに住んでいた。邸宅へ来客があったときに、文子を呼び出すのは、体面を取り繕うためで、住民票こそ移していないが、杉野夫妻が別居して久しい。

古村綾が井《い》の頭《かしら》線と地下鉄銀座線を乗り継いで、赤坂のホテル・オーヤマに駆けつけたのは六時十五分だった。

綾は実質ナンバー2でありながら専用車を持たない。産業経済社の東京本社では、杉野と瀬川のほかに常務の川本克人にも専用車が与えられていた。

綾は心得ている。名目はあくまで杉野良治の秘書役なのだから、しゃしゃり出てはいけない。

綾が来るまでの二時間ほどの間、杉野は瀬川と田宮を相手に、信仰の利益《りやく》について夢中で話していた。

初めのうちは憑《つ》かれたように眼が据わっていたが、やがて落涙に変わった。

「重度の脳梗塞《のうこうそく》で死にそこなった私が、身体障害者にもならずに健康でいられるのは、信仰に打ち込んでいるからだ。教祖様にも言われているが、わたしが信仰を止めたら、今度こそ確実に三途《さんず》の川を渡るだろう。瀬川も大二郎も〝聖真霊の教〟を拝んでるから、きみたちの若さで、わたしのブレーンと言われるまでになれたんだよ。観世音菩薩《かんぜおんぼさつ》の生まれ変わりである教祖様に巡り合えたことが、主幹の運命を変えたんだ」

田宮は居眠りが出そうになって閉口したが、瀬川は真剣な面持ちで聴き入っている。

それどころか間《あい》の手でも入れるように、

「先日高速道路で、わずか一、二秒の差で奇蹟《きせき》的に交通事故に巻き込まれずに済んだのは信仰のお陰です」

などと他愛のない話をして、杉野をよろこばせた。

六時四十分に四人で朝粥《あさがゆ》定食を食べに食堂へ行った。

舌がやけどしそうな熱い粥を杉野はぬるい汁でも飲むように、ずっずずずと喉《のど》へ流し込む。

これだけは誰にも真似ができない。

杉野がしらす入りの大根おろし、塩鮭、ほうれん草のおひたし、卵豆腐、味噌汁、小鉢一杯の粥をきれいにたいらげたとき、相当急いだ田宮で半分、古村綾は三分の一も進んでいなかった。ついてゆけるわけがない。

三人が汗を掻《か》きながら粥をすすっている間、杉野は朝刊を読んでいた。

食事が終わって、平河町の産業経済社の本社に着いたのは七時四十分だった。

4

主幹室で、きょう一日のスケジュールを再確認して、杉野、瀬川、田宮の三人が社員総会に臨んだのは八時二十分である。

古村綾は留守番に回った。

会場は近くの貸しホールを午前中借り切っていた。

総勢百四十人を収容しきれるホールは、雑居ビルにはない。

「海野総理が、きょうの産業経済大賞表彰パーティに、来賓を代表してスピーチしてくれることになりました。大賞始まって以来の快挙であります。海野総理は、主幹のいうことはなんでも聞き届けてくれるんです」

このくだりは社員総会冒頭の主幹挨拶《あいさつ》の目玉である。

瀬川に誘われて全員が拍手に参加し、杉野が高々と手をあげて制するまで、二十秒ほど喝采《かっさい》が続いた。

突然、杉野のオクターブが上がったのは、その直後である。

「主幹は日本国の総理総裁を動かせる力を持っておる。この力は教祖様が与えてくださったのです。産業経済社の〝産業経済賞〟は、一国の総理が祝辞を述べるほどに、いまや国の重要な行事になっておるんであります。わが社、わが杉野良治が今日あるのは、守護神であらせられる〝聖真霊の教〟のお陰であります。にもかかわらず、新年初めての一月五日の〝お籠《こ》もり〟に参加しなかった社員が、この中に大勢おるということは、どう考えたらいいのか。主幹は、その者たちにいま直ちにこの場から立ち去ってもらいたい。ど、どうして、わたしの気持ちをわかってくれんのか」

杉野は激情に駆られ、演壇で号泣した。

田宮は、前方三列目のほぼ中央に座っていた。一列目は役員。二列目、三列目は管理職。逃げ出したくて、尻《しり》がむずむずしてくる。留守番に回った古村綾を思わず探す眼になったが、こんなとき不思議に綾の姿はない。

毎週月曜日の朝八時二十分から二十分間、本社勤務者を対象に編集局の大部屋で朝礼があり、杉野が一方的にしゃべりまくる。信仰の話がほとんどだ。

綾は、朝礼にも姿を見せたことがなかった。

「サダム・フセインより始末が悪いな」

「ホメイニといい勝負だよ」

後方で若い社員の囁《ささや》き声がする。田宮にも聞こえたほどだから、ほとんど聞こえよがしと言っていい。

「主幹の精神構造はどうなってるんだろう。すべてカネで割り切る人が、宗教だの、道徳だのを持ち出すんだから気がしれないよ」

「辞めた！　やってられないよ。こんな暗い会社」

編集局の若い社員が血相を変えて言い放ち、席を蹴立《けた》てて退場した。

吉田修平ではないか。吉田は二十七歳。入社して三年足らず。『帝都経済』編集部のスクープ記者だが、〝お籠もり〟を拒み通し、杉野をてこずらせていた。

吉田に辞められると、編集部復帰を当てにしている田宮としてもシナリオが狂ってくる。吉田は貴重な戦力だ。多血質で、正義派でもある。

「わたしも辞めるわ！」

「俺も辞める！」

数人が後に続いた。女子従業員も一人いる。

社員総会は騒然となった。

「きみたち、ちょっと待ちなさい」

取締役総務部長の小泉俊二があわてて廊下に飛び出した。小泉が人事担当、採用担当としてどれほど人材の確保に心を砕いているか、杉野にはわかっていない。

産業経済社は毎週、全国紙や就職情報誌に募集広告を掲載している。生命保険会社の女性外務員のような大量採用、大量脱落ほど大規模ではないにしろ、採用が退職者に追いつかないのだ。

四月に大学、短大の新卒者を三十人採用して、一年後に十人残るか残らないかだから、年中募集広告を出していなければならない。

〝一流誌〟の惹句《じゃっく》に乗せられて、産業経済社に応募し、採用された編集記者志望のある男が募集広告の大量出稿に不安になって入社を辞退したケースもある。

小泉は五十四歳の実直な男だ。

「放っとけ！　辞めたいやつは勝手に辞めればいいんだ！」

壇上から杉野がわめいたが、小泉に続いて瀬川と田宮が席を離れた。

「きみたちの気持ちはよーくわかるが、きょうのところは僕に免じて席に戻ってくれ。おめでたい席なんだし、主幹は一生懸命皆さんが幸せになるように願ってるんだから」

瀬川は、席を蹴立てた連中を懸命になだめた。

吉田が突っかかるように言い返した。

「古村さんだけ、なんで〝お籠もり〟しなくて許されるんですか。それに社員ばっかり強いないで、まず家族の人たちを拝ませてからにしてくださいよ」

「主幹は、家族なんかよりきみたち若い社員が可愛くてならんのだよ」

「そんなわけのわからない話ってありますかねぇ」

田宮が吉田の肩に手を回して囁いた。

「〝お籠もり〟のことは、主幹とよく話してみる。とにかく席に戻って。パーティには総理も出席されることだし」

　結局、全員が説得されて元の席に戻った。

　杉野はかまわずスピーチをつづけていた。

「田宮大二郎君を見習ってもらいたい。田宮君のように信仰に熱心な者は、仕事にも熱心です……」

　突然、自分の名前を出されて田宮は当惑した。

「田宮君は二年間、主幹の秘書として主幹のために尽くしてくれました。田宮君は本来編集畑の人だが、厭《いや》な顔もせず主幹の分身になりきってくれたのです。そろそろ編集に戻してあげなければ田宮君に申し訳ないと思ってます。いま、一時の気迷いで席を外した諸君も必ずや主幹の熱い思いが通じて、第二、第三の田宮君になってくれると主幹は信じております」

　穴があったら入りたい。田宮は突き刺すような視線を背中に感じながら、身を縮めていた。

5

一月十一日の午後一時、田宮は瀬川の専用車で浜田山の杉野邸へ向かった。

パーティ用の羽織袴など一式を杉野邸から帝京ホテルへ運ぶだけのことだから、運転手にまかせればいいとも思うが、上司である古村綾の命令だから仕方がない。

いや、居眠りができるので、ありがたいと言うべきだ。

杉野良治は浜田山に約三百坪の土地と、鉄筋コンクリートの豪邸を構えている。土地を手に入れた経緯はこうだ。

杉野は十数年前、大手鉄鋼会社、大日本製鉄のトップ人事に絡んで、同社会長の長岡武と副社長の深井兵吉の確執が表面化したとき、調停役を買って出た。

長岡といえば財界で巨頭といわれた大物である。深井も財界活動では人後に落ちなかった。二人の大喧嘩《おおげんか》は、マスコミでも大々的に採り上げられ、財界は騒然となった。

喧嘩の手打ちは後輩の深井に詫《わ》びを入れさせるしかない。そう考えた杉野は深井を説得して、長岡邸に連れて行き、頭を下げさせ、握手もさせた。

杉野はちゃっかりカメラマンを連れて行き、握手の場面を写真に撮り、『帝都経済』に載せた。世紀のスクープと杉野は大いに自画自讃《じさん》したものだ。

メンツを保った長岡が杉野のフィクサーぶりを多としたことは言うまでもない。

浜田山の土地は、大日本製鉄系列豊後《ぶんご》商事の所有地だったが、手打ちの翌年に杉野良治名義で登記された。そして二年後に豪邸が完成した。

問題は土地の価格が適正であったかどうかである。

財界の重鎮として死ぬまで存在感のあった長岡に、清濁併せ呑《の》む度量の大きさで比肩できる財界人はいないが、その反面、杉野のような男と〝相許す仲〟になるほど脇の甘さは目立った。

長岡の懐深く飛び込んだ杉野は、長岡の支援を得て大きく伸《の》してゆく。

長岡も深井も鬼籍入りして久しいが、杉野を押し上げるきっかけをつくった両人こそ、杉野の大恩人である。

田宮は、社員が〝浜田山御殿〟と称する杉野邸の背後関係について、先輩社員から聞いていたが、社内ではもちろんタブーである。

「優秀社員、そろそろ着くぞ」

方南通りから井の頭通りへ入って間もない信号待ちで、田宮は運転手の玉置隆に揺り起こされた。

午前中の社員総会で、田宮は優秀社員として表彰された。田宮のほかに編集局、出版局、販売局、大阪支社の若い社員四人が杉野から表彰状と金一封を贈られた。

た口である。

五人とも、成績優秀者というより〝お籠もり〟を欠かさなかったことが杉野に認められた口である。

本気で信仰しているならいざ知らず、田宮のように信仰を方便と考えている者には、なんともきまりが悪い。

玉置の口調が相当皮肉っぽいのは、そのへんを見抜いているせいかもしれない。

玉置は三十七歳で、勤続三年。平均勤続年数なり定着率は見当もつかないほど低いから三年でも古参社員である。

「〝聖真霊の教〟の霊験あらたかですねぇ。金一封で十万円ももらっちゃいました。今度一杯どうですか」

われながら情けないが、田宮もおもねる口調になっていた。

「それもいいけど、お風呂なんかいいんじゃないの」

「女に不自由してませんから」

「強がり言ってやがる。インポじゃないかってもっぱらの噂だぞ」

「ソープなんて不浄なところで使ったらバチが当たりますよ」

「少しは副社長を見習ったらどう。爪の垢《あか》でも煎《せん》じて飲ませてもらえよ」

「どういう意味ですか。よく遊びよく学べってことですか」

瀬川の女たらしぶりは知らないではない。

杉野も昔は女出入りが絶えなかった、と聞いた記憶がある。

「副社長から聞いたけど、主幹は治子さんをきみの嫁さんにどうかって考えてるみたいだねぇ」

「そんな、畏《おそ》れ多くて」

「そうかなあ。逆玉も悪くないんじゃない。治子さんは美人だし、頭もいいし。文彦さんがあんなふうだから、主幹は治子さんの将来の夫に期待してるみたいだぜ」

助手席の田宮にちらちら眼を流しながら、玉置はからかい半分に話しかけてくる。

話し好きだから、居眠りされておもしろくなかったに違いない。

ほどなく、車は杉野邸の門前に横づけされた。

〝浜田山御殿〟と呼ぶに相応《ふさわ》しい門構えで、深い植え込みの中を玄関まで敷石が十数メートルほど続く。

留守番役の小池守・和子夫婦も産業経済社の社員である。二人ともとうに還暦を迎えたはずだ。

庭の手入れだけでもけっこう手間ひまかかるに相違ない。

小池は茶を一杯どうかとすすめてくれたが、田宮は遠慮し、玄関先で衣装箱を受け取った。

第三章　お籠もり

1

田宮大二郎は一月十二日の朝、六時に目覚めた。前夜九時に就寝したので、九時間も眠り込んだことになる。熟睡して疲れは取れたが、気分は重かった。杉野良治の〝お籠《こ》もり〟につきあわされると思うと、晴れやかな気分になれるわけがない。

六時三十七分にエレベーターの前に立ったが、やけに寒いので、部屋に戻ってチョッキをセーターに着替えた。真冬でもコートを着ることはない。ズックのショルダーバッグには下着、ワイシャツ、くつ下、乾電池式カミソリなどが放り込んである。

寒いわけだ。小雪が舞っていた。

マンションの玄関前にリムジンが待機していた。

「おはようございます」

「オッス」

「雪は大丈夫ですかねぇ。東名高速がクローズなんてことにならなければいいんですけど」

「天気予報では、大雪にはならんようなことを言ってたけど」

リムジンをスタートさせて、岡沢がつづけた。

「心配なら新幹線で行く手もあるんじゃない。途中で立ち往生っていうのもなんだからなあ」

〝お籠もり〟をサボれるものならサボりたい、と岡沢の顔に書いてあった。

所帯持ちの岡沢に土、日を返上させるのは酷というものだ。三番目の子供は幼稚園児と聞いている。

田宮はやさしい気持ちになった。一点貸しておくのも悪くない。

「そうしましょう。新幹線で行くように主幹にすすめてみます」

岡沢はわざとらしく顔をしかめた。

「主幹は、田宮君と二人だけで話したいみたいだし、俺がいないほうが都合がいいかもよ」

「そんなことはないでしょう」

素直じゃないな、と思ったが、田宮は顔には出さなかった。

杉野良治は、拍子抜けするほどあっさりＯＫした。東京駅でリムジンから降りるとき、

「日曜日の夕方〝お山〟へ迎えに来てくれ」

と命じただけだ。

リムジンの車内に置きっ放しのコートを二人がかりで杉野に着せた。

「行ってらっしゃいませ。お気をつけて」

岡沢は杉野に最敬礼した。そして杉野が背中を見せると、右手をあげて右眼を眇《すが》めた。

「主幹のことくれぐれもよろしくな」

八時十六分発の〝こだま４１１号〟のグリーン券を確保できたが、車内は混んでいて並んで座れなかったので、田宮は窮屈な思いをせずに済んだ。

小田原《おだわら》駅で杉野の隣席が空いた。手招きされる前に田宮は三列先の通路側シートへ移動した。

「いま、次号の〝有情仏心《うじようぶつしん》〟を書き上げたところだ」

杉野は右手で老眼鏡を外し、左手で原稿の束を突き出した。

朝四時からホテルで書いていたのだろう。二百字詰めで十数枚。癖のある、右上がりの凄《すさ》まじい字で、記号かと疑いたくなるほどだ。田宮はなんとか読み取れるようになったが、リライト（清書）させられる若い記者の苦労は並大抵ではない。

『帝都経済』の記者はこれがこなせるようにならなければ、一人前とは言えない。なんせ、

杉野は阿修羅《あしゅら》のごとき形相で書いて書いて書きまくるのだ。獅子奮迅《ししふんじん》、優に一人で毎号三分の一ほども書いてしまう。

リライト原稿に自分で手を入れることはあっても、チェック機能は編集長にもデスクにも与えられていなかった。

「読ませていただきます」

田宮は原稿に眼を走らせた。

予想したとおり昨日の産業経済大賞表彰パーティがらみの記述がほとんどだ。

「海野総理が私のために駆けつけてくださったのであった」

「会場には胸を熱くしている人も大勢いた」

「私も胸が熱くなるのを覚えるのであった」

信仰のことにも触れている。

「昨年に上梓《じょうし》した『信仰は勁《つよ》し』が大ベストセラーになっているのであった」

例によって、個人攻撃、中傷もある。ターゲットにされているのは昭和生命のトップだ。

攻撃したあとで、

「私は一介のジャーナリストに過ぎないのであった。頼りは一本のペンだけである。しかしながら、この言論が真実であり、正義である限り、〝ペンは剣より強し〟の確固たる信念を持っているのであった」

と結んでいる。

我田引水にもほどがあると思うが、田宮の立場ではおくびにも出せない。田宮が膝《ひざ》の上にある〝有情仏心〟から、眼をそむけたくなったのには理由がある。

前回、一月五日の〝お籠もり〟のときにも、杉野から原稿を読まされていたのだ。それは、昭和生命保険相互会社の首脳をぼろくそにこきおろした内容だった。

「豊島社長という人物と差しで会うのは三回目だが、低劣な人物なのであった。私は人物を見ることについては第一級の眼力をもっている。今回は四十分のインタビューだが、三流以下の人物であることを見抜いたのであった。能力はいざしらず、人間性がなっていないのであった。社長就任時にある約束をしておきながら音沙汰《おとさた》なし。小さな約束さえも実行できない男なのであった。性格が悪すぎるのである。見識もなければ哲学のかけらさえもないのである。同業の大日生命に入社していたら、本社の課長にもなれない人物なのであった」

大日生命は生保業界最大手である。

そう言えば、何号前かの『帝都経済』で、大日生命が気味悪がるほどよいしょしていた。

「〝主幹が迫る〟で叩《たた》くからな」

杉野はそんなことを言っていたが、〝主幹が迫る〟はトップ記事である。さぞや新聞広告にも、中吊りにも、どぎつい見出しを掲げることだろう。

〝崩壊の道を歩む昭和生命〟〝トップの経営責任を糾弾〟そんなところだろうか。『ある約束』とはなにか――。おそらく広告などカネにまつわることだろう。カネを出さないから、叩いていることが透けて見える。約束は両者の合意で成立するが、一方的な押しつけなら約束とは言えない。

名誉毀損《きそん》で告訴されても仕方がない。出る所へ出られたら、立派に恐喝罪が成立するのではないかと心配になる。企業が書かれっ放しで泣き寝入りするのは、書かれる側にも弱みがあるからなのか。〝ペンは剣より強し〟が聞いてあきれるではないか。

「どうかな」

杉野が躰《からだ》を寄せてきた。

「きのうのきょうだから、まだ熱い思いがほとばしっている。一気に書き上げたよ」

興奮冷めやらず、杉野の赭《あか》ら顔が火照《ほて》ったように真っ赤に染まっていた。

「はい。主幹の思いが胸に響いてきます」

もろもろの思いを呑《の》み込んで、田宮はお上手《じょうず》を言った。

2

先刻、杉野が〝お山〟と言った〝聖真霊《せいしんれい》の教《きょう》〟の本部は、新富士駅から車で十分ほどの距離にある。

〃こだま411号〃は定刻どおり九時二十九分に新富士駅に着いた。雪は止んでいたが、底冷えがする。

駅のホームに、教祖付の運転手と事務員が迎えに出ていた。二人とも二十代の若者で熱心な信者である。

〃お山〃に住み込んで教祖に仕えている。食事、衣類は本部から支給されるが、無料奉仕の若者がほかにも六、七人も棲《す》みついていた。

杉野は思いたったが吉日とばかり〃お山〃に出かけることが多い。月に三、四回。日帰りはないので、延べ七日は〃お籠もり〃する。〃お籠もり〃と言っても、水垢離《みずごり》などはない。聖真霊の間《ま》で参拝して、教祖の山本はなと対面し、本部に宿泊するだけである。

信徒総代の杉野には専用の特別室があてがわれる。ベッドルームではないが、バス、トイレ付の和室である。多額寄付者だから、自分で個室をつくったと言ったほうがわかりやすい。

杉野は特別室でも原稿を書く。最近はときに『帝都経済』の編集会議を開くまでになった。

それによって、編集者、記者を否応なしに〃お籠もり〃させられるメリットに、杉野は気づいたのだ。部長以上の幹部会も〃お山〃で行なう。

個室は杉野だけで、副社長以下は大部屋に雑魚寝《ざこね》である。厨房《ちゅうぼう》、食堂も完備され、大企業の研修所並みに充実していた。

いつも玄関に山本はなが出迎える。教祖様にしては勿体《もったい》をつけたところがなさすぎる。服装は春夏秋冬、チョゴリ風の純白ドレスだ。

〝聖真霊の教〟の信徒数は詳《つまび》らかではない。杉野良治のようなスポンサー筋には恵まれているが、信徒数は意外に少数で、二千人か三千人、多めに見ても五千人はいないだろう。

山本はなは教祖というより祈禱師《きとうし》に近い。

現世利益《りやく》を求めて群がる信徒に対して、呪《まじない》を唱えて勤行《ごんぎょう》するだけのことだが、不治の病を治したとか、非行少年を立ち直らせたなど、数々の利益を施した実績を誇示していた。

田宮のようなはんちくな信者でも、奥まった聖真霊の間に座らされると粛然とした気持ちになるから不思議である。

聖真霊の間には観世音菩薩《かんぜおんぼさつ》の像が祀《まつ》られている。

〝聖真の霊〟に合掌してから、特別室で山本はなに桜湯をふるまわれた。

「〝お山〟へ来ると心がやすらぎます。ここは極楽ですよ」

杉野は、湯呑みを朱塗りのテーブルに戻して、田宮に眼を流した。

「大二郎もそうだろう」

「はい、心がやすらぐこともありますが、反面、気持ちが引き締まるような緊張感も覚えます」

「うん。凛《りん》とした澄んだ気持ちになるんだよ。それは安心立命《あんじんりゅうめい》とも言える。教祖様のお側にいられるだけでも、わたくしは幸せだと思う」

杉野の顔が柔和《にゅうわ》になる。柔和は褒めすぎだが、眼から険が殺《そ》がれていた。

「先生、きのうのパーティは盛況でよろしゅうございましたね」

山本はながい思い出したように言った。

杉野がくずしていた膝をそろえたので、田宮も正座した。

「教祖様、わざわざお越しいただいてありがとうございました。お陰さまで大盛況でした。千人以上の人が集まってくださった。それも日本の各界を代表する一流の人物ばかりです」

いくらなんでも千人以上は大袈裟《おおげさ》である。社員を入れても七百人。教祖の前でもサバを読むところがいかにも杉野らしい。

「それもこれも教祖様のお陰です」

「杉野先生の信仰心が〝聖真の霊〟に通じたのです。午後から勤行があります。いま先生のお悩みにお答えしましょう」

山本はなは厳かに宣《のたも》うた。

「『帝都経済』の週刊化につきまして、〝聖真の霊〟は、時期尚早と告げられました」

「はあ」

杉野は山本はなの前にひれ伏した。

田宮も叩頭《こうとう》したが、なにかちぐはぐである。

杉野が雑誌の週刊化について山本はなにお告げを賜りたい、と申し出たのは一週間前の一月五日である。きのうのパーティで、山本はなから質問を受けたとき、田宮は時期尚早ではないか、と答えた。

教祖様のお告げは百発百中と、杉野は信じ込んでいるらしいが、この問題に関する限りは田宮の意見に従ったまでで、ナマ臭い教祖である。

それに、田宮は座布団のからくりにも気づいていた。

信徒は受付で悩みを訊《き》かれるが、座布団の色で悩みの種類が山本はなに伝達される仕組みになっていた。

不眠症の信徒には茶色の座布団、心臓病には赤、登校拒否児を持つ母親には青の座布団に座らせる、といった具合である。

聖真霊の間で、いきなり教祖から「登校拒否のお子がいるのでしょう」とやられた母親は、それだけで山本はなの神通力を信じるであろう。

多分、座布団のからくりに、むろん杉野は気づいていない。気がついたら、離心するかどうか。

信仰することで安心立命が得られるんなら、こんなけっこうな話はない、と割り切れば座布団のからくりなどは取るに足らないこととも言える。

それにしても、向かうところ敵なし、可成《かな》らざるはなし、政界官界に深く浸蝕《しんしょく》し、フィクサーとして影響力を行使できるまでに権力を掌中にした、鬼のスギリョーが夢心地でいま、眼前で山本はなにひれ伏している。

田宮はいつもながら眼を疑いたくなる。

「暗愚の経済連会長をひきずり降ろしたのは、この私だよ」

「主幹が海野首相に対して行革審の会長に田中健二を指名するように進言したから、この人事が実現したんだ」

田宮は、杉野からそう聞かされたが、杉野のことだから、田中に電話の一本もかけ、「首相に推しておきましたよ」ぐらいのことは、恩着せがましく言っているだろう。田中健二の行革審会長就任には財界に不協和音があった。優柔不断のそしりをまぬがれない海野総理が珍しくリーダーシップを発揮した裏には、杉野のあと押しがなかったと言い切れまい。

〝余の辞書に不可能なる語彙《ごい》はない〟とナポレオンが本当に言ったかどうかは知らないが、いまや杉野良治はナポレオン的境地に到達していると考えても、そう不自然ではないだろう。

昼食前の約一時間、田宮は聖真霊の間で、教祖様と対峙《たいじ》する羽目になった。

杉野から、命じられたのだ。

「杉野先生から、田宮大二郎の悩みを取り払うように懇請されました。なんなりと申されるがよい」

聖真霊の間は香が焚《た》かれ、ぼんぼりの薄灯《うすあか》りが怪しい雰囲気をかもし出している。普通のおばさんと思ってはみても、吸い込むような眼で凝視されると、鳥肌立つような胸苦しさに襲われる。

田宮はかすれ声を押し出した。

「悩みというほどのことはありませんが、できたら編集部に戻りたいと思っています」

「そんなことではない。もっと深い悩みがあると思うが」

「主幹はなにか思い違いをしているのでしょうか。わたしは信仰のお陰で、なんの悩みもありません」

「真実を申すがよい。三十二歳にもなって、結婚もせずにこうしておるのは、過去のしがらみから抜け出せないからではないのか」

田宮はアッと声をあげそうになった。

木石じゃあるまいし、人並みに恋もした。死ぬほど好きになった女もいる。高校時代から将来を誓って、毎週逢《あ》っていた恋人が大学四年の夏、骨肉腫《こつにくしゅ》で急逝した。発病から死まで半年足らず。

どれほど世をはかなみ、神をのろったことか。

発狂するか、自殺するか、どっちかだろうと本気で思った日もある。アルコール依存症にならないことが不思議なほど、浴びるように酒をくらった。立ち直るまで、三年、いや四、五年かかったような気がする。しかし、神仏にすがった憶《おぼ》えはない。誰にも助けを求めなかった。自分の力で立ち上がったのだ。

田宮は『帝都経済』の編集部時代に、一度だけ古村綾に食事を誘われたことがある。過去の大恋愛を話したのはそのときだけだから、古村綾から杉野良治に伝えられたと考えるしかない。もしかすると、寝物語に話したのだろうか。

3

「田宮大二郎！」

山本はなは突然顔の裏側から発するような甲高い絶叫調になった。

蒼白《そうはく》なひたいから汗がしたたり落ち、全身が引きつったように硬直した。据わった眼が天井の一点をとらえていた。はなに〝聖真の霊〟が乗り移った瞬間である。

山本はなは両手をいっぱいに広げた中腰の姿勢で田宮に迫った。

「聖真霊の菩薩よ！　田宮大二郎に取りついた悪霊を取り払い給え！　取り払い給え！　田宮大二郎から福井美津子の悪霊よ！　天に召されるがよい。おう！　おう！　いま、福井美津子の霊が離れてゆく。見える！　見える！　見える！」

福井美津子は十年前に他界した田宮の恋人だが、この名前を古村綾に話したかどうか田宮は記憶が曖昧《あいまい》だった。

「一生結婚する気はありません。福井美津子ほどの女にめぐり合えるとは思いませんから」

おそらく酔った勢いで、古村綾にそんなことを口走ったのだろう。山本はなの霊感がどんなに冴《さ》え渡ろうと、情報なしに福井美津子を特定できるとは思えない。

山本はなの両手のこぶしが田宮の頭を挟んで、きりきりと揉《も》み上げた。

タネも仕掛けもあるとわかってはいても、山本はなの異様な振る舞いに、田宮は魂を抜かれてしまった脱け殻みたいに放心していた。

山本はなはわけのわからない呪文《じゆもん》を唱えながら、田宮から離れ正座した。二人の間に一メートルほどの間隔ができた。

「田宮大二郎君、〝聖真の霊〟の菩薩によってきみの過去はきれいに洗い流されました。杉野先生も同意見と思うが、そろそろ身を固めなければいけません。杉野先生とよく話されるがよろしいでしょう」

声も顔も普通のおばさんに戻っていた。

4

昼食は杉野良治の部屋で、釜揚《かまあ》げ饂飩《うどん》と野菜の天麩羅《てんぷら》を食べた。

田宮は杉野の秘書だから、二人で食事を摂《と》ることはしじゅうあるが、いつも気詰まりだし、杉野の早めしについていくのに骨が折れる。

杉野は十分足らずで食べ終わった。田宮も急いだつもりだが、とても十分では食べきれない。

焙《ほう》じ茶を飲みながら杉野が切り出した。

「大二郎はまだ結婚する気にはなれないか」

返事のしようがなかった。山本はなとの連係プレーであることは疑う余地がない。

「もう潮どきだろう。年貢の納めどきと言ってもいい。思い出を大切に生きるのも悪くはないが、人間、過去にとらわれていたら、進歩がない。率直に言うが、治子をもらってもらいたいんだ。治子もきみと結婚したいと願っている。頭もいいし、美人だし、三十二と二十七なら年恰好《としかっこう》もいいんじゃないのか」

田宮はこしのある釜揚げ饂飩を食べ残したくなかったが、不謹慎な気がしたので膳《ぜん》の上に箸《はし》を置いた。

「二年ニューヨークに留学して、英会話は完全にマスターしたようだから、日本へ帰したい。結婚して子供ができるまでは、広告代理店へ勤めたいと言っていた。わたしがその気になればどこへでも押し込めるが、女房を働かせるかどうかは亭主が決めることで、きみ次第っていうことなんだろうな」

既成事実のような口ぶりだが、ちょっと待ってもらいたい。そんな簡単に割り切れる問題ではない。

「文彦にはサジを投げた。あいつは勘当したいくらいだよ」

杉野は絞り出すような声になったかと思うと、もう眼から涙があふれた。

「大二郎、頼りになるのはきみだけだ。治子も信仰には消極的だが、女は亭主次第で変わる。親の言うことは聞かなくても、亭主には従うものだ。きみが死ぬ気で治子を説得すれば、治子は必ず〝聖真霊の教〟に帰依すると思う。杉野良治の仕事を受け継げるのは大二郎しかおらん。大二郎なら産業経済社を立派に守ってくれるだろう」

杉野は肩をふるわせて子供のように泣きじゃくった。

田宮は浴室からタオルを取ってきて、そっと差し出した。

タオルでぬぐった杉野の顔が険しさを取り戻した。

「どうだ、いまの話、受けてくれるか」

「………」

「治子が嫌いか」

「いいえ」

「それじゃあイエスだな」

上体がテーブルに伸《の》しかかってきた。田宮は居ずまいを正した。

「身に余る光栄です。しかし、治子さんはわたしには勿体《もったい》ないですよ。バランスがとれません。わたしには無理です」

「おい！　おためごかしを言うな！」

杉野は阿修羅《あしゅら》の形相で、テーブルをどんと叩《たた》いた。

「俺を甘く見るんじゃないぞ。俺の眼は節穴じゃない。厭《いや》なら厭でいい」

いまの涙はなんだったのか、と訊《き》きたくなるほどの剣呑《けんのん》さに、田宮は胴ぶるいが出そうになった。

「おまえは治子の過去に拘《こだわ》ってるんだな」

「違います。過去のことは関係ありません。私も過去に深い傷を負ってます」

「教祖様が取り払ってくれただろうに」

杉野は声量を落とし、笑いかけてきた。

「大二郎、教祖様の前なら本音を聞かせてもらえるか。教祖様にここへ来てもらおうか」

「治子さんとおつきあいをさせていただきます。治子さんの気持ちがほんとうにそういうことなのかどうか、自分自身で確かめたいですし、私自身も、自分の気持ちがよくわからないのです。主幹が治子さんに無理強いしているとも考えられますし……」

杉野はテーブルに両手を突いて、低頭した。こんな姿を見たのは初めてだ。

「大二郎、ありがとう。きみの言うことはいちいちもっともだ。ただ、私が治子に無理強いしているなんてことは絶対にない。とにかくつきあってみてくれ。大二郎と治子ならきっとうまくいくと思うんだ」

喜怒哀楽をこうもいっぺんに出されると、受けとめかねた。

それにしても重い宿題を背負ったことだけはたしかだ。よろこんでいいのか悲しんでいいのか。

しかし、そんな予感はあった。心のどこかに、まんざらでもない思いもある。毒を食らわば皿までだ。

杉野良治を岳父にすれば、産業経済社を居抜きでわが掌中にできるかもしれない。この際はそういう割り切り方が、賢明な選択と言えるのではないのか――。

昼食後、杉野は〝お山〟を一人で散歩した。敷地は二千坪ほどある。

霊峰富士を仰いで、時折立ち止まるが、考えごとをしながら、せかせか歩いているほうが多い。

頭の中は仕事のことでいっぱいで、〝お山〟へ来ても安心立命《あんじんりゅうめい》の境地に到達しているのかどうか疑わしい。

杉野の散策中、田宮は特別室で原稿を清書していた。新幹線の車内で読まされた〝有《う》情仏心《じょうぶっしん》〟をリライトするよう命じられたのである。

人使いの荒い男だ。原稿のリライトは本来編集の仕事だが、たまに手伝わされる。「文章の勉強になるからな」と恩着せがましく押しつけてくるが、本人が思っているほどの筆力ではない。

むしろ悪文といったほうが当たっている。だいたい「のであった」が多すぎる。手を入れたい、直したい、との誘惑にかられるが、そんなことをしたらえらい目に遭う。田宮は二百字詰め十六枚のリライトに二時間半もかかった。

5

夕食も差し向かいだった。時刻は六時五分前。

杉野はロイヤルサルートの水割りを飲んだ。〝お山〟では酒類の持ち込みはご法度だが、信徒総代の杉野だけは、教祖様も目溢《めこぼ》ししている。杉野だけに与えられた特権と言い換えてもいい。

杉野はアルコールの勢いなしに眠りに就けない。杉野にとってアルコールは睡眠薬である。

「大二郎も一杯どうだ」

「畏《おそ》れ多いです」

「きょうは特別に許そう。親子のかための杯《さかずき》になるやもしれん」

杉野は舌を嚙《か》みそうなほど大時代なセリフを吐いて、手ずから水割りをこしらえた。

「教祖様には私からあとであやまっておくから心配するな。ただし、他言は無用だぞ」

「いただきます」

田宮はグラスを押しいただくように受けた。

杉野は水割りをあけるピッチも速い。田宮はできるだけ薄めにして飲んだが、杉野はあっという間に六、七杯あけてしまった。

豆腐、野菜、こんにゃくなど精進料理も片っぱしからたいらげてゆく。

杉野はとろんとした眼を田宮に据えた。呂律《ろれつ》もだいぶ怪しい。

「大二郎はあした七時二分の始発で東京へ帰れ。治子が帝京ホテルに泊まってるから、逢《あ》ってやってほしい。寝る前に電話をかけたらいいな」

「はい」

「それから、三月十五日付で、きみを編集に戻すつもりだ。さっき暦を調べたら、大安吉日だった。二カ月もあれば、治子とゴールインできるだろう」

犬や猫の子じゃあるまいし、そんな簡単にことが運ぶとも思えないが、田宮は逆らわなかった。秘書をお役ご免になると思えば、こんなうれしいことはない。

「取締役編集局長に任命するからな」

田宮は唖然《あぜん》として、言葉を出すまでずいぶん手間取った。

「困ります」

「なんで困るんだ」

「わたしはまだ若造です。社員に示しがつきませんよ」

「きみはほかの連中とはわけが違う。『帝都経済』を取り仕切るのは主幹だ。きみは若い連中のリーダーになってくれればいいんだよ。信仰のほうも、きみなら連中を引っ張っていけるだろう」

「川本さんはどうなるんですか」

「川本は専務に昇格させて、営業を見てもらう。瀬川と二人三脚で、営業をもっともっと強くしてもらいたいと思ってるんだ」

「しかし、編集局長はいくらなんでも肩書が重すぎます。取締役も辞退させてください」

「もっと胸を張ったらどうだ。瀬川だって取締役になったのは三十三だった。いずれ大二郎は瀬川の上に立つんだから、早すぎるってことはない」

「………」

「いいな。主幹の言うことに間違いはない。大二郎を取締役編集局長にすることについては教祖様のお告げでもあるんだ」

「………」

「そうだ。取締役編集局長の披露パーティを盛大にやってやろう。千人も集めてやるか」

「冗談じゃありません。編集局長の披露パーティなんて前代未聞ですよ」

田宮は口をきく元気もなくなった。

杉野のパーティ好きはほとんど狂的である。儲《もう》けるためのパーティと取っている人が多いに違いない。午後四時ないし五時から始める一時間のパーティで二万円の会費は割高だ。パーティの後で、宴会やら会食に間に合うように配慮している時間帯、と杉野は強弁しているが、むろんソロバン抜きとは思えない。

だいいち千人も集められるだろうか。芸能人ではないのだ。たかが経済誌の編集記者ではないか。

「発起人も一流人をずらっと並べてやろう。企業は経費で落とせるんだから、遠慮することはない」

杉野はすっかりその気になっていた。

杉野からパーティの発起人になって欲しいと頼まれたら、なかなかノーとは言えない。

シッペ返しが恐ろしいのだろう。

発起人を依頼された者からも、パーティ出席を求められた者からも「またか」と顰蹙《ひんしゅく》を買っていることがわからないのだろうか。

仏の顔も三度、というが、鬼のスギリョーに通じる言葉ではない。それどころかわずか二万円で杉野良治のような大物に会えるのだから安いものだ、と考えかねない男なのだ。

田宮は七時四十分に階下へ降りて行った。

食堂にグリーン色の電話がある。カードとコインの兼用だが、田宮はカードで帝京ホテルに電話をかけた。

治子は部屋にいた。

「いま〝お山〟ですが、あした早めに帰れそうです。昼食をどうでしょうか」

「ありがとう。うれしいわ。がやがやしてるの聞こえるでしょう」

「ええ」

「お友達が三人もきて、わいわいやってるの。あなたも、いまから来られないかなあ」

酔いと甘えを含んだ声に「おハルお安くないぞ」と雑音がまじった。

「ちょっと静かにして……。ごめんなさい。父を寝かせたら、もういいんでしょう。ねえ、いらして。ねえ、お願いよ。十時にはホテルに着くでしょう。お待ちしてます」

電話は一方的に切れた。

この女、何様のつもりだ、ふざけるにもほどがある。まるで恋人気取りではないか。酔っ払いとは思ってみても、節度をわきまえない女を好きになれるわけがない――。

田宮は頭をカッカさせながら、もう一度ホテルのダイヤルを押し、治子を呼び出した。

「田宮です。仕事が残っているので今夜は無理です。あす日曜日の正午にもう一度電話をします」

高飛車に出たつもりだが、声はさほど尖《とが》らなかった。

「どうしてもダメなの。お友達を紹介したかったのに」

「それは別の機会にしてください。二人だけで話したいこともあるんです」

「ごめんなさい。わがままを言って。あなたに早くお会いしたくて」

猫撫《ねこな》で声を出されて、泡立っていた気持ちが鎮静した。

「じゃあ、あした。おやすみなさい」

今度は田宮のほうから電話を切った。

この夜、二階の大部屋は田宮一人だった。

取締役編集局長の件はむきになって辞退するほどの話ではなかった。治子との結婚が前提条件ではないか。よしや実現したとしても、杉野の気持ちが変わればそれまでである。いまから緊張してたら神経がもたない。まじめに考えるほうがどうかしている――。

寝床の中で、田宮はクスクスひとしきり笑った。

それにしてもパーティには参ったな。仮説を立てれば、パーティはあり得る。一度言い出したら、ちょっとやそっとで後へ引くような男ではない。しかし、いくらなんでもそんなみっともない真似はできない。

そこまで考えて田宮の顔がにやついた。山本はなの存在に思い当たったのだ。教祖様のお告げを使う手があった。持ちつ持たれつ。けっこう話のわかる教祖様だ。俺は少し情緒不安定になっている。治子と結婚する可能性は少ないと考えるべきではないのか。関心がない、と言えば嘘になるが、男のプライドや沽券《こけん》にかかわる問題を忘れていいのかどうか——。

田宮はなかなか寝つかれなかった。

第四章　娘の反発

1

底冷えの厳しい一月十三日の早朝、田宮大二郎は〝お籠《こ》もり〟から解放され、東京へ戻った。

いったん広尾のマンションへ帰り、二時間ほど仮眠を取って、十一時に外出した。帝京ホテルに着いたのは十一時四十分。館内をぶらついて時間を潰《つぶ》し、正午ちょうどにフロントから杉野治子を呼び出した。

治子はほどなくあらわれた。

白いシャツブラウスに紺のパンツ、赤いベルト。エナメル革の赤いハンドバッグとカシミヤの白いセーターを手にしている。背中にかかった髪はソバージュ。濃いアイシャドウがちょっと気になる。

田宮は紺のブレザーに着替えてきた。

「お腹はすいてませんか」

「相当すいてます。例によって朝六時ですからねぇ」

「わたしもぺこぺこ。朝ご飯もまだなの。起きたのが十時ですから。十一時にお友達が帰って、やっと人心地がついたところよ」

「なにを食べましょうか。ブランチならヘビイでもいいですね」

「ええ。新館地下二階の中華料理が美味《おい》しいって、お友達から聞いたんですけど」

「僕もいちど銀行の広報部長にご馳走《ちそう》になったことがあります。たしか〝北京〟といいましたかねぇ、東京では指折りの中華料理店です」

「いいわ。行きましょう。中華料理は、大勢のほうがいろんなお料理を食べられるからいいんですけど、あなたなら二人分食べられるでしょう」

「二人分はどうですかねぇ」

中華料理店で、治子は個室を用意させた。

近ごろの若い女は、男に奢《おご》らせるものと決めてかかっているが、治子は例外だろう。

田宮はメニューを渡されたが、治子にまかせた。

料理をオーダーし、メニューから顔をあげた治子がウエイターに付け加えた。

「紹興酒《しょうこうしゅ》をロックでいただこうかしら。ボトルでください。グラスは大きいほうがいいわ」

アルコールには強い体質らしい。父親譲りだろう。

脳梗塞《のうこうそく》で倒れる前の杉野良治の飲みっぷりは伝説的である。

「紹興酒のオンザロックなんて初めてです」

「あたためるか冷やして飲むのがまっとうなんでしょうけど、ロックで薄めにして、ちょっとソフトにするところがミソなの。ニューヨークで商社のかたに教えてもらったんです。紹興酒って不思議に、二日酔いもないんですって」

治子は手際よくキュービックアイスを落とした二つのグラスに紹興酒を注いだ。

「あなたにお逢いできてうれしいわ」

「光栄です」

二人はグラスを触れ合わせた。

「たしかにいけますね。すっきりしてて美味しいです。氷砂糖を入れて熱燗《あつかん》で飲むものとばかり思ってたんですけど、こうして飲むと、ずいぶん違うなあ」

「でしょう」

治子はアクセントをつけて返し、にっと笑った。

笑顔はいい。切れ長の眼がやさしくなって歯並みもきれいだ。

もうちょっと化粧を薄くすればもっとよくなる、と田宮は思った。

ウエイターが冷菜を運んできた。

田宮は遠慮せずに先に箸《はし》をつけた。

治子が二度目のくらげを取り皿に取りながら眉《まゆ》をひそめた。

「田宮さん、食べ方まで父に似てきたみたいだわ」

知らず知らずのうちにがつがつした食べ方が身についてしまったらしい。

「きょうは欠食児童だから特別です。主幹のピッチはとても真似できませんよ」

「父と食事をするのはほんとうに苦痛ですよねぇ。お行儀も悪いし、なんであんなに急いで食べなければいけないのか……。母が手をかけてこしらえたお料理だってあっという間に食べてしまうし、苦虫を嚙《か》みつぶしたような顔で不味《まず》そうに食べるの。家族団欒《だんらん》なんて、遠い昔のことですけど」

「あのスピードじゃあ、どっちにしても家族団欒は無理ですよ」

治子が田宮のグラスにボトルを傾けながら訊《き》いた。

「〝お山〟で、父とどんな話をしたんですか」

「治子さんを信仰に導けるのはおまえだけだ、なんて言われました」

「つまり、きょうはお見合いみたいなものなのね」

「そうなんですかねぇ」

「違うんですか」

治子の眼がきつくなった。

田宮は押され気味で、つい伏し眼がちになる。

ブレザーを脱ぎ、椅子にかけながら、田宮はどう答えるか思案した。

「あなたは父の命令で、わたしに会ってくださってるんですか」

「それは違います。もちろん自分の意思ですよ」

「でも、父から、わたしと結婚してほしいと頼まれたことは事実なんでしょ」

「主幹が治子さんと僕の結婚を希望してることは、きのう聞きました。しかし、いくら主幹でも、強制はできないでしょう。きみと僕の合意なしに、実現するわけはないんです」

「父が田宮さんに眼をつけていたことはずっと前からわかってました。わたし自身も、あなたを意識してました」

治子はまっすぐ眼をぶつけて逸《そ》らそうとしなかった。

「そういう意味でしたら、僕も同じですよ。悪い気はしないって言うか……」

田宮は冷菜の蒸し鳥を口へ放り込んだ。

治子がわずかに表情を動かした。

「わたしに気を遣ってくださってるわけですか」

「そんなことはありません。ただ、結婚自体に臆病《おくびょう》なんです。女性では死にたくなるほど辛《つら》い思いをしてますから」

だ。

「田宮さんの大恋愛の話は父から聞いた記憶があります」

「主幹にお話しした憶《おぼ》えはないんですけどねぇ」

古村綾にしか話してないことを打ち明けたい気持ちになったが、田宮は言葉を呑《の》み込んだ。

「わたしの過去について気になりませんか」

「なりません」

われながら無理してるな、と田宮は思った。

鱶《ふか》ひれの姿煮と鮑《あわび》のクリーム煮がテーブルに並んだ。

田宮は食事のほうに気持ちが向かいがちだが、治子は憂い顔で紹興酒をすすっている。

「一昨日のパーティでもお訊きしましたが、田宮さんは〝聖真霊の教〟の信者なんですか」

田宮は口の中の鱶ひれを始末して、グラスを呷《あお》った。

「主幹のように打ち込んでるとは言えませんけど、度合いはともかく、一応は信者のつもりです」

「父の信仰心はホンモノだと思いますか」

「もちろんそうでしょう」

「わたしは、信じません。父もあなたと同じでいい加減な信者ですよ。法華経を齧《かじ》ったかと思うと念仏に宗旨変えしたり、かと思えば神道に凝ってみたり、今度は観世音菩薩《かんぜおんぼさつ》なんて言われても、ハイわかりましたって、従《つ》いていけると思いますか」

「究極の宗教と言ってますから、もう宗旨を変えることはないと思いますけど」

「必ず変わるわ。自分が教祖になりたいんでしょう。〝聖真霊の教〟も、半分教祖のつもりなんじゃないかしら。だったらスギリョー教とでも変えたらいいのよ」

　この問題になると、治子は血がたぎるらしい。

　激しい語調に、田宮はたじたじとなった。

「たしかに主幹は自らを教祖様のパートナーと考えてる感じはあります。教祖様も主幹を杉野先生と呼んでますからねぇ。しかし、それはそれでいいんじゃないですか。そんな厳密に考えることはないですよ」

「あなたもほんとうにいい加減ねぇ。方便として、信者のふりをしているとしか思えないわ」

　ずけっと言われて、田宮は鼻じろんだ。

　方便で〝お籠もり〟していると言われればそのとおりなのだから、仕方がない。

　百四十人の社員で〝聖真霊の教〟を本気で拝んでいる者が何人いるだろう。

　娘の治子が指摘したとおり、杉野良治だっていつどう変わるかわかったものではない。

「神様のほうはどっちへ転んでも損しないようになってるのよねぇ。ご利益《りやく》がなければ信仰心が足りないとか、お布施が足りないとか言えばいいわけだし、ご利益があれば信仰のお陰だって言えるんですから。いま、いちばん儲《もう》かるのは新興宗教なんじゃないかしら。新興宗教に限りませんが、坊主丸儲けって、昔から言いますよねぇ」

「現世利益を説くのは新興宗教のあり方として仕方がないんじゃないですか。問題は信じるか信じないかでしょう。信じる者は誰でも救われるんじゃないですか」

「あなたも救われるってわけなのね。〝聖真霊の教〟を信仰するくらいなら、鰯《いわし》の頭か、狐の尻尾《しっぽ》でも拝んでたほうが、よっぽどましだと思いますけど」

治子の眼がますますきつくなっている。むきになった顔は、杉野良治そっくりだ。

2

トイレに立った治子が戻ってくるまでの五分ほどの間、田宮は、治子との縁談をどう断ったらよいか、この難局をどう切り抜けたらいいのか、懸命に考えていた。

方便で〝お籠《こ》もり〟するまでが限度である。それ以上は踏み込むべきではない。

『帝都経済』を一流の経済誌にまで高めたい、などと青臭いことを考えたこともあるが、杉野良治が生きている限り、それはないものねだりかもしれなかった。

まかり間違って治子と結婚するようなことになっても、治子が〝聖真霊の教〟に入信する可能性がないとすれば、自分の出世も覚束《おぼつか》ない、と考えるべきだろう。だいいち、鬼のスギリョーを岳父に持つやつの気が知れない、と誰しもが思うこと請けあいではないか。

「失礼しました」

　治子がテーブルに戻った。

「父は『信仰は勁《つよ》し』をパーティの引き出物にするような厚かましいことをしてますけど、あなたお読みになりました」

「もちろん読みました」

「辛抱強いこと。わたしは数ページで投げました。読むに堪えなかったわ。新聞に大きな広告が出てましたけど、自民党の代議士が『涙にむせびながら夜を徹して読んだ』とか、財界のかたが『著者の魂の古里に触れる思いがして深い感動を受けた』なんて読後感を広告の中で寄せてましたでしょ。でも、あの本を読んで涙をこぼす人がいるとはとても信じられない。とにかく薄っぺら……」

「二時間もあれば読めますから、夜を徹して読んだというのは大袈裟《おおげさ》でしょうけど、感動する人はいると思いますよ」

「あなたは感動したんですか」

「涙まではこぼれなかったけれど、興趣は尽きませんでした」

「わたしにまで無理する必要はないと思いますけど」

「………」

「父はあの本を、折あるごとに配っているとか……」

「主幹としては会心の出来ばえなんじゃないですか」

「父の本は一冊読んだだけですが、低俗でひどいものでした」

治子は紹興酒《しょうこうしゅ》を呷《あお》って、話をつづけた。

「『学生占師』というんです。父は大ベストセラーになったと自慢してますけど、あんな本がベストセラーになるなんて考えられないわ。一流の週刊誌が大きく採り上げたと父は言ってますが、事実なのかしら」

杉野良治が『学生占師』を上梓《じょうし》したのは三十数年も昔のことだ。『週刊SUN』が書評欄で採り上げた。

学資を稼ぐため、大学を休んで数年間、大道占師として各地を放浪した話である。著者によれば「僕は生来このようなことに、本能的な興味を感じていたのではないかと思われる。何か神秘的なものに心引かれる素地があったように思われる」のだそうだ。

たしかに、杉野君は、相手の顔色を見ながら、その時の状況に適したことを言うのは巧みらしい。「平凡なことを言ってお客さんを納得させることが先ず肝心《ま》だ。それにどんなつまらぬことを喋《しゃべ》っても、要するに最後のオトシマエさえしっかりつけられれば金はちゃんと取れる」というのも率直でいま風ではある。

占いに頼るような人物の心理を知り、それに乗じる弁舌は生来のものと見える。だから著者は、古本屋へ行って、三冊ばかり占いやら易やらの入門書を買うと、それを一晩で読了、その翌日の晩にはもう銀座の街頭に座っている。

心臓と弁舌だけの易占いでも、天眼鏡に誘われるのか、結構、客が立ち寄り、中にはデタラメが当たって翌晩お礼をいいにくる客があるというから世はさまざまだ。

しかし、なんといっても占いで儲かるのは、地方らしい。

著者は凶が出ても、それはお客に絶対いわず、大吉か吉を語ることにしていたともいう。なかなか人情の機微を心得た態度というべきだろう。

大阪へ行った時には有名作家に面会し、その手相を占ったらしい。

「僕は自分の手相と多くの点で類似していることを思い出し、僕も努力すれば必ずや彼の域に到達できるに違いないと考えるのであった」

と書いている。

もっとも本書を読む限り、どんなに努力してみてもプロの作家にはなれまい。これは当たらぬ八卦《はっけ》というべきであろう。

以上が、『週刊ＳＵＮ』の書評の概略だが、むろん田宮や治子が、知る由はなかった。

田宮は、『学生占師』は読んでいなかったので、低俗だと言われても、ぴんとこない。

ただ、『信仰は勁し』の読後感を言えば、口に出すのははばかられるけれど、治子のそれに近い。

「興趣は尽きない」は、やはりお世辞である。

3

紹興酒が残り少なくなった。

田宮大二郎は、手酌でぐいぐい飲んでいる。杉野治子もぼーっと顔を赤らめているが、ペースは田宮の半分以下だ。

いつしか二人は饒舌《じょうぜつ》になっていたが、口調は乱れていない。

「治子さんはさっき、〝聖真霊の教〟を信仰するくらいなら、鰯の頭でも拝んだほうがましだ、みたいなことを言ってましたけど、日本人は宗教に淡泊すぎるんじゃないですかねえ。日曜日に教会で礼拝を欠かさない敬虔《けいけん》なクリスチャンもいるし、毎朝毎晩、〝南無妙《なむみょう》法蓮華経《ほうれんげきょう》〟を唱えている人もいないわけではないでしょうが、宗教とのかかわりは冠婚葬祭だけという人が多いですよねぇ。ふと、それでいいのかな、と思うことも僕はあるんだけれど、あなたはどうですか」

「信仰心はまったくありません。多くの日本人は最後に頼れるのは自分だけだと思って、頑張ってるんじゃないかしら」

「高校時代の友達で医者になった男から聞いた話ですが、宗教を持っている人は、病気になっても精神的にタフらしいですよ。神様のご加護を信じてるってことなんじゃないですか。そういう意味では主幹の〝お籠もり〟は理解できるし、中途半端かもしれないけど、僕も信仰心はゼロではないと思ってるんです」

「現世利益を説く宗教は、どれもこれも胡散臭《うさん》くて厭《いや》だわ。父の場合も、脳梗塞の再発が怖いことと、資産づくりのために、わけのわからない宗教に凝ってるんですよ」

「現世利益だけを求めてるってわけでもないでしょう。むしろ、安心立命《あんじんりゅうめい》のほうにウエイトがかかってると思うなあ。いまの主幹にとって、いちばん心のやすらぐ場所が〝お山〟ということではないんですか」

「家庭を壊し、女房や子供に辛《つら》い思いをさせておいて、安心立命を求めようなんて、土台厚かましいですよ。あの人は死ぬまでのたうちまわるんだわ。墓場へ行くまで安心立命なんて得られるもんですか。家庭を壊すぐらいならまだ可愛いものだけど、鬼のスギリョーとか言われて、世間から蛇蝎《だかつ》のように嫌われてるんでしょう。悪人ほど、神だ仏だって言いたがるものなのよ」

田宮は苦笑するしかなかった。実の父親をここまであしざまに罵《ののし》る娘も珍しい。

「蛇と蝎《さそり》ですか。それはないでしょう。熱烈なスギリョーファンだって、世間にゴマンといますよ」

「あなたのお立場は微妙なのね。でもわたしはだまされません。母も兄も、父とは縁を切りたがってるわ。わたしは母や兄のように純粋ではないから、どっちつかずですけど。あなたもどっちつかずなんでしょう。どっちつかず同士で握手しましょう」

治子が腰をあげて右手を伸ばしてきた。

眼にやさしさを取り戻し、気のせいか潤んで見える。

田宮は、治子の手を握り返しながら、気持ちが一歩近づいたように思えた。

4

レジでカードを返してもらった治子が中華料理店から出て来た。

「酔いざましにコーヒーでもいかが」

「ええ」

「じゃあ部屋へいらして。散らかってますけどスウィートですから大丈夫よ」

治子は、エレベーターのほうへずんずん歩いてゆく。

なにが大丈夫なのか意味不明だが、紹興酒が相当入っているとはいえ、ベッドルームに誘うとは大胆すぎる。

しかし、こっちが気を回しすぎるとも言える。いくらなんでもそんな尻軽女《しりがるおんな》ではないだろう。

ただコーヒーを喫《の》むだけなら、どうってことはないはずだ。

スウィートルームへ入って、田宮はあっけにとられた。

部屋の中が、花であふれていたのだ。大企業の社長か大女優が入院したら、病室はこんな風になるのかもしれない。

大きめなバスケットの中のオアシスにアレンジされた薔薇《ばら》、踊り子蘭、カスミ草、ガーベラ。白、ピンク、黄色、色とりどりのフリージアが芳香を放っている。大輪のカサブランカ。そしてカトレア、シンビジウム、デンファレなどの蘭が五鉢も数えられた。

花にぐるっと手を回しながら治子が訊いた。

「あなたの仕業でしょう」

「まさか。僕はそんなに気が利くほうじゃありませんよ」

「それを聞いて安心しました。全部父の関係でしょう。お友達にあげても、まだこんなに残ってるんですから、凄《すご》い量だわ。一週間足らずの一時帰国で、こんなにたくさんお花を贈られていいのかなあ」

「……………」

「父の差し金かしら」

「違うでしょう。察しはつきます。多分……」

田宮は言いよどんだ。

「多分誰ですか」

「瀬川副社長だと思います」

それ以外考えられない。瀬川が企業などのスポンサー筋に治子の帰国を伝えたのだ。

「あの人ならやりそうなことだわ。ニューヨークからお礼状を出しますけど、どういうつもりなんでしょう。ちょっとやりすぎだと思いませんか。もちろん頼むほうがです」

田宮は曖昧《あいまい》にうなずいた。

企業側も花の贈呈を頼まれたら厭とは言えない。贈る側が杉野良治を意識していないはずがない。瀬川はスギリョーの意を受けて動いている、と受け取るかもしれない。杉野治子に花を贈ることの意味や効果を計算して、積極的な気持ちでそうしたとも考えられる。

「父の威光を見せつけられて、思いは複雑ですけど、ま、悪い気はしません」

「主幹だって、悪い気はしませんよ。たかが花ぐらいのことでナーバスになる必要はないでしょう」

スウィートルームのソファに向かい合ってコーヒーを喫みながらの話になった。

「父は、わたしにだけはやさしいんです」

「父親なんて、そんなものでしょう。僕もあなたと同じで二人兄妹で、妹がいますが、妹に対する親父のえこ贔屓《ひいき》には泣かされてますよ」

「父を悪く言いすぎたかしら」

「気にしてるくらいなら、いいんじゃないですか。主幹と正面切ってぶつからなければ、問題はないと思います」

「正面切ってぶつかったこともあるわ」

治子がうつむいたのは初めてだ。

「なんだかんだ言っても、わたしも母も、杉野良治の傘の下でのうのうと暮らしてるんですから、あまり大きなことは言えないわねぇ。でも、〝お籠《こ》もり〟だけは意地でもしませんか」

「主幹の顔を立てる気にはなれませんか」

治子は激しくかぶりを振った。

「ご家族のかたが〝お籠もり〟に反対しているのは、主幹としても切ないでしょうねぇ」

「兄は気が弱くて、たまには〝お籠もり〟につきあってるようですけど、母もわたしも、それは絶対にあり得ません」

治子がコーヒーをすすってカップを受け皿に戻した。

「悩んでる社員もけっこういますよ。血の気の多い若い社員で裁判沙汰《ざた》にしようかと本気で考えてる者もいます。必死に抑えてはいるんですけど」

「かまわないでやらせたらいいのよ。父も少しは懲りるんじゃないかしら」

「そんな甘い主幹じゃないでしょう。治子さんがけしかけるようなことを言っちゃあいけないなあ」

「そうかしら。〝お籠もり〟を強制されたら、わたしだって、父を訴えるかもしれないわ。それと、古村綾さんだけがどうして埒外《らちがい》に置かれてるの。とっても不自然」

「七不思議の一つですねぇ」

綾の美しい顔が眼に浮かんだ。

「不思議でもなんでもないでしょう。父の側によっぽど弱みがあるってことよ。父が選挙に出たときから、ずっとつきあってるんでしょ」

「どういう意味ですか」

「もちろん男と女の関係ですよ。あなたが知らないはずはないと思うけれど」

田宮は胸がドキドキした。

治子がきっとした顔でつづけた。

「ひところの父はひどかったわ。最後まで続いてるのは古村さんだけらしいけど、あの人の女狂い、女遊びは異常だったわ」

「主幹が、男にとって女は活力の源泉ぐらいに考えてた時期があったと聞いた記憶はありますが、古村さんとはどうなんですかねぇ。僕には信じられませんけど」

「あなたがほんとうにそう思ってるんなら、それでけっこうよ。古村さんって、顔に似合わずしたたかよ。あなたは父を庇《かば》ってるんでしょ」

しばらく沈黙がつづいた。

コーヒーカップも、グラスの水も空っぽになっている。

田宮は喉《のど》が渇いてどうしようもなかった。

治子が生唾《なまつば》を呑《の》み込んで、言葉を押し出した。

「せっかくのデートで〝お籠もり〟や父の話ばかりしてたら世話はないわ。こんなつまらない話、もうやめましょう」

治子の瞳《ひとみ》が濡《ぬ》れている。

見つめられて、田宮の眼がさまよった。

「あなたになら、なにをされてもいいわ」

頭の中が劇的に切り換わったらしい。

「そんな安売りをしないほうがいいなあ。治子さんらしくないですよ」

田宮は時計に眼を落としながら腰をあげた。もう三時を過ぎている。

ここで踏みとどまらなかったら、一巻の終わりだ。

まだ覚悟はできていない。

5

翌日、一月十四日の午後、田宮は杉野の専用車のリムジンで、治子を成田空港まで見送った。

田宮は助手席に座ったが、治子はずっとテレビを見ていた。

なにかしらよそよそしい。恥をかかされたと思っているのだろうか。それとも運転手の手前をおもんぱかってのことなのか。

搭乗手続きをしたあと時間が余りすぎたので、田宮はリムジンを帰して治子をティールームに誘った。

「お忙しいんでしょう。無理につきあっていただかなくてもいいのよ」

「主幹は、きょう一日を原稿書きに当てることになってますから、ご心配なく。それに、もっと話もしたいんです」

心にもないことを言ったつもりはない。

きのう一線を越えなかったことを田宮も気にしていた。越えようが越えまいがたいしたことではない。据え膳《ぜん》食わぬは男の恥ともいうではないか。

お互い大人なのだ。一線を越えたら最後、もう引き返せない、と考えるほうがどうかしている。

もっとも、そう思うのは越えなかったからこそで、あのとき治子とそうなってしまったら、いまどんな気持ちでいられるかはわからない。ただの娘とはわけが違うのだ。

ティールームの窓際の席に腰をおろし、コーヒーを喫み始めたとき、治子から拗《す》ねた感じが取れていた。

治子はジーンズにハーフコートのラフな服装だ。

「きのうはごめんなさい。自己嫌悪に陥って、眠れませんでした」

「生意気なことを言って、僕のほうこそ反省してます」

「わたしのような蓮《はす》っ葉な女でも、つきあっていただけますか」

「ええ、よろこんで。でも、蓮っ葉なんていう言い方はよくないなあ。あなたがほんとうに蓮っ葉な女だったら、僕だってとてもつきあう気持ちにはなれないと思います」

「ありがとう。きのう、わたしの過去についてなんにもお訊きにならなかったのは、田宮さんのやさしさなんでしょうねぇ。拘《こだわ》って当然だと思うんです」

「それだったらお互いさまですよ。イーブンです」

「イーブンではあり得ないわ。わたしは、一年も、山下と同棲《どうせい》してたんですから」

山下明夫はかつて産業経済社の社員だった。治子は学生時代から産業経済社に出入りしていたので、山下との間に恋愛関係が生じるチャンスはあったろう。

山下は田宮と同年で、『帝都経済』の取材記者だった。『帝都経済』は、主幹の杉野良治がすべてを取り仕切っているが、山下は杉野の言いなりにならず、むしろ向かっていく気骨があり、仕事もできた。〝お籠もり〟にも断固反対し、周囲をハラハラさせていた。しかも既婚で、子供も一人いた。そんな山下を治子は熱愛したのである。

悪条件が重なりすぎる。

三年前、山下は福岡支社に飛ばされたが、治子は追いすがり、一年余の同棲生活を続けた。

山下は治子に離婚すると明言していたが、ひとりで決められるわけがない。山下の妻にその意思がない以上、離婚は不可能である。

杉野は、山下を八つ裂きにしてもし足りなかったろう。

山下は一年で懲戒解雇された。

勘当されていた治子が、杉野の実弟を介して、父に詫《わ》びを入れ、治子は傷心を癒《いや》すべく、日本を離れた。

「山下君は、いまどうしてるんですか」

「あの人、教師の資格を持ってましたから、仙台の私立高校で社会科の先生をしてるんじゃないかしら。音信不通ですけど、奥さんとはヨリが戻ったと、人伝《ひとづ》てに聞きました。突っ張って突っ張れなかったこともなかったのでしょうけど、結局は妻子を捨てられなかったんです。もとの鞘《さや》に収まるようになってたんでしょう」

「破滅型とも違うんでしょうが、僕は山下君をうらやましいと思いましたよ。ドラマティックというのか、ドラスティックというのか。誰もができないことをやったんですから……。治子さんも立派だったと思うなあ」

「褒められた話ではないわ。皮肉に聞こえますよ」

「いや、断じて皮肉ではありません。ただし、以後、山下君のことは禁句にしましょう」

治子は涙を溜《た》めた眼で、田宮を見つめた。

田宮は、治子との距離がまた一歩近づいたような気がした。

「頭もいいし、美人だ」と杉野良治は親バカぶりを見せていたが、二度会話した限りでも、治子の頭の良さは認めてもよい。勝ち気だが、やさしさもある――。

「今度はいつ逢《あ》えますか」

「本音を言いますと、もうニューヨークへ帰りたくない心境です。留学なんていうと聞こえはいいのですが、ニューヨーク郊外のウェストチェスターという街にある知り合いのアメリカ人の家で、ホームステイのようなかたちでお世話になりながら、英会話の専門学校に通ってるだけなんです。かれこれ二年になりますから、もう東京へ帰りたいと思ってるの。父も、早く帰って結婚することを望んでいるみたいですし」

田宮は微笑を浮かべて、黙ってうなずいた。

「わたしはニューヨーク文社員ということになっていて、会社から高給をもらってること、ご存じですか」

「いいえ」

「それなら、ここだけの話にしてください。それが心苦しくて……。ほんとうは自分の力で働けたらと思ってるのよ」

「主幹もそんな話をしてました。結婚を急ぐのもいいけど、あなたは能力も意欲もあるんですから、仕事を持つのはいいことなんじゃないですか」

先のことはわからないが、自然体でいくしかない。

まだ揺れているが、田宮は治子と結婚する方向へ気持ちが傾斜し始めていることを意識した。

第五章　〝取り屋〟の本領

1

一月十五日の祝日も、田宮大二郎は杉野良治からホテル・オーヤマに呼びつけられた。

「主幹だが、すぐホテルへ来てもらえないか」

杉野は、社員に対するとき自分を主幹と称することが多い。

「承知しました。三十分後に参ります」

電話がかかったのは午後五時だから、非常識な時間ではない。〝お籠《こ》もり〟と治子との食事で、田宮は土曜日と日曜日を潰《つぶ》されていた。

うんざりだが、田宮には杉野の気持ちがわからなくはない。せっかちな杉野は一日待つことができないのだ。

それにホテルで朝四時から『帝都経済』の原稿を書きまくって、飽きもするだろうし、話し相手も欲しいところだろう。

田宮は下着とワイシャツは替えたが、ネクタイとブレザーはきのうの服装で外出した。

ホテルのロビーは混雑していた。

「成人の日」のせいで、振り袖《そで》姿がやたら眼につく。

杉野はノーネクタイのワイシャツの上にセーターを着ていた。

長期間ホテル住まいを続けていると、ベッドルームに生活臭が滲《し》み出てくる。田宮はきょうはことにその感を強くした。

清掃前で、部屋がちらかっているし、ベッドも乱れていた。ルームサービスの食器はセンターテーブルに放置されたままだ。

原稿執筆用に用意された大型デスクの上が書類や資料であふれている。

田宮はブレザーを脱いでセンターテーブルを片づけてから茶を淹《い》れた。

「治子はどんなふうだった」

「お元気で帰られました」

「そんなことはわかってる。日曜日はどうだったんだ」

田宮はおとといの日曜日に杉野の長女治子と帝京ホテルの中華料理店で昼食を共にし、スウィートルームで長時間話し込んだ。杉野とはきのうの月曜日に顔を合わせていたが、杉野が忙しくて治子のことを話題にする時間はなかった。

田宮が成田空港で治子を見送ったあと、古村綾に電話をかけたのは夕方六時過ぎである。

「いま、治子さんがゲートへ入ったところですが、どうしましょう。会社へ帰りましょうか」

「主幹は〝まつおか〟へ出かけたわ。わたくしもそろそろ帰りますから、あなたも直帰《ちょっき》してけっこうよ」

〝まつおか〟は新橋の料亭である。自民党の派閥領袖《りょうしゅう》を囲む会が三カ月も前に決まっていた。

「ところで治子さんとはうまくいきそうなの」

声の調子は変わらない。綾の周囲に人はいないのだろう。

「主幹から聞かれたんですか」

「ちらっとね。主幹はすごーく期待してるみたいだったわ。あなたの気持ちはどうなの」

「さあ。どうなんですかねぇ」

「それなあに。照れてるの」

「気が重いって言うか、畏《おそ》れ多いって言うか……。想像してたよりずっとましな女性だとは思いますけど」

「有望そうねえ」

「まだどうなるかわかりませんよ」

「せいぜい頑張りなさい。じゃあ」

電話が切れた。

言葉とは裏腹に、突き放すような響きがあった。

2

杉野は煎茶《せんちゃ》をがぶっと飲んで、田宮を見据えた。

「昼食をご馳走《ちそう》になりました。話も弾んで、愉《たの》しかったです」

「そうか。治子は器量よしだし、頭もいいから、大二郎には勿体《もったい》ないくらいだ」

いい気なものだ。ここまで言われると、おもしろくない。

「治子は、親の俺には電話一本かけてこない。やっぱり照れ臭いのかねぇ。それで、めしを食っただけなのか」

「ええ」

「部屋には行かなかったのか。わざわざスウィートを取ったのに」

杉野の顔がたちまちひきつった。

「部屋へは行きましたけど……」

「なにもなかったのか。莫迦《ばか》なやつだ。三十二にもなって、なんてやつだ」

あしざまに浴びせかけられて、田宮はさすがに言い返した。

「いくら主幹でも、そんな」

「………」

「〝お籠もり〟のときにも申し上げましたが、治子さんとは結婚を前提におつきあいさせていただきたいと思います。しかし、主幹がいちいち干渉されますと、気持ちがひるみます。しばらく時間をください」

「おまえは女の修業も足らんようだな。女なんていうのは、寝てみなきゃわからんのだ。俺は、女では苦労している。大二郎は、もっと遊ばないかん。治子は治子、遊びは遊びだ」

杉野は口もとに下卑《げび》た笑いを浮かべた。

おまえが大二郎に変わったのは、機嫌が直った証拠である。

だが、油断はできない。

懐の深い、話のわかる、くだけた男だなどと取り違えたら、えらい目に遭う。どこまでねじれているかわかったものではない。

たとえばの話、図に乗って「主幹と古村綾さんはどんな関係なんですか」などと訊《き》こうものなら、血相変えて、つかみかかってくるかもしれない。

不意に杉野の眼が潤み、声が湿った。

「教祖様も大二郎と治子の結婚を願っておられる。主幹だって、治子に〝お籠もり〟させなければ教祖様に合わせる顔がない。それができるのは大二郎だけなんだ」

「治子さんと〝お籠もり〟の話もしましたが、その点はちょっと自信がありません」

「要は大二郎の信仰心次第だよ」

主幹の信仰心はどうなんですか、娘を信仰させられない程度のものなのですか、と訊き返したいくらいだ。結婚はこっちがその気になりさえすれば可能だが、信仰までは責任が持てない。

〝お籠もり〟を結婚の条件にしたら治子は多分反発するだろう。「鰯《いわし》の頭でも拝んだほうがましだ」とまで治子は言ったのだ。

田宮は、そのことを話してしまいたい欲求に駆られたが、我慢した。治子との結婚がどうにも気に染まなかったら、治子に対して〝お籠もり〟を持ち出す手はあるかもしれない。

3

杉野がトイレに立とうとしたとき、ホテルの交換を通さない直通電話が鳴った。

直通の電話番号を知っている者は、ごく限られている。田宮は受話器を取ることを躊《ちゅう》躇《ちょ》した。もしや、古村綾ではないかと気を回したのだ。

「大二郎、出てくれ」

　杉野は言いつけて、トイレへ入った。

「もしもし」

「良治先生でいらっしゃいますか」

「秘書の田宮ですが……」

「ああ、田宮さん、失礼しました。大阪の永坂です。すっかりご無沙汰《ぶさた》致しまして。良治先生はお留守でしょうか。いまホテル・オーヤマのロビーにおるんですが、先生のお忙しいことは重々承知しておりますが、ご挨拶《あいさつ》がてら、二、三分お時間をいただけたらと思いまして、失礼とは存じながら、お電話させていただきました」

「少々お待ちください」

　田宮は受話器を置いて、トイレのドア越しに用件を伝えた。

　杉野は大声を返してきた。

「すぐ来てもらってかまわんぞ」

「わかりました」

　杉野がトイレから出てくるまで四分ほど要した。前立腺《ぜんりつせん》肥大ぎみなので時間がかかるのは仕方がない。ほとんど同時にブザーが鳴った。部屋の中は散らかっていたが、とりつくろいようがない。センターテーブルを片づけるのがやっとだ。

永坂昌男は、株式会社ナガサカの創業社長で五十七歳。三十年近くも不動産業界で生き抜き、街の不動産屋を年商五百億円のデベロッパーに育て上げた遣《や》り手である。

ナガサカの本社は大阪で、資本金は十五億五千万円。大阪、神戸を中心に建て売り、マンション分譲、オフィスビルの賃貸などを手がけてきた。

杉野良治は創業社長に取り入る術《すべ》に長《た》けている。とくに中小企業の社長は、新聞に書かれるチャンスが少ないせいか、活字に弱い。『帝都経済』で、採り上げられるとたちまち舞い上がってしまう。永坂も発行部数を十万部と杉野に吹かれて、信じ込んでいる口である。

産業経済社のスポンサーは、決して大企業だけではなく、中小企業もバカにならない。

産業経済社の集金システムの一つに「産業経済クラブ」がある。札幌から福岡まで、都市名を冠した「産業経済クラブ」の会員数は約二千人、入会費十五万円、年間費十五万円。このほか「不動産業情報クラブ」やら「海外情報フォーラム」やらは年間費が百万円から二百万円。参加企業の中には年間費だけで一千万円以上納めているところもある。

永坂昌男が、「関西産業経済クラブ」や「不動産業情報クラブ」の会員であることは言うまでもなかった。

「良治先生、お休みのところを突然お邪魔いたしまして申し訳ございません。ご尊顔を拝ませていただくだけで光栄でございます」

永坂は揉《も》み手スタイルで、部屋に入って来た。

真冬だというのに猪首《いくび》まで真っ黒にゴルフ焼けしている。杉野も相当なゴルフ狂だが、厳冬期は避けていた。

「やあ、どうぞどうぞ」

「失礼します」

二人がソファに腰をおろした。

田宮は茶を淹れてから、デスクの前の椅子に座った。

「永坂さん、景気はどうですか」

「良治先生、ひどいなんてもんじゃありません。首を吊りたい心境です」

永坂はネクタイをぎゅっと締めて、顔をしかめた。

「ほんま日銀総裁と刺し違えたい思うてます」

「わかるわかる。こんど門田君に会ったらよく言っときます。私もそろそろ公定歩合は引き下げていいんじゃないかと思ってるんだ」

門田は日銀総裁だが、人と話しているときに大先輩、大先達でもクンづけするのが杉野の癖だった。

「しかしナガサカぐらい大きければ、びくともせんでしょうが」

「そんなことおまへん。ウチかて危ないもんです」

「借入金はいまどのくらいあるの」

「一千四百億円ほどです」

「それだけあれば、銀行が潰さんでしょう。メインバンクはコスモ銀行でしたねぇ」

『帝都経済』の最新号をパラパラめくっていた田宮の手が止まった。四日前の「産業経済大賞表彰パーティ」が厭《いや》でも眼に浮かぶ。

パーティ会場で〝スギリョー毒素〟と言ったのは、コスモ銀行会長の松原直巳である。秋山大介頭取の顔も忘れられない。

「ええ。不動産向けの総量規制で、無い袖《そで》は振れん言われて往生しとります。良治先生、助けてください。コスモ銀行に見捨てられたら、おしまいです」

杉野は、永坂に拝まれ、にたっと笑った。

「そんなに悪いの」

「ええ。この一週間で十億円の融資が得られませんと、ほんまパンクしてしまいます」

「松原君か秋山君に話してみるかねぇ」

「お願いします。このとおりです」

永坂はまた手を合わせた。

「お礼はいくらでもさせていただきます」

「うん。コスモ一行で十億円の緊急融資は難しいかもわからんが、広告のほうで気張ってもらわんとねぇ。最低一本かな」

杉野が右手の人さし指を突き立てた。

「二回に分けて、振り込んでもらったらいいですな」

一本は多分一千万円と思えるが、二回に分けて振り込めとはずいぶん具体的な指示である。

杉野はなにやら自信たっぷりだが、金融引き締めのご時世に、杉野良治が口を利いたくらいで、不動産向けの緊急融資が実現するとは思えない。

「良治先生ですから、なんもかもぶちまけますが、金利の上昇で、金利負担が年百億からになっとります。これがきつうてきつうて。ノンバンク向けの利払いが滞っとるんですわ。銀行も貸し渋り、カネ繰りが悪うなっとります」

「マンションの売れ行きはどうなの」

「ええことはおまへん」

永坂は黒光りしたひたいにしわを刻んで、力なく猪首を振った。

「見通しは暗いわけだな」

「いや、たしかに胸突き八丁の厳しいところにきとりますが、ここを乗り切れば、遠からず金利の引き下げも期待できますし、ウチは不良在庫がおまへんから、銀行さん次第で踏ん張れます」

杉野は思案顔で煎茶《せんちゃ》をすすっていたが、湯呑《ゆの》みをセンターテーブルに戻した。

「社員は何人いるの」

「二百人ほどおります」

「多いねえ。思い切って減らさんといかんよ」

「先生がおっしゃること、ようわかります。三分の一に減らす方向で、再建計画を立案中ですが、コスモ銀行さんがつなぎ融資に応じてくれて、リーダーシップを発揮してくれれば、なんとでもなる思います」

「ナガサカを生かすも殺すもコスモ銀行次第なんだね」

「はい」

「田宮君、秋山頭取の自宅へ電話をかけてくれ。会社職員録に出てるはずだ」

杉野は、デスクの脇の本棚を指差した。

秋山頭取は在宅だった。

杉野は挨拶もそこそこに切り出した。

「さっそくですが、あした会えませんか。大賞パーティではあなたと碌《ろく》に話もできなかったから、差しでめしでも食いたいと思ってるんですよ」

「光栄ですが、あしたはちょっと。あすでなければいけませんか」

「ええ。早いほうがいい。お互い忙しいから朝めしにしましょう。ホテル・オーヤマに部屋を取りますから、七時に来てください」

「承知致しました。なにか準備しておくことはございますか」

「いや。じゃあ、あす朝七時にお待ちしてます。フロントでわかるようにしておきますから」

杉野は、受話器を田宮に突きつけて、ソファに戻った。

田宮は胸をドキドキさせながら、話を聞いていた。杉野の凄《すご》さを改めて見せつけられるような思いだった。

永坂は起立し、最敬礼で杉野を迎えた。

「今夜、大阪に帰るの」

「いいえ、帝京ホテルを取っております」

「じゃあ、部屋で待ってなさい。首尾のほどは田宮から連絡させる。きみ、これ、忘れちゃあいかんよ」

「ようわかってます」

杉野は指を立てて〝一本〟の念押しを忘れなかった。

コスモ銀行の頭取を呼びつけるとは、さすが鬼のスギリョーとしか言いようがない。

松原と秋山は、パーティで〝スギリョー毒素〟などと、えらそうに杉野を批判していたが、この体たらくである。スギリョーの前に出ると愛想笑いを浮かべている財界人ばっかりなのだ。

4

ひと月ほど経った二月下旬の朝九時を過ぎたころ、杉野の来客中に、古村綾が田宮大二郎に話しかけてきた。二人のデスクは向かい合っている。

「ナガサカの話は知ってるんでしょう」

「〝一本〟の話ですか」

「ええ」

「永坂社長がホテル・オーヤマに見えたとき主幹と一緒でしたから。翌朝、秋山頭取をホテルに呼びつけたのにはびっくりしました」

「財界人で呼びつけられないのは、大山三郎さんぐらいのものよ。長岡武さんと後藤哲夫さんが生きてたら、いくら主幹でもやっぱりこっちから出向かないとねぇ」

故後藤哲夫は関東急行グループの総帥だった。生前、後藤は杉野良治に目をかけ、名門中の名門といわれるゴルフクラブへの入会を承諾している。

ひところ〝爺殺《じじい》し〟のニックネームが付いたほどだから、杉野はよほど老人に取り入る術に長けていたのだろう。

「主幹も、そこまであなたに心を許すようになったのねぇ。あなた、信頼されてるのよ。そういう話は、私にしかしなかったのに」

綾は意味ありげに田宮を見上げた。

上野理花が風邪で会社を休んでいたので、秘書室は二人だけだ。

「その〝一本〟だけど振り込まれてきたわよ。五千万円ずつ二回に分けて」

田宮は息を呑んだ。

〝一本〟が一億円だったとは——。ひと桁《けた》読み違えていた。田宮は懸命に無表情をよそおった。

「コスモ銀行は、ナガサカにいくら融資したんですか」

「あら、聞いてないの」

綾は頬杖《ほおづえ》を突いて、誇らしげにつづけた。

「私は聞いてるわよ」

「十億円じゃないんですか」

「その半分」

「五億円で一億円ですか。主幹の力って底知れませんねぇ」

綾が、自分の頭を突つきながら返した。

「ここもいいのよ」

「あなた、落ち着いてるけど、けさの新聞読んだんでしょう」

「……………」

「いいえ、なにが書いてあるんですか」

綾が経済新聞を田宮のデスクに押しやった。

開かれた個所に眼を落とし、田宮は、

「ええっ！」

と声をあげた。

〝負債一千五百億円〟

〝マンション分譲・ビル賃貸のナガサカが和議申請〟

の大見出しが躍っていたのだ。

生唾《なまつば》を呑み込みながら、田宮は眼を走らせた。胸の鼓動も速くなっている。

マンション分譲・ビル賃貸のナガサカ（本社大阪市、社長永坂昌男氏、資本金十五億五千万円）が二十六日、大阪地裁に和議申請し、事実上倒産した。民間信用調査機関の調べによると、負債総額は一千五百五十億円で、戦後八番目の大型倒産。コスモ銀行など、銀行、ノンバンクに支援を要請していたが、金融機関の足並みがそろわなかった。

田宮が火照《ほて》った面《おもて》を上げるのを待っていたように、綾がにやにやしながら言った。

「きわどかったわね。間一髪セーフっていうのかなあ。和議申請後だったらおカネは取れないものねぇ」

「でもこれでは、まるっきし詐欺じゃないですか。コスモ銀行の頭取だって、背任です。立派な犯罪ですよ」

「言葉を慎みなさい。あなたお尻《しり》がまだ青いのね。単なる経済行為じゃないの」

「しかし……」

「しかしもなにもないの」

古村はぴしゃりと言って、田宮を睨《にら》みつけた。途端に田宮の声が小さくなった。

「主幹は新聞見たんでしょうか」

「もちろん読んでるわ。ぜんぜん動揺してないわ。この程度のことでうろたえているようじゃ、『帝都経済』の編集長は務まらないわよ。ナガサカの件は、忘れなさい」

田宮は言い返せなかった。

秋山頭取の特別背任は言い過ぎだとしても、広範な顧客から預かった五億円もの融資が焼け石に水に終わることをメインバンクともあろうものが予測できなかったのかどうか。これでは結果的にドロボーに追い銭ではないか。

しかも、杉野良治は、産業経済社はナガサカから一億円をいわば掠《かす》め取ったのだ。裁判所に任命された整理委員の弁護士が〝一本〟の事実を発見したら、不正行為として追及するだろうか。

これが会社更生法なら、保全管理人の弁護士に経営権までゆだねられるので、摘発も可能だが、和議だと経営権は社長の永坂昌男に握られたままだ。

しかし、整理委員が和議不適正と判断し、破産に導くことは可能なのだから、〝一本〟の事実を察知したとき、破産を盾に、永坂に一億円の返還要求を勧告できないことはない。

問題はそうした事実を把握できるかどうかだが、ナガサカがアメリカ、カナダ、フランス、イタリアなど海外九カ国に現地法人を設立し、海外で幅広く事業を展開している点がネックになるかもしれない。一億円が海外支店経由で送金されたとすれば、〝属地主義〟に災いされて、整理委員が領海外に踏み込むことは困難である。どっちにしても、すべては闇から闇に葬られるだけだろう。

綾がなに食わぬ顔で話題を変えた。

「その後、治子さんとはどうなの」

「三月に帰国するようなことを言ってました。二、三度電話で話しましたが、お元気そうでした」

「主幹は三月十五日に式を挙げさせるとか言ってなかったかしら」

「そんな。無理ですよ」

「でもアイ・エヌ・ジーなんでしょ」

「そこまで行ってません」

「まだ迷ってるわけ」

「ええ。どうなることやら」

田宮は照れ隠しに投げやりな返事をした。

「やっぱり初恋の人が忘れられないってわけなの。そんなこともないんでしょ」

「その話を主幹の耳に入れたのは、やっぱり古村さんなんですね」

「話してないわ」

綾はきっとなった。人間、痛いところを突かれると怒るものだ。

綾はすぐ笑顔に戻った。

「私もあなたと治子さんがゴールインすることを願ってるわ。あなたも主幹の気持ちを汲《く》んであげなさいよ」

なにか白々しい。治子の話になると、綾はよそよそしい態度を見せる。気のせいならいいのだが。

それにしても、ナガサカの倒産にまるで動じていない古村綾がちょっと怖くなった。

だが、杉野良治のあざとさにいまごろ驚いてみても始まらない。

古村綾にしても然《しか》り。二十年以上も杉野とのコンビで、産業経済社を牛耳《ぎゅうじ》ってきたのだ。惚《ほ》れた弱みではないが、田宮はことさら綾を美化しすぎるきらいがある。だいたい四年も産業経済社でめしを食っていて、いまさら正義派ぶったところでどうなるものでもなかった。

そうは思いながらも、その夜、田宮は眠れなかった。取材記者時代に経験したいろんな事件が眼に浮かぶ。

わけても、〝ノルマ証券〟〝ガリバー証券〟で世界に轟《とどろ》く丸野証券の田嶋義一社長を『帝都経済』で叩《たた》いたときのことが、思い出されてならない。

5

忘れもしない三年前の昭和六十三年(一九八八年)六月上旬の早朝、田宮は杉野からの電話を受けた。

当時、田宮は社宅に入居できる身分ではなかったから、千葉市内のアパート住まいだったが、六時半の電話で、「八時に出社してくれ」と命じられたのだからたまらない。髭《ひげ》も剃《そ》らず、歯も研《みが》かず、トイレに入るのが精いっぱいだった。十五分の遅刻は仕方がない。

主幹室で、杉野と田嶋社長が待っていた。

センターテーブルに『帝都経済』の最新号のコピーが広げてあった。紛れもなく田宮が書いた記事である。

〝悪知恵商法、丸野証券の責任を問う〟

〝黙して語らぬ田嶋義一社長〟

の大見出しと、丸野証券本社、田嶋社長の顔写真が配され、18級12ポの写植ゴチックの前文《リード》がこう続く。

最近の丸野証券はどうもおかしい――。名実ともに世界のトップ証券にのしあがった丸野証券の周辺で、今、こんな噂が囁《ささや》かれている。〝悪知恵商法〟としか言いようのない行動が目立ったり、丸野証券らしからぬ大失態を演じて、天下に恥をさらす体たらくだ。この責任を、田嶋義一社長はどうとるつもりか――。

「スモール田嶋は問題だ。ビッグ田嶋に比べて品が悪すぎるし、だいたい態度が大きい。クマタ問題にひっかけてスモール田嶋を叩け！」

当初、そう田宮に命じたのは杉野自身である。

クマタは、ボイラー、ゴミ焼却炉のトップメーカーだ。同社は仕手筋の株買い占めに対抗するため、丸野証券の指導で第三者割当増資を行ない、その際、新株の価格を発行直前の時価千四百二十円の半額以下の六百八十円に設定した。杉野はこの点に食らいついたのだ。

丸野証券の会長は田嶋茂也。会長と社長が同姓なので、世間では会長をビッグ田嶋、社長をスモール田嶋と呼んでいる。

田宮は、丸野証券の広報室に田嶋社長のインタビューを申し入れたが、

「時間がない」

と断られた。城のような社長公邸に夜討ち朝駆けも試みたが、つかまえられなかった。一般紙の記者のようにハイヤーを使えるわけではないから、夜回りのときのみじめさといったらない。

広報の対応も、大丸野を笠《かさ》に着て横柄で強圧的だった。

田宮は自分では抑えたつもりだが、エモーショナルな記事になったことは否定しようがない。

「まだ叩き方が足らんが、まあ、いいだろう」

それでも杉野は不満そうだった。

6

田嶋にじろっとした眼で見られて、田宮は緊張した。

「座りたまえ」

「失礼します」

田宮は、二人を左右に見ながらコの字型のソファに腰をおろした。

杉野が詰問調で言った。

「きみ、なんで田嶋社長に会わなかったんだ」

「アポイントメントをいただきたいと広報室にもお願いしましたし、社長公邸に三度お訪ねしたのですが、お会いできなかったのです」

「出張して東京にいなかったんだから、会えるわけがない。だいたい広報から何も聞いてないんだ。〝黙して語らず〟なんて書かれる憶《おぼ》えはないな」

田嶋はたるんだ頬をぶるぶるふるわせながらドスの利いた声で、まくしたてた。

「いいか。クマタの第三者割当増資は商法で禁じられてる有利発行なんかじゃない。阪神学院大学の河崎教授に意見書まで出してもらってるものなんだ。しかも、仕手筋の発行差し止め請求は裁判所に却下されてる」

田嶋は、田宮から杉野に視線を移した。

「杉野先生、判決文の写しを持って参りましたので、ちょっとご覧ください」

口調もがらっと変わった。

杉野は、コピーに落とした眼を田宮に向けて手を振った。

「きみ、もういいよ。ご苦労さん」

田宮は主幹室から追い出されたのである。

次号の『帝都経済』の校正で印刷所に詰めたとき、田宮はゲラを見て、溜《た》め息が出た。

〝丸野証券・田嶋義一社長が激白〟

〝丸野証券の水は汚れていなかった〟

の大見出しで、火を消しているではないか。

インタビュアーはもちろん杉野良治である。その中で、杉野はこう締めくくっていた。

田嶋社長はまことに明快に私の質問に答えてくれたのであった。〝丸野証券の水は汚れていなかった〟というのが、率直な印象なのであった。では、何故あのような厳しいレポートとなったのであろうか。何のことはない。本誌の記者が田嶋社長に会見を申し込んだ際、側近の不手際で、行き違いが生じたのであった。事実、田嶋社長は「そんな話は聞いていません」と言っている。田嶋社長は話せばわかる男であった。

これをマッチポンプと言わずになんと言うのか。広報室長のクビが飛ぶかもしれない。わずか二カ月ほど前の『帝都経済』で、杉野は田嶋義一を褒めちぎっていたのだ。

田嶋義一氏のこれからの人間的成長がそのまま丸野証券という企業の成長につながっていく。すでに丸野は、これまで世界一といわれていた米国のトップ証券を追い抜いているのであった。丸野はこれからどのような企業に変貌《へんぼう》していくのであろう。私はその将来を予見すると、身ぶるいが出るほど、そら恐ろしくなる。利益において一兆円を超すのも夢ではないかもしれない。

私をわざわざ車まで送ってくれて、「大切なお体ですから、どうかお大事になさってください」と言った。温かく、やさしい言葉であった。田嶋義一氏という人物の成長を垣間見たような気がしたのであった。

あんなに調子よく書いといて、「スモール田嶋を叩け！」はない。

もしや、あのときも〝一本〟の口ではなかったのか――。

田宮は、それこそ身ぶるいが出そうになった。

7

マッチポンプの話を思い出したらきりがない。田宮大二郎が取材記者を務めたわずか二年間だけでも、数えきれないくらいあるのだから、推して知るべしだ。

「北海道開拓銀行をほじくってみろ。過剰融資ぐらいはあるはずだ」

杉野が編集会議でわめいたのは、昭和六十三年七月中旬のことだ。

同時期、産業経済社は「札幌産業経済クラブ」を新設、会員集めを進めていたが、思うにまかせず、杉野は苛立《いらだ》っていた。

北海道開拓銀行頭取の木内一茂を落とせば、入会希望者が雪崩込んでくると読んだ杉野は、日銀副総裁の紹介状を持って札幌へ飛んだが、木内は面会を拒否した。

怒り心頭に発した杉野は、田宮と吉田修平の二人で〝特別取材班〟を組むように命じた。

吉田修平は当時二十四歳。入社四カ月足らずのヒヨッ子だが、年齢のわりにはけっこう書けるし取材能力もあって、田宮の下でホットコーナーの金融関係を担当させられていた。

八月下旬号の『帝都経済』に八ページの特集記事が掲載された。

〝北海道開拓銀行の疑惑融資が明るみに〟

〝系列キスコリースの周辺に黒い噂続出〟

〝北拓銀の融資手口に非難集中〟
二ページにまたがるおどろおどろしい大見出し。そして、木内頭取の大きな顔写真。全国紙の半五段広告も、中吊り広告もトップ扱いで、顔写真付ときては、指名手配の容疑者と変わるところがない。

北海道開拓銀行（木内一茂頭取）の〝疑惑融資〟問題を取材する過程で、札幌市に本社を置く北拓銀のダミー、キスコリース（平野英雄社長）に関する、異常とも思える〝過剰融資〟の実態が明らかになった。キスコは約四千億円といわれる資金量のうち約三千億円を大阪市・イースト・キャピタル・アンド・コンサルタンツ（中田栄一社長）にリース、この巨額の融資に〝回収不能〟の可能性が出始めており、他行の貸し付けが焦げつくことも予想される。キスコへ融資している融資銀行団はいずれも北拓銀への〝信用融資〟であり、キスコに会長、社長を派遣している北拓銀の経営態勢が厳しく問われよう。北拓銀を覆う〝黒い霧〟を追跡、札幌、大阪を舞台にした〝疑惑融資〟の実態を徹底検証する――。（本誌特別取材班）

前文《リード》を書いたのは田宮だが、キスコの過剰融資を最初にキャッチしたのは吉田である。日銀副総裁の紹介状を黙殺するとは無礼千万ではないか――。田宮も吉田もことさら闘争心をかきたてた。

キスコの過剰融資は『帝都経済』が久々に放ったスクープである。

夜回りで木内の談話も取った。

「キスコリースからイースト・キャピタルへの融資額は二千億円弱で、その担保評価は土地の値上がりで四千億円もある。過剰融資ではない。不動産関連融資が大半なので、これからは不動産の有効活用をキスコに検討させたい」

しかし、融資額が約三千億円であることを当の北拓銀担当専務の藤山明彦が明言したので、頭取と専務の食い違いも誌面できっちり書けた。

田宮と吉田は、杉野から第二弾、第三弾の続報を書くように命じられていたが、十日ほど経って、二人は主幹室に呼ばれた。

「北拓銀のことだが、あれだけ書けば充分だろう。取材は打ち切ったらいいな」

「取材は伸びてます。もう一回やらせてください」

田宮はねばったが、杉野に厭《いや》な顔をされておしまいである。

8

その夜、田宮と吉田は烏森《からすもり》の焼き鳥屋でヤケ酒を飲んだ。

「木内頭取は札幌産業経済クラブに入会したんですか」

「もちろん。あれだけ派手に書かれたら、ひとたまりもないだろう。まるで刑事被告人みたいな扱いだもんなあ。木内頭取は鬼のスギリョーを甘く見すぎたんだ」

吉田はしかめっ面で不味《まず》そうにビールを乾《ほ》した。

「『帝都経済』に書かれたことが堪《こた》えたわけじゃないですよ。新聞広告と中吊り広告がかなわんのじゃないですか」

「そんなにかりかりするな。動機は不純だし、一般紙が後追いするかどうかもわからんが、スクープであったことは間違いない。それに札幌産業経済クラブが成功する見通しがついたんだから、吉田の功績は大きいよ。札幌では北拓銀の威光は大したものらしいよ。あっという間に百五十人くらいのメンバーが揃うだろうって、誰かが言ってたぞ」

吉田がレバーの塩焼きを食いちぎって、串を皿に放り投げた。

「釈然としませんねぇ。カネも取ったんでしょうか。『帝都経済』も、産業経済クラブも、わけがわからないっていうか、うしろめたいっていうか……」

「多分、きみも一流経済誌と思って入社したんだろうが、ちょっと違うかもなあ」

「ちょっとどころか、ブラックジャーナリズムと変わらないですよ。質の悪さはもっと上かもしれない。今度のキスコにしたって、恐喝に使っただけのことじゃないんですか」

「そういう悩みは俺も持たないでもない。しかし、発行部数も七千、八千部まで伸びてきて、影響力も出てきた……」

「影響力ってなんですか。恫喝《どうかつ》力の間違いじゃないんですか。『帝都経済』イコール杉野良治イコール恐喝。それ以外のなにものでもありませんよ」

吉田はたたみかけてきた。

「でも、スギリョーメリットはゼロじゃないよ。必要悪とも違うが、主幹を利用してる人はたくさんいる。住之江銀行の磯野太郎なんてその最たるものだ」

磯野は、上位都銀、住之江銀行の代表取締役会長で、住之江銀行の首領《ドン》といわれている権力者だ。

「ハウジング事業で急成長した旧杉谷商事が経営難に陥ったときに救済したのは、スギリョーとも言える。スギリョーが住之江銀行系列のイトセンに、旧杉谷商事を買収させたらどうかと磯野太郎に持ちかけたんだ――。たしか住之江銀行は、旧杉谷商事の資産を約十六億円と評価した。スギリョーは六千万円だかの成功報酬を手にしたはずだ。わが産業経済社のM&A事業のはしりがイトセンと杉谷商事っていうことになるし、スギリョーと磯野太郎の盟友関係が盤石なものになったのも、あの一件からだと思うな」

田宮は後輩記者を相手にいい調子で講釈を垂れた。

焼き鳥屋は混んでいたが、田宮たちのテーブルを気にしている眼はなかった。

社内の会話で〝スギリョー〟はあり得ないが、一歩外へ出ると〝主幹〟が〝スギリョー〃に変わることはよくあることだ。

「去年、つまり八七年八月二十一日の金曜日に磯野会長、小松原頭取、辰濃副頭取が突然記者会見して、頭取交代を発表しましたよねぇ。あのシナリオを書いたのもスギリョーだっていう噂がありますけど、ほんとうですか」

「どうかねぇ。スギリョーが記者会見の半年も前に、小松原追放のキャンペーンを始めたのはたしかだし、磯野太郎がスギリョーの所へわざわざ足を運んで来た日のこともはっきり憶えてるけど」

「その記事だったら、僕も読みましたよ。ひどい記事でしたねぇ。過去二年分ぐらいの『帝都経済』を読んでみたんですけど、あの記事はとくに低劣というか、低次元というか、ジャーナリストの風上にも置けない最低のものです。スギリョーをジャーナリストと思ったことなどありませんけどね」

吉田は童顔に似合わず一丁前の口をきく。口は減らないし可愛くないが、軟弱《やわ》な記者が多い『帝都経済』の中では、目立つ存在だ。いくら酒の上とはいえ、わずか四カ月かそこらで、これだけ大口を叩《たた》けるようになったのだから、あきれてしまう。

その記事は杉野良治が一人で書いた。

〃業績悪化で小松原頭取が引責辞任か！〃

見出しは例によってどぎつい。

記事を拾い読みすると、住之江グループの社長やOBたちが次のように小松原を非難しているると杉野は書いた。

「小松原頭取はもっと人を信用しないといけないな」

「あんな男、ダメだな。グループのリーダーじゃない。一日も早くトップを交代しないと、住之江銀行は二流、いや三流銀行に転落してしまう」

「グループの中心はなんといっても住之江銀行です。磯野さんのときは、リーダーシップを発揮し、グループを引っ張ってきた。小松原さんはリーダーシップが不足していると思うな。経済環境が良くない時代だから、明るく積極的な人がリーダーに相応《ふさわ》しいんですよ。小松原さんにリーダーとしての自覚を持ってもらわないと住之江グループの地盤沈下が心配だ」

その挙げ句に、杉野は「住之江グループの中で小松原非難の声は大合唱になりつつあるといってもいいのであった」と決めつけている。

吉田が力まかせに焼き鳥を食いちぎった。

「住之江銀行から、いくらもらったのかってスギリョーに訊《き》きたいですよ」

「吉田は勇ましいねえ。しかし、スギリョーの悪口は、二人限りにしておこうよ」

「いや、僕は八月の給料もらったら、もう会社を辞めます。こんなところやってられませんよ。だから遠慮なく言わせてもらいます」

「ちょっと、待てよ。なにを言い出すんだ」

田宮はあわてた。

北拓銀のスクープで証明したように、吉田は、『帝都経済』の戦力になりつつある。『帝都経済』にとってかけがえのないホープを失うのは切ない。

「スギリョーにもいい点がたくさんあると思うよ。カネの取り方はえげつないけど……」

「スギリョーメリットとか言ってましたけど、たとえばなんですか」

田宮は腕を組んで考える顔になった。

「産業経済クラブは、中小企業経営者や創業社長にビジネス・チャンスを与える場として機能していると思うな。主幹は政、財、官の調整機能としても存在意義はあるんじゃないかなあ。スギリョーを神様みたいにありがたがっている人だっているみたいだし。流通業界の創業者でスギリョーに足を向けて寝られないと思ってる人がいるかもしれない。とにかく『帝都経済』を一流の経済誌にするために、二人で頑張ろうや」

田宮はわれながら歯が浮いた。

「百年河清《かせい》を俟《ま》つとまでは言いませんけど、スギリョーが生きてる限り、マッチポンプ誌であり続けるんじゃないですか」

「それにしても、きみの口はよく回るねぇ。とってもかなわんわ。ただ、辞めるなんて言うな。お互いもうちょっと辛抱してみようよ」

9

結局、吉田は退職しなかった。当時は、杉野もいまほど狂信的ではなく、社員に〝お籠《こ》もり〟を強制しなかったことも、幸いしていた。

だが、吉田は最近になってふたたび「辞めたい」と言い始めた。杉野良治と顔を合わせても挨拶《あいさつ》ひとつしなくなった。杉野のほうも吉田を馘《き》りたいと考えているふしがある。吉田は若手社員間のリーダー的存在だ。吉田の〝お籠もり〟拒否が若い社員に及ぼす影響を杉野は心配していた。

仮りに俺が、『帝都経済』編集長のポストに就いたら、杉野と吉田の板挟みで、苦労することになりそうだ。吉田に因果を含めることは無理だろう。

「〝お籠もり〟は方便であり、ポーズに過ぎない」と説いたところで、吉田が応じるとは思えない。帰するところ、吉田は辞めていくことになるのだろうか――。

時刻は午前零時を回った。まだ、眠気がこない。寝つきのいいのが取り柄なのに、どうかしている。田宮はベッドから抜け出した。もう一度寝酒をやるしかない。

ウイスキーの水割りを飲みながら、田宮は住之江銀行の磯野太郎が晩節を穢《けが》し、満身創《そう》痍《い》で会長職を剝奪《はくだつ》され、取締役も解任された一半の責任は杉野良治にあるのではないか、と考えていた。

イフの話は無意味だが、もしイトセンに旧杉谷商事を押しつけていなかったら、住之江銀行とイトセンのどぶ泥のような関係はもう少し変わっていたとも考えられる。

杉野は磯野を『帝都経済』でよいしょし続けてきたが、会長を辞任すべきかどうかで相談を受けたときは、

「辞めるべきだ」

と突き放した。

磯野を百人に一人の傑出した経営者と折あるごとに持ち上げてきた杉野も、勝ち目がない、と読んだのだろう。

人の器量を見抜くプロだ、と杉野は自負しているが、磯野を持ち出すまでもなく、それは思い過ごしというものだ。

杉野はイトセンを破滅に導いた加山善彦前社長とも近かったが、裏社会と表の世界を繋《つな》ぐフィクサー役としても機能していることは、二年ほど秘書を務めて田宮にも実感できた。

悪運の強い男だが、いい気になって甘い汁をすすっていると危ない。すべて適法、単なる経済行為と、いつまでも居直っていられるものかどうか。誰かに被害届を出されたら、それまでだ。

いつ刑事被告人にならないとも限らない。バケの皮が剝《は》がれないうちに、産業経済社は〝取り屋〟から脱却しなければ大変なことになる。三年余り前に吉田が言ったように、杉野良治が生きている間は自浄作用を期待することはできないのだろうか――。

悪運で思い出したが、コスモス疑獄は、笑い話、まさに傑作だった。

コスモス疑惑で、コスモス不動産未公開株を上場の直前に譲渡されていた政財界人が白日の下に晒《さら》されたとき、杉野良治の名前が出ないことをいぶかる人は少なくなかった。あのスギリョーがもらってないなんて考えられるか、と大方のマスコミ関係者はそう考えた。タネを明かせば、なんのことはない。コスモスの創業者副田《そえだ》正浩から誘われたとき、杉野は、

「主義として株はやらない。キャッシュならいただく」

と答え、事実何千万円かを手にした。

事件発覚後、杉野はひそかに胸を撫《な》でおろすと同時に先見性を誇ったものだ。怪我の功名もきわまれりといったところだが、「信仰のたまものなのであった」と日記に書いたかもしれない。

10

午前一時。

〝鬼のスギリョー〟にまつわる厭《いや》なことばかり思い出されて、田宮大二郎はまだ眠れなかった。寒い夜なのに、やたら喉《のど》が渇く。

田宮はふたたびベッドを抜け出して、エアコンのスイッチを入れて、流し台の棚から紹興酒《しょうこうしゅ》のボトルを取り出した。

タンブラーにキュービックアイスを多めに落として、紹興酒をどどっと注いだ。

これで睡魔が襲ってこないようなら、どうしようもない。こうなったら一人で飲み明かしてやる――。

紹興酒のオンザロックを教えてくれたのは杉野治子だ。懐かしさがこみあげてきた。

ニューヨークはいま正午。一度くらいこっちから電話をかけてやろうか、とふと思ったが、頭の中は〝スギリョー〟のほうがのさばっていて、気持ちは治子に向かわなかった。

〝イトセン特集〟のことも忘れられない。

『帝都経済』が中堅商社イトセンの特集記事を掲載したのは、去年七月だが、取材も記事も主幹の杉野良治が一人で担当した。

「イトセンは主幹に任せろ。きみらは一切動くな」

杉野は金融担当の吉田修平にこう厳命し、カメラマンと田宮を連れて、大阪のイトセン本社に乗り込んだのだった。

イトセンの加山善彦社長は元住之江銀行常務、十五年前、住之江銀行頭取の磯野太郎によって送り込まれた。

住之江銀行のタンツボと言われるほどダーティー・イメージの強いイトセンがこともあろうに暴力団の準構成員と噂される藤岡光夫をスカウトして、常務取締役に据えたのだから、マスコミの好餌《こうじ》にならないほうがおかしい。

この無茶苦茶人事は、ワンマン社長の加山が磯野の支援を得て強行したが、加山と藤岡を杉野良治に紹介したのも磯野である。

杉野良治が十ページにわたって書きまくった特集記事の愚劣さ加減といったらない。隅から隅までイトセン讃歌《さんか》。オールベタモーション。

六月二十八日の株主総会後の取締役会で平成閣を率いる藤岡光夫氏が中堅商社イトセンの常務取締役に選任された。この人事は加山善彦社長のスカウトで実現したものである。藤岡氏は新設の企画管理本部長を委嘱された。今回のスカウト人事は、目下川下作戦を展開中の加山・イトセンの起爆剤となるであろう。以下はその核心に迫ったレポー

（本社主幹　杉野良治）

トである。

加山善彦の写真を三枚も配し、目をむくような見出しは〝企画管理本部の新設の英断〟〝加山・イトセンの起爆剤だ！〟〝黒い噂を一蹴《いっしゅう》、いよいよ体制固め〟の三行。

加山善彦社長は温かい人柄で、人間的魅力がひたひたと伝わってくるのであった。

藤岡光夫氏は凜々《りり》しい若者で、およそ嘘のつけない人なのであった。

あの光和相互銀行を住之江銀行に合併させた陰の功労者は加山善彦社長である。加山氏なかりせば、光和相互銀行を住之江銀行が合併できるはずはなかったのであった。川島徳平が所有していた光和相互の株を住之江銀行につないだのは、誰あろう、加山氏なのである。それによって含み資産が大幅に増えたことを考えれば、住之江銀行にとって光和相互の合併がどれほど力になったかは自明であろう。

私は住之江銀行の実力会長、磯野太郎氏と差しでたっぷり二時間話し込んだ。〝イトセンのことがいろいろ言われてますが、万が一イトセンに何かがあれば、僕が腹を切りますよ〟と迫力に満ちた言葉で、磯野氏は語ったのであった。

イトセンは加山善彦氏を今後もリーダーとしていただいていかなければならない。このことは全従業員が腹の底から熱望しているという、まぎれもない現実を私はこの眼で確認したのであった。藤岡光夫氏という、まさに得がたいタイプの経営者を迎えたことは必ずや起爆剤になると、私は思わずにいられないのであった。

杉野良治の署名記事は、こんな調子で延々と続く。

11

雑誌の発売広告が全国紙に掲載された日の夜八時過ぎ、田宮は吉田修平からの電話を広尾のマンションで受けた。

「いまから伺っていいですか。三十分で帰りますから」

「三十分なんて遠慮しなくていいよ」

「でも田宮さんはわれわれと違って朝が早いですから」

「どこにいるの、いま」

「虎ノ門です。じゃあ、三十分後にお邪魔します」

田宮は中元でもらったばかりの国産ウイスキー〝ザ・ブレンド〟の水割りで、吉田をもてなした。二人は小さな白い円卓で向かい合った。

「恥ずかしくって、外を歩けませんよ」

吉田がネクタイをゆるめながら言った。田宮は、吉田がなにを言いたいのか、とうに察しがついていたが、そらとぼけた。

「恥ずかしいって、何が。一般紙の経済記者にマークされるようなスクープ記者が恥ずかしがるほどのことがあるのかい」

「田宮さんも空々しいなあ。今度の〝イトセン〟読んだんでしょう」

「もちろん読んだよ。たしかに持ち上げすぎとは思うけど、ちょっとしたスクープじゃないの。藤岡光夫がマスコミに出て来たのは、わが『帝都経済』が初めてだろう」

「イトセンはダーティー・ビジネスに手を染めている企業ですよ」

「証拠でもあるのか」

田宮は眉《まゆ》をひそめた。気持ちと逆の言葉が我ながら疎《うと》ましかった。

果たして、吉田は突っかかってきた。

「僕は検事でもないし、イトセンの監査役でもありませんから、証拠を出せと言われても無理です。しかし、れっきとした一部上場企業が、暴力団準構成員のレッテルを貼られている人物を常務に据えるなんて考えられますか。その筋によっぽど弱みを握られてる何よりの証拠じゃないですか」

「うん。しかし、準構成員っていうのは、ただの噂かもしれないだろう。川本編集長はなんて言ってるんだい」

田宮は、ウイスキーボトルを二つのグラスに傾けてから、やかんの水を注いだ。

吉田はグラスをつかんで口へ運んだ。

「校正のときから溜《た》め息ばっかりついてましたよ。例によって、論評は一切しません。主幹の原稿にケチをつけるのは、僕ぐらいのものですよ」

「吉田は怖い物知らずだからなあ」

「ウチの編集部は、いや編集部に限りません。わが産業経済社は異常集団としか言いようがないんじゃないですか」

「相変わらず過激だなあ」

「ひょっとしたら、加山社長と藤岡常務は特別背任罪で刑事被告人になるかもしれないんですよ。そんな胡散《うさん》臭い人たちを、あんなに盛大に褒めちぎって、あとでどう言い訳するんですか」

「刑事被告人ってことはないだろう」

田宮は思案顔でつづけた。

「記事広告と考えれば、少しは気持ちが楽になるんじゃないのか」

「やっぱりそうなんですか。さっき編集の連中とめしを食べてて、そんな噂も出たんですけど」

「きみが言うとおりあれだけ盛大に持ち上げてるんだから、ロハってことはないと思うよ」

「だったら〝PRのページ〟と断るべきですよ」

　吉田は唇を嚙《か》んだ。

「広告だとしたら、新聞広告で見出しにするわけにもいかんだろう。新聞や中吊り広告に派手な見出しを載せることが狙いでもあるんだから〝PRのページ〟とはできないさ。書くほうも、ときには書かれるほうもパブリシティ効果を期待しているわけだし」

「書かれるほうもですか」

　吉田はわずかに小首をかしげた。

「今度のイトセンの場合はその典型なんじゃないかな。住之江銀行の磯野会長が仕掛けてきたふしがあるし、見え見えのよいしょだものねぇ」

「つまり、住之江銀行とイトセンは『帝都経済』を利用したわけですか。それで二、三千万円もふんだくったんでしょうか」

「さあ。そんなには取れるかなあ」

「要するにカネさえ積めば、スギリョーはなんでも書くってことですね」

　吉田は吐息まじりにつづけた。

「あのとき辞めとけば良かったと、後悔してます」

「そうか。あれから二年経つんだねぇ。北海道開拓銀行の一件もひどかったなあ」

「なんて言い草ですか。田宮さんは『帝都経済』を一流経済誌にするようなことを言ってませんでしたか」

「言ってたし、いまでもそうありたいと願ってるさ」

「たしか、二年前にも言ったと思いますけど、百年河清《かせい》を俟《ま》つに等しいんじゃないですか」

「そんなに絶望的かねぇ。それじゃ、あんまり夢も希望もなさすぎるよ」

吉田が6Pチーズを剝《む》きながら、しんみりした口調で言った。

「田宮さんも僕も、どうして会社を辞めないんですかねぇ。考えてみると不思議ですよ。異常集団と思うんなら、さっさと辞めればいいんですよね」

「〝鬼のスギリョー〟に魅《み》せられちゃったのかねぇ。ワルはワルなりに引きつけるものがあるからなあ」

まぜっ返すように言われて、吉田の顔がゆがんだ。

「狎《な》れって怖ろしいですね。『帝都経済』の記者をやってると、どこへ行っても、一応は立ててくれるんですよ。それが表面をとりつくろってるだけのことで、肚《はら》では莫迦《ばか》にされてるとはわかってても、ま、悪い気はしないって言うか。スギリョーの威光はやっぱり凄《すご》いと思いますよ。二年ちょっとにしてはボーナスもけっこう多いし……」

「そんなにもらったのか」

「手取りで六十万円ちょっとです。給料の基本給は十万円そこそこですけどねぇ」

「そりゃあ、Ａクラスだよ」

「古村綾さんが査定してるっていう話ですけど、あの人と僕は共通する点が一つだけありますから、点数が甘いんですかねぇ。同病相憐《あいあわ》れむって言うか」

吉田が真顔で言ったので、田宮は噴き出した。

「〝お籠《こ》もり〟拒否組ってわけか。それはないよ。古村さんはきみの仕事ぶりをきちっと評価してるんだろう。秘書室にいて実感できることはスギリョーがボーナスの一覧表を見て、ＯＫを出したあとで、古村さんが査定し直しているってことだ」

「まさか」

「多分間違いないと思うよ。ボーナスに限らず、昇給も、あの人のサジ加減ひとつだよ」

吉田は口の中のチーズを水割りと一緒にあわてて始末した。

「田宮さんのボーナスは相当なもんでしょうねぇ。二百万円ってとこですか」

「丸野証券じゃないんだよ。その半分さ」

「案外低いですねぇ。事実上ナンバー4と言われてる人なのに」

「冗談よせよ。下っ端もいいところだ。なんせスギリョーの使い走りだからな。きみら、肩で風切って歩いてる編集の連中がうらやましいよ」

「とんでもない。〝イトセン特集〟なんかやってるようじゃ話になりませんよ。当分肩を落として下ばかり見て歩かなければなりません」

吉田が居ずまいを正したので、田宮は吉田が辞表を出すと言い出すのではないかと気を回した。

「今夜はこれで失礼します」

「そう。来週、暑気払いで、ゆっくり飲もうか」

田宮は、吉田の辞職が杞憂《きゆう》に終わってホッとした。

「田宮さんと話して少しは気持ちが楽になりましたけど、〝イトセン特集〟は当分あっちこっちで酒の肴《さかな》にされるでしょうね」

吉田は帰りしなに憂鬱《ゆううつ》そうな顔で言ったが、田宮も思いは同じだった。

12

後日、イトセンから二億円の広告料をせしめたという噂が社内に流れた。話半分としても一億円。やっぱり〝一本〟の口だったのか、といま田宮は思う。

〝イトセン特集〟では、さらにオマケがつく。

ひと月後の八月下旬に田宮は主幹室に呼ばれた。

「藤岡光夫の本を出してやりたいんだが、大二郎、どう思う」

「主幹がお書きになるんですか」

「それも考えたが、藤岡光夫の軌跡と経営理念みたいなものを適当な人間に書かせて、彼が書いたことにすればいいんじゃないか」

「とかく噂のある人ですから、イメージ的にどうでしょうか」

「大二郎、人を色眼鏡で見てはいけないな。藤岡君はヤクザなんかじゃない。れっきとした青年実業家だし、実にハートナイスな男だ。主幹は、あの男と三度差しで会って、惚《ほ》れ込んだよ。実に素晴らしい青年だ。世間は藤岡を誤解している。その誤解を解いて藤岡光夫の実像を世に知らしめたいんだ」

　どっちが仕掛けたかわからないが、杉野が藤岡から出版とひきかえに相当なカネを引き出そうとしていることは想像に難くない。宣伝費などにカネが要ると言って三千万円、五千万円を取ったケースは過去に山ほどある。

　しかし、藤岡が暴力団の準構成員であることが事実とすれば、あまりにもリスキーではないか。

　この出版話は進行し、ゴーストライターが書き上げた原稿が産業経済社の出版局に持ち込まれたが、イトセン事件が表面化したため、印刷会社への入稿直前に杉野からストップがかかった。恥の上塗りをまぬがれたのは、不幸中の幸いだった。

田宮は紹興酒のオンザロックを一杯追加して、頭がトロンとしてきた。どうやら眠りにつけそうだ。

第六章　婚　約

1

インターホンが鳴った。

田宮大二郎は、テレビの音量を落としてから送受器に耳を当てた。

「はい」

「治子です」

「えっ！」

田宮はパジャマ姿で玄関に飛び出した。

ドアをあけると、杉野治子が立っていた。

「いつ帰ったんですか」

「今夜六時過ぎに成田に着いたの。直接、ここへ来ました。ご迷惑だったかしら」

「そんな。とにかくあがってください。相当散らかってますけど」

キャスター付のトランクが一つとショルダーバッグ。

ペイズリー柄のドローストリング（紐《ひも》使い）のハーフコート。Tシャツも同じ柄だ。ショートパンツも焦げ茶で決まっている。

田宮はファッションには疎いほうだが、高価な装いに相違なかった。

センスは悪くない。濃いめの化粧もいまはさほど気にならなかった。

暖房のせいでこもっていた空気に香水の匂いがまざって、甘ったるい芳香を放った。

田宮は椅子の上に放り投げたままの洗濯物やら、ウッディ・フロアに散乱している新聞や雑誌を抱えて、ベッドルームに運んだ。

「東京は寒いのねぇ。成田でびっくりしました」

「きのうは暖かかったんですけど、きょうは一〇度くらい低くて最高気温が七度っていうんですから、真冬並みですよ。ソファなんて気の利いたものはありませんが、座ってください」

「失礼します」

治子が脱いだハーフコートをクローゼットにしまいながら、田宮が訊《き》いた。

「ここ、すぐわかりました」

「ええ。タクシーの運転手さんに住所とマンション名を言ったら、玄関の前まで送り届けてくれました」

田宮はテレビを消した。

「三月九日、つまりあしたの土曜日に帰国する予定じゃなかったんですか。主幹も出迎えるようなことを言ってましたけど」

「そういう予定だったのですが、父と母がバッティングして、気まずい思いをさせるのも厭《いや》だし、あなただけにお逢《あ》いしたくて」

治子は思い入れたっぷりに田宮を見つめた。

田宮は治子の視線を外して、とりあえず冷蔵庫の前へ避難した。

帰国を一日早めて、まっしぐらに乗り込んでくるとは思わなかった。

治子はニューヨークから五回電話をかけてきた。

「死ぬほど愛してるわ」

「お逢いしたくて頭が変になりそうよ」

「あなたのことばかり考えてます」

電話だから言えるのだろうが、田宮は押されっぱなしで、いつも「どうも」だけだった。

「あなたは顔に似合わずシャイなのかしら。照れ屋さんなのね」

「どうも」

最後の電話でも「どうも」しか言わなかった。

シャイは褒めすぎだ。うぬぼれた言い方をすれば、惚れた弱みというやつだろうか。田宮は自分を照れ屋だと思ったことはない。治子については煮え切らないだけのことだ。

しかし、今夜ばかりは煮えたんだか煮えないんだかわからない態度はとれない。気位の高い治子が決着をつけに乗り込んで来たのである。

「なにを飲みますか。紹興酒《しょうこうしゅ》もありますけど。あれ以来、やみつきになっちゃって。寝酒にこれをロックで飲むことが多いんです」

「いただくわ。紹興酒がいただけるなんてうれしいなあ」

治子の声が華やいだ。

悪い気はしないだろう。

初めてデートした一月十三日に、紹興酒で乾杯したことを忘れるわけがない。

「お腹はどうですか」

「機内食をけっこう食べましたから、すいてません」

タンブラー、紹興酒のボトル、アイスボックスが白い円卓に並んだ。

「お帰りなさい、こんなむさ苦しいところへよく来てくれました」

「あなたにお逢いすることだけを楽しみに帰って来たのよ」

「無事帰国を祝って乾杯！」

「ありがとうございます」

田宮はタンブラーをぶつけて、紹興酒のオンザロックをぐっと呷《あお》った。

治子は控えめにすすって、タンブラーをテーブルに戻した。

「七時過ぎに途中で電話をかけたのですが……」

「主幹をホテルに送って、ここへ帰ったのは八時です。まだ四十分しか経ってませんが、その間にシャワーを浴びて、食事を済ませて歯を研《みが》いたんですから、相当なスピードですよねぇ。いつもこんな調子で、あっという間に一日が終わってしまうんです」

「父の側にいるだけで疲れるでしょうね」

「その点は慣れましたよ。主幹に電話をかけなくていいんですか。もう寝てるかもしれませんけど」

「父にはあした電話します。母と兄には今夜中にかけておきます。今夜あなたがお留守だったら、わたしどうしたかしら。兄のマンションへ行ったのかなあ」

「…………」

「きっとそうじゃないわ。ここのドアの前に座り込んであなたを待ってたと思います」

熱いまなざしを注がれて、田宮は伏し目がちにタンブラーを口へ運んだ。

「一月下旬に父からニューヨークに手紙が来ました。大二郎から結婚を前提に治子と交際したい、と聞いてうれしく思う……たしかそんなことが書いてありました。わたしもうれしかったわ。天にも昇る心地でした」

朱が差したうつむき加減の治子のおもざしに、田宮は気持ちをそそられた。タンブラーをテーブルに戻した手が治子の手に触れようとした瞬間、古村綾の顔が眼に浮かび、杉野良治の阿修羅《あしゅら》の形相が綾に重なった。

宙をさまよった田宮の手が、ふたたびタンブラーに戻った。

「主幹は一月に〝お山〟で、三月中にゴールインさせたいようなことを言ってましたけど、犬や猫の子じゃありませんからねぇ。僕はせめて半年か一年の交際期間はあってもいいと思うんです。それであなたに嫌われることだって大いにありうるわけですよ。どだい三月っていうのは無理ですけど……」

「同感です。でも、わたしがあなたを嫌いになるとは思えません。あなたに嫌われないように努力するだけです」

こんなに健気《けなげ》な女とは思わなかった。

「それは僕の言うセリフですよ」

治子は眼を瞑《つぶ》って紹興酒のオンザロックをぐうっと呷った。

「美味《おい》しいわ。もう一杯いただいていいですか」

「何杯でもどうぞ。まだこんなに入ってます」

田宮は、三分の二ほど残っているボトルをかざすようにしてから、二つのタンブラーを満たした。

キュービックアイスは最初に多めに入れたので、まだ追加する必要はない。

「そんなにいただいたら、帰れなくなってしまうわ」

田宮はどきっとした。

ベッドはセミダブルだから泊まって泊まれないことはない。治子は初めからそのつもりなのだろうか。さりげないセリフながら、計算されている——。

「帝京ホテルで紹興酒を一本あけたことがありましたねぇ。ほとんど僕が飲んだようなものだけど」

「いいえ。わたしもいい気になって過ごしちゃって。夜中に頭痛がして参りました。あなた、なんともありませんでした？」

「ぜんぜん」

「お強いのねぇ」

治子はなまめかしい眼を田宮へ流した。

2

二杯目をあけたあとで、治子がちょっともじもじしながら言った。

「はしたないようですけど、お願いしちゃおうかなあ。シャワーを使わせていただいてよろしいですか。躰《からだ》がべたべたして気持ち悪くてたまらないんです」

田宮は不意を衝《つ》かれてうろたえた。返事が遅れたのは仕方がない。

「ごめんなさい。気がつかなくて。十二、三時間も飛行機に乗ってたんですよねぇ。二、三分待ってください。バスルームを掃除しますから」

「ご心配なく。自分でします」

思い切ったセリフを吐いて、治子は余裕が出てきたとみえる。

トランクから取り出した下着やらなにやらをたくさん抱えて、バスルームへ消えた。

田宮はテレビをつけたが、うわの空だった。

絶体絶命のピンチなのか、絶好のチャンスなのかわからないが、今夜、治子を抱かなかったら男がすたる、と思わなければならないことだけはたしかだろう。

〝鬼のスギリョー〟も、古村綾もくそくらえだ。

「ケ セラ セラ なるようになるさ さきのことなど わからない」

田宮は節をつけて唄った。

その声がかすれ、ふるえているのを意識した。動悸《どうき》も聞こえるほど高い。スギリョーの娘でなければどうってことはないのに、スギリョーのプレッシャーは想像以上だ。

俺はうろたえてるわけではないし、おびえてもいない。心がときめいているだけだ。田宮は紹興酒を呷りながら、わが胸に言い聞かせた。

ふいに福井美津子のふくよかな顔が瞼《まぶた》にあらわれた。亡くなって十年も経つのに。三年ほど前、取材記者のころ、銀座のクラブにアルバイトで通っていた女子大生に、本気になりかかったことがある。数回ホテルへ連れ込んだ。躰を交えているときに美津子を思わなかったことはない。途中で萎《な》えそうになったこともある。果てたあとも、美津子が頭から離れず、なんともいえない思いにとらわれ続けた。

今夜はどうなるんだろう。

〝聖真霊の教〟の教祖、山本はなが美津子の悪霊を取り除いてくれたはずだが、霊験あらたか、といくかどうか。

やっと治子がバスルームから出て来た。湯上がりの素顔が桜色に染まっている。素顔のほうがずっときれいだ。白いブラウスにジーンズ。バスローブ姿じゃないのは、身だしなみを考えてのことなのか。

「バスルーム、思ったよりきれいでしたよ。歯ブラシが一本しかなかったので、なんだか安心しました」

「その点は身ぎれいなものです。この二年間主幹にこき使われて、女性にうつつを抜かすひまなんてなかったし、〝お籠《こ》もり〟も相当きついですからねぇ」

「あしたも〝お籠もり〟なんですか」

「いいえ。主幹は、治子さんに気を遣って、日曜日の早朝、〝お山〟へ出掛けることになってます。ですから、あしたは夕方成田へ行くまで、ホテルで原稿書きに当てる予定だったんですけど……。〝お山〟へ一緒に行きましょうか」

「厭です」

治子は切れ長の眼をきっとつり上げた。

「〝お籠もり〟のことでは、僕はあなたと主幹の板挟みで、うろうろすることになるんですかねぇ」

「方便で信仰するなんてまやかしは、わたしにはできません。その点はあなたに姿勢を変えていただきたいわ」

治子は断固とした口調で言い放ったが、きまりわるそうに声を落とした。

「宗教はアヘンなりっていう言葉があるんですか」

「マルクスの言葉というのは多分、俗説だと思いますけど」

「父のようにすべてを宗教に結びつけて考えるのは危険です。会社のことまでお告げに頼るなんて、どうかしてますよ。あなたと逢うと、必ず〝お籠もり〟の話が出るのは、困りものねぇ。ムードもなにもないじゃありませんか」

「しかし、産業経済社の社員である限り避けて通れません。〝お籠もり〟拒否は即退職に直結するんですよ。残念ながらそれが現実です」

「お願い。いまはやめて。あなたと二カ月ぶりにお逢いできたんですよ」

田宮は黙って立ち上がり、冷蔵庫からキュービックアイスを取って来て、紹興酒のオンザロックをこしらえ直した。

二人はふたたびタンブラーを触れ合わせ、ひと口飲んで見つめ合った。治子の瞳《ひとみ》が濡《ぬ》れている。

やにわに治子は躰《からだ》を投げ出すようにひざまずいて、田宮の膝《ひざ》に横向きに頭を乗せてきた。田宮はいとおしむように両手で治子の顔を支えて、覆いかぶさるように屈《かが》み込んだ。

治子は眼を瞑《つむ》って、田宮の唇を受けた。

田宮は口づけしたまま治子を抱き起こし、用心深くそろそろと椅子から立ち上がった。抱き緊《し》めたとき、思いがけず乳房の量感が伴った。田宮はブラウスのボタンを取って、じかに触れようと試みた。ブラジャーにさえぎられたが、治子は素早く躰を離しうしろ手にホックを外した。

ブラジャーが床に落ちた。

ベッドに誘《いざな》うことを田宮はわずかにためらった。

抱擁でも、接吻でも、そんなことはなかったのに、ベッドでむつみ合っているときに頭の中に福井美津子があらわれた。萎《な》えはしなかったが到達がひどく遅れ、それが逆効果になってよろこびを深くしたらしい。治子はくるおしく身悶《みもだ》えし、何度も声をあげた。

治子がトイレに立った間も、田宮は放心していた。

事後の嫌悪感はなかった。いい女だ、躰も素晴らしい。

治子がネグリジェをまとってベッドに戻った。

「今夜ここへ泊めてください」

「主幹に、あした、なんて言い訳するんですか」

「あなたにおまかせします」

「今夜、きみがここへ泊まったと話していいんですか」

「そんな。あなたとわたしだけのプライバシーではありませんか」

「主幹は一月のとき、きみとこうならなかったことが不満そうでした」

「父とそんなことまで話したんですか」

「男同士って、案外オープンなものですよ」

「いやあねぇ。ごく親しいお友達ならともかく、父との間で、やめていただきたいわ」

治子は仰臥《ぎょうが》の姿勢で、身をこごめ、毛布を引っ張り上げて顔を覆った。

3

田宮大二郎は、ベッドに腰かけてパジャマのボタンをとめながら、目覚まし時計に眼を遣《や》った。

午後十時三十五分。

「やっぱり今夜はお母さん、お兄さんのお宅へ帰ったほうが無難なんじゃないですか。タクシーで送りますから」

杉野治子は生あくびを洩《も》らし、あわてて掌で口を押さえた。

「ごめんなさい。眼がくっつきそう。時差ボケにならないようにフライトでずっと頑張って、ムービーを見たりして起きてたものだから。今夜は追い出さないで泊めてください」

「僕のほうはいっこうにかまわないけど、あとでバツの悪い思いをすることにならないかなあ」

「大丈夫よ。お友達の家に泊まったことにします」

「じゃあ、電話だけでもかけといてください」

「それもあしたにします」

治子はものうげに答えた。

田宮がトイレからベッドに戻ると、治子はすやすやと寝息をたてていた。

田宮も盛大なあくびと伸びをして、ベッドにもぐり込んだ。あっという間に眠りに落ちた。

翌朝、田宮は六時に目覚めた。就寝が何時になろうと、六時起床が習慣づけられてしまった。土曜も日曜もない。

治子はこっちに躰を向けて横臥《おうが》していた。

寝顔をいとおしく思うのは、躰を交えて情が移ったからなのか。田宮は用を足してベッドに戻った。そっと頰を寄せると、治子は夢うつつに躰を密着させてきた。田宮はたちまち高まった。

右手で胸をまさぐり、左手を下腹部に這《は》わせると、治子は眼を瞑《つむ》ったままで強く反応した。

「オシッコが漏っちゃいそう」

治子はベッドから抜け出した。

頭上で電話が鳴ったのは、六時二十分。むつみ合っている最中だった。

田宮は反射的に躰を離して、受話器に手を伸ばしたが、治子は暴力的な呼び出し音から逃れるように頭から布団をかぶった。

「はい。田宮ですが」

「主幹だが、朝めしを一緒にどうかと思ったんだ」

やっぱり杉野良治だった。

「ありがとうございます。しかし、きのうから友達が来ていますので、遠慮させてください」

「なに、友達。友達って、女か」

「ええ、いいえ」

しどろもどろだった。

「どっちなんだ」

「もちろん男ですよ。高校時代の友達です。あのう、時間を少しずらしていただければ、伺えますけど」

嘘をついてる負い目で、田宮は弱気になった。

杉野の朝食は七時と決まっている。赤坂のホテル・オーヤマなので無理をすれば間に合うが、いくらなんでもせわしない。

「じゃ、七時半に部屋に来てくれ」

「承知しました」

治子が布団から顔をのぞかせた。

「どなたなの」

「主幹ですよ。けさは大丈夫だと思ってたんですけどねぇ」

「いま六時半でしょう。いったいどういうこと。消音にして、留守番電話にしておけばよかったんだわ」

「そんなことをしたら、えらい目に遭います。こんなの序の口ですよ。午前四時なんていうこともあったくらいですから」

治子は眼をつり上げた。

「ひどいわ、あなたは父の奴隷なの。きょうは土曜日で、休みじゃないですか」

「主幹の側近は、みんなこんな感じですよ。あと一週間の辛抱です」

田宮は不安そうにつづけた。

「三月十五日付で編集に戻すと言われてるんですけどねぇ。十一日の月曜日の朝礼で、主幹から発表されるはずなんですが」

「父ってどこまで非常識で横暴なんでしょう。身勝手で、相手の都合なんてまるで考えないことがよくわかったわ」

治子は先刻承知のはずだ。わが身にかかわって、実感できたというだけのことだ。しかし、治子は気分転換が早かった。

「あなた」

鼻にかかった声を出して、しがみついてきたが、田宮はダメだった。スギリョーに房事を覗《のぞ》かれてるように思えて、とてもそんな気になれないし、だいいち時間がない。田宮は治子をそっと引き離してベッドにあぐらをかいた。

「七時半に主幹と朝めしを食べることになっちゃったんだけど、きみはどうします」

「まさか一緒に行けなんて言わないでしょうね」

治子の表情が険しくなった。

「あなたはどうして、そんなに父の言いなりにならなければいけないんですか。朝ごはんをつきあう必要なんかまったくないじゃありませんか。電話をかけて断ってください」

「言われる前に言いますけど、いまきみと主幹とどっちが大切かと訊かれたら、きみと答えるに決まってます。ただ、僕はまだ主幹の秘書なんです。その立場を考えてもらわないと」

治子はネグリジェをかき合わせながら、ベッドで田宮と向かい合った。なにか言いたげに言葉をさがしてるふうだったが、田宮が話をつなげた。

「一緒に行きませんか。主幹は変に勘の鋭い人だから、きみがここへ来てると読んでるかもしれませんよ。友達って女か、って訊かれたとき、おろおろしちゃって。二人で顔を出せばよろこんでくれると思います」

「父とは当分会いたくないわ。行けば〝お籠《こ》もり〟だのなんのって、愚図愚図言われるに決まってるんですから」

田宮はベッドから降りて下着をつけ、ベッドルームに備え付けのクローゼットからワイシャツを取り出した。

治子はふて寝でもしているように横を向いたままだ。

「さっきの電話で、主幹にきみのことを言いそびれたので、昨夜会ったとは言いにくいなあ」

「あなたにまかせます。どう話してもけっこうよ」

ワイシャツの袖《そで》に右手を通しながら田宮が言った。

「しかし、治子さんが昨夜ここへ来たことにしないと、やっぱりおかしいですよねぇ」

「…………」

「九時から十時ぐらいの間にホテルの主幹の部屋に電話をかけてください。初めのシナリオどおり、きみはここへは来たけれど十時過ぎにここを出てお友達の家に泊まったことにしましょう」

治子がこっちに躰を向け、わずかに頭をもたげるような姿勢になった。

「いいわ。わたしはこれから中目黒のお友達のところへ行きます。トランクはここに置かせてね。夕方、またここへ来ていいですか」

「ええ。お母さんとお兄さんに連絡しなくていいんですか」

「あとで電話をかけます。お部屋のキイ、スペアはあるのかしら」

「ありますよ」

田宮は身支度を終えてから、リビングのハッチの抽《ひ》き出しからキイを取って来て、枕の上に置いた。

4

田宮がホテル・オーヤマの杉野良治専用室のドアをノックしたのは七時三十五分。五分の遅刻である。

杉野はスポーツシャツにカーディガンを羽織ってあらわれるなり、不機嫌な顔で言った。

「食堂に行くぞ。腹が減ってかなわん」

「申し訳ありません。タクシーがつかまらなくて」

「友達はどうしたんだ」

「帰りました」

せかせか歩く杉野に並びかけるのは楽ではない。

エレベーターの中で、フロアを標示するランプを睨《にら》みつけながら杉野が訊《き》いた。

「治子には会ったのか」

「…………」

「なぜ返事をせんのだ」

「ゆうべお帰りになって、広尾のマンションに見えましたが、十時過ぎに中目黒のお友達のところに泊まると言って……」

エレベーターが停止した。

食堂のテーブルで向かい合ったとき、杉野の表情は和んでいた。

「治子は大二郎のところに泊まったんじゃないのか」

「いいえ」

「主幹は叱ってるわけじゃない。むしろよろこんでるんだ。しかし、嘘はいかん。正直に話しなさい」

田宮はあやうくたぐり込まれそうになったが、シナリオの変更は危険である。あとで、治子から電話がかかったときに、つじつまが合わないようでは治子が迷惑する。

「いいえ。わたしのところには泊まってません。夜、遅い時間に友達が泊まりに来ることはわかってましたし」

「さっき電話をかけたとき、なぜ治子の話をしなかったんだ」

「なんだかきまりが悪くて、話せませんでした」

治子とわりない関係になったことをほのめかしたつもりだが、にやっとしたところをみると、杉野はそれと察したのだろう。

食堂は混んでいた。

隣のテーブルに女子大生とおぼしき四人連れの声高な会話や高笑いが癇《かん》にさわって、杉野は振り向きざま大声を放った。

「静かにせんか！」

一瞬シーンとなったが、この程度でひるむような女子大生たちではなかった。

「変なオジさん」

「イヤーな感じ」

「バッカみたい」

声は低くなったが、言いたい放題である。

田宮はこれ以上、杉野が癇癪《かんしゃく》を起こして〝お引っ越し〟に発展しないとも限らない、と咄嗟《とっさ》に考え、取り結ぶ口調で訊いた。

「主幹はどうして治子さんが帰国を一日繰り上げたことをご存じなんですか」

「主幹は千里眼なんだよ。〝聖真霊の教〟を信仰しているお陰で、主幹には超能力がそなわってるんだ」

杉野は得意満面だった。事実は、先刻、ニューヨーク郊外の治子の寄宿先に電話をかけて確認済みだったのだ。しかし、田宮との電話でぴんときたところは、さすがスギリョーの勘は冴《さ》えていたと言うべきであろう。〝聖真霊の教〟を信仰しているたまもの、と杉野が思ったとしても無理はない。

朝粥《あさがゆ》定食が運ばれてきた。

「ねえさん、ビールを一本もらおうか。なにはともあれ、内祝いに乾杯せんとな」

田宮は顔から火が出そうになった。

小ぶりのグラスを触れ合わせたときも、杉野の眼を見返せなかった。

「治子をよろしくたのむ」

「どうも」

一気にグラスを乾《ほ》して、杉野が言った。

「それで大二郎、治子といつ結婚するんだ」

「治子さんは、最低半年は交際したいって言ってました」

「そんな悠長なことを」

杉野は舌打ちして、つづけた。

「治子の意見なんてどうだっていい。問題は大二郎の意思だ。きみは一日でも早いほうがいいと思わんのか。いい年こいてなにを考えてるんだ」

「お言葉ですが、結婚の日取りはわたしと治子さんにまかせてください。少しは恋人同士でいたい、という治子さんの気持ちもよくわかります」

「しかし、一つだけ言っておくことがある。必ず治子を〝お籠もり〟させるんだ。あした連れて行け」

「それは無理です。なんとか説得するつもりですが、少し時間をください」

杉野はしかめっ面で、思い出したように朝粥を食べ始めた。

5

十時ちょうどに治子から、ホテルの専用室に電話がかかった。

「はい。杉野です」

「大二郎さん、治子です」

「きのうはどうも。追い出すようなことになって申し訳ありませんでした。主幹に替わります」

杉野は受話器をひったくって、いきなり浴びせかけた。

「結婚は早いほうがいいな。あす大二郎と一緒に〝お籠もり〟するんだ。〝お山〟に泊まらんでもいい。教祖様にお会いするだけでいいから。教祖様は、治子と大二郎の縁結びの神様でもあるんだからな」

「厭《いや》よ。お父さんに会いたくないのは、必ず〝お籠もり〟の話が出るからよ。当分、アパートが見つかるまで由希のところにご厄介になることにしたわ」

花村由希は、治子の女子大時代のクラスメートで、中目黒に住んでいた。

「荷物は船便で送ってもらうことになってるけど、二重手間にならないように、ニューヨークにはアパートを決めてから連絡するわ。大二郎さんに替わって。あしたアパートさがしをつきあってもらいたいの」

治子は負けてはいなかった。大二郎の〝お籠もり〟放免まで考えて、強く出たのだ。

「結婚するまでお母さんと一緒でいいじゃないか。あそこのマンションにおまえの部屋があるだろうに」

「そうはいかないわ。早苗さんが可哀相とは思わないの。それじゃなくても、姑《しゅうとめ》に気を遣ってるのよ。小姑は鬼千匹と言って、嫌われるでしょ。いいから早く大二郎さんに替わってよ」

「おい！」

杉野は仏頂面で、田宮に受話器を突き出した。

「替わりました」

「二時ごろまでに母のところへ行って、六時に広尾へ行きます。お食事つきあってくださいね。おみやげもお渡ししてないし」

「はい。夕食、主幹と一緒ではいけませんか」

田宮は杉野に気を遣った。治子と二人だけのほうがベターに決まっているが。

「そうねぇ。食事の一度くらいは仕方がないかなあ。一応父にもおみやげ買ってきたことだしねぇ」

「そうしてください」

「そのかわり〝お籠もり〟の話は絶対にしないように、父によく言っといてくださいね」

「うーん。困りましたねぇ」

「やっぱり父は避けたほうがいいかなあ」

「これから広尾に帰ります。あとでもう一度電話をかけてください」

結局、その夜三人一緒にホテルで会席料理を食べたが、杉野は思ったよりずっと機嫌がよかった。しかも、あす三月十日の〝お籠もり〟も田宮は放免される恩恵に浴したのである。割りを食ったのは副社長の瀬川誠だ。

もっとも瀬川の信仰はホンモノかもしれないから、杉野に〝お山〟行きを命じられて、ありがたがったとも考えられる。

第七章　不純な動機

1

三月十四日木曜日の午前九時過ぎ、一時間ほど杉野良治と打ち合わせをして秘書室に戻った古村綾が、事務的な口調で田宮大二郎に言った。

「主幹がお呼びよ。すぐ行って」

「はい」

田宮はいい返事をして、背広の袖《そで》に腕を通しながら主幹室に向かった。

秘書室から解放されると思うと、気持ちが浮き立つ。編集長に抜擢《ばってき》されるかどうかは疑問だが、最低『帝都経済』副編集長の肩書はもらえるだろう。

だが結果は無残だった。糠《ぬか》よろこびとはこのことだ。

「大二郎、三月《みつき》ほど映画のほうを助《す》けてもらいたいんだ。あしたから編集に戻すつもりだったが、なんせ産業経済社始まって以来の大事業だから、主幹も力が入ってる。ＰＲ開発部長としてちょっと頑張ってくれ」

こうなると社長命令、主幹命令である。否も応もなかった。杉野の朝令暮改ぶりは、いまに始まったことではない。田宮は憂鬱《ゆううつ》になった。

杉野が映画制作を思いついたのは一年ほど前だ。大手出版社のオーナー社長が編み出した企業の出資方式による映画制作に刺激されて、負けずにひと山当ててやろうと考えたのである。

資金集めはお手のものだ。大儲《おおもう》けは間違いない。

問題はテーマである。

英明大学創立者の〝福田倫一〟でいくか、西北大学を創立した〝大堀紘介〟にするか悩んだすえ、財界に一大人脈を誇る英明大学のほうがカネ集めがやりやすい、と杉野は判断した。両校は私学の雄と並び称せられているが、映画〝福田倫一〟が成功したら、次は〝大堀紘介〟をやろうと杉野は社内で話していた。

産業経済社の集金システムの一つに「サン・グローバルクラブ」がある。五年前に設立された任意団体で、大企業のトップ約三百人が会員だが、杉野は昨年の春、月一回のクラブの例会で、和光映画社長の茂田実と顔を合わせたとき、映画制作について打診した。

「〝福田倫一〟を映画化したいと考えてるんですが、和光映画で作ってもらえませんか」

「〝福田倫一〟が若い人に受けますかねぇ。若い層、とりわけ女性が劇場《こや》に足を運んでくれんことには、商売にならんのです」

「福田倫一は英明大学の創立者ですよ。英明大学の卒業生はみんな観るでしょうが」

「良治先生、お言葉を返すようですが、映画なんてそう単純なものではありませんよ」

茂田実は、日本映画界のドン的存在だが、杉野を「良治先生」と立てた。

杉野は社外の者が「先生」と呼ばないと機嫌を損ねる。

「わたしが責任を持ってカネを集めます。英明大学の評議員会とOB会の後援を取りつければ、前売りチケット四百万枚はさばけますよ」

「うーん。四百万枚ですか。一枚千三百円として五十二億円ですよ」

茂田は赭《あか》ら顔をさらに赤くして、唸《うな》り声を出した。

「これでも控えめに言ってるつもりです。福田倫一は、日本人には馴染《なじ》み深い偉人です。映画化して一大ブームを巻き起こそうじゃないですか」

「考えさせてもらいましょう」

四百万枚と聞いて、茂田は乗り気になった。

和光映画はこのところヒット作が少ない。

四百万人の動員が実現すれば、大ヒットである。話半分としても、充分ペイするのだから、ここは杉野良治に賭《か》けてみる価値はある、と茂田が考えたとしても不思議ではない。

　産業経済社主幹の杉野良治と和光映画副社長の高木治夫を制作者とする〝福田倫一〟の映画化が発表されたのは、昨年夏である。

「三月十八日の朝礼で発表するからな。PR開発部長だが、主幹付で、秘書室と兼務でやってもらう。デスクはいまのままでいい。ちょっと忙しくなるが、主幹がそれだけ大二郎に期待してるってことだから、頑張ってくれ」

　恩着せがましく聞こえるが、田宮を娘婿に迎える気でいるのだから、本気なのだろう。

「PR開発部は、わたし一人ですか」

「そうだ。映画の前売りチケットをさばくだけのことだから、大二郎一人で充分だろう。大筋は主幹と瀬川で決める。大二郎はフォローしてくれればいいんだ」

　田宮は仕事の内容はとうに察しがついていたが、一人でやらされるとは思わなかった。要するに、映画〝福田倫一〟の前売りチケットを企業に押しつけ販売しろというだけの話だ。

「PR開発部のネーミングがいいだろう。日曜日に〝お山〟でずっと考えてたんだが、なかなか名案が浮かばなかった。それが、さっき古村君と話してて、ふと頭にひらめいたんだ。〝福田倫一〟なら企業も乗りやすい。企業にとってPRのチャンスを与えられるわけだからな」

「チケットの前売りは、ウチだけでやるんですか」

「もちろんだ。まだ大二郎には話してなかったが、こないだ和光映画と覚書を交わした。瀬川副社長が話を詰めてくれたんだが、千三百円の前売りチケットのウチの取り分は三百円っていうことになってるから、四百万枚売れば十二億円の儲けになる」

「そんなに売れますかねぇ」

田宮は溜《た》め息を洩《も》らした。

杉野が厭《いや》な顔をした。

「やってみなくちゃあ、わからんだろう。覚書では、ま、最低ラインというか、百万枚を目処《めど》ということにしてるが、四百万枚はともかく三百万枚は売れるだろう」

「…………」

「英明大学出身の財界人がゴマンといるんだぞ。ＯＢ会の会長に話を持ち込んで全面支援を約束させるつもりだ。場合によっては学長にも話して応援してもらうが、〝福田倫一〟は英明大学関係者にとって神様みたいな存在だから、映画化を思いついたわたしに感謝するだろう。〝福田倫一〟はこの夏最大の話題作なんだぞ。教祖様のお告げでも大当たり間違いなしと出てるんだ。記録的な大ヒットになるんじゃないか。大二郎は余計な心配はせんでいい。主幹の指示どおりに動けばいいんだ」

「はい」

皮算用ならいくらでもできるが、世の中そんなに甘くないのではないか——。

田宮は眉《まゆ》にツバを塗りたくなった。

しかし、何百万枚もの前売りチケットを杉野良治の強面《こわもて》で企業に押しつけることは可能かもしれない。見縊《みくび》ってはいけない。なんせ〝鬼のスギリョー〟なんだから。

だが、前売りチケットを押しつけられる企業こそいいつらの皮だ。

前売りチケットは完売、映画館はガラガラで閑古鳥が鳴いている、なんていう珍現象にならなければいいのだが……。

だいいち、英明大学OB会が簡単に乗ってくるかどうか。杉野良治に与《くみ》することは、大学のイメージを損なうことにならないのだろうか――。ここまで考えて、田宮は背筋がぞくっとした。なんだか厭な予感がする。

「主幹は英明大学のOB会会長とお親しいんですか」

「三田村英史郎ならよく知ってるよ」

三田村は、大手精密機器メーカー、サンコー工業の会長である。

「もう映画の件で接触されたんでしょうか」

「三田村英史郎には来週中に会うつもりだ。OB会会長がその気になってくれれば、あとは話が一気に進むよ」

杉野は自信たっぷりに言い放った。

2

田宮は主幹室から秘書室に戻るなり、古村綾に命じられた。

「すぐサンコー工業の秘書に電話をかけて。主幹があけられる時間を言いますよ」

綾はＡ４判のノートをひらいて、杉野のスケジュールを確認しながらつづけた。

「来週は十九日火曜日の朝七時から八時まで。この時間だとホテルで朝食を摂《と》りながらということになるわねぇ。二十日水曜日の午後三時から五時までも、なんとかやりくりできそうだわ。それと二十二日の金曜日の午前中。とりあえずこんなところで、やってみて」

「はい。二十日と二十二日の場合は、主幹が出向くということでいいですか」

「そうね。こっちからお願いするんだから、呼びつけるわけにもいかないでしょう」

綾はこともなげに返した。

田宮はわずかに小首をかしげた。

必ずしもそうではない。大企業の社長や役員を呼びつけて、けっこうな広告料をむしり取ったケースは過去に何度もある。

ただ、今度ばかりは一私企業が相手ではない。英明大学系の財界人脈を当て込んで五十億円の資金を募る一大プロジェクトだ。英明大学ＯＢ会会長を呼びつけられるわけがない。

そんなことは百も承知だが、念を押したまでである。

本来なら相手の都合を先に聞いて、それに合わせるのが筋ではないのか。その点に疑問を感じないのは、綾も平衡感覚が麻痺《まひ》している。

その日のうちに三田村のアポイントメントが取れた。三月二十日午後四時に日本橋のサンコー工業本社でお待ちしている、と連絡してきたのだ。

3

サンコー工業本社の会長応接室で、杉野良治はこぶしを振り回し、赭《あか》ら顔を真っ赤に染め、唾《つば》を飛ばして熱弁をふるった。

「〝福田倫一〟を映画化することは、わたしの夢でした。数年来あたためてきたテーマなんです。幕末から維新にかけて福田倫一が生きた時代と激動の現代は酷似しておるんです。福田倫一の名前を知らない日本人はおらんでしょう。英明大学の創設者である福田倫一を映画化することは、英明大学に学んだ人たちの夢でもあると思うんです。三田村さん、そう思いませんか。和光映画の茂田社長がぜひウチにやらせてくれと言ってきたので、共同制作という形にしました。和光映画は総力を挙げて、映画〝福田倫一〟に取り組んでおるんです」

杉野は、がぶっと緑茶を飲み、咳払《せきばら》いを一つして話をつづけた。

「わたしは英明大学で学んだわけではないが、福田倫一とは少なからず縁があります。もう三十年近くも昔になるが、若い時分、和泉《いずみ》信太郎先生に大変可愛がってもらいました。和泉先生との出会いがなかったら、今日の杉野良治はなかったでしょう。和泉先生は、弱輩のわたしに当時の大物財界人を何人となく紹介してくださった。杉野を応援してやってくれと、紹介状まで書いてくださった……」

杉野は声をつまらせ、涙をこぼした。

突然、嗚咽《おえつ》の声を洩らされたほうは途方に暮れるばかりだ。〝鬼のスギリョー〟のイメージがゆらぎかねない。

三田村は、下ばかり向いてゆっくり茶を飲んだ。

和泉信太郎は亡くなって二十数年経つが、高名な経済学者であり、英明大学の学長でもあった。三田村は和泉の謦咳《けいがい》に接した一人である。

杉野は肩をふるわせながら、声をしぼり出した。

「和泉先生は、〝万巻の書を読むよりも一人の優れた人物に出会うほうがよっぽどためになる〟と生前、何度も何度もわたしに言われました。和泉先生は、わたしが出会ったかたがたの中で、いちばん尊敬できる人物です。おそらく和泉先生にとって、一人の優れた人物とは福田倫一のことであったと思われます」

杉野は、ハンカチで涙をぬぐい、ついでに鼻もかんで、背筋を伸ばして、まっすぐ三田村をとらえた。

「映画〝福田倫一〟について英明大学ＯＢの全面的な支援をお願いしたいんです。映画づくりにはカネがかかるが、世のため、人のためにも〝福田倫一〟を映画にしなければならんのです。いまどきの若い者に福田倫一を知らしめることの意義は小さくないでしょうが。英明大学およびＯＢ会の後援ということでお願いできませんか。この杉野良治が初めて、プロデューサーになるんですよ」

三田村が、こわばった笑いを浮かべて返した。

「杉野先生、ご趣旨はわかりましたが、わたくし一存でご返事を差し上げるわけにもまいりません。十日ほど時間をいただけませんか」

「いいですよ。寄り寄り相談してください。きっと、みんな大賛成してくれますよ。前売りチケットの買い取り負担ということで、ＯＢ会関係で五十億円ぐらい集めたいと思ってます」

「五十億円ですか」

三田村は眼を剝《む》いて絶句した。

サンコー工業本社ビル地下二階の駐車場へ杉野と三田村が降りてきたのは、午後四時四十分である。

駐車場まで見送る人は少ない。気を遣いすぎる。リムジンの助手席で田宮は厭な予感を募らせたが、杉野は意気揚々たるもので、

「ＯＢ会が断るはずがない。〝福田倫一〟は大成功するぞ」

と声を弾ませた。

一週間後に、サンコー工業の佐竹広報部長から田宮に電話がかかった。

「広報担当常務の宮坂が杉野先生にお目にかかりたいと申しておりますが、杉野先生のご都合はいかがでしょうか」

「少々お待ちいただけますか。杉野が席におりますので……」

田宮は気がせいたので、メロディーのボタンを押して受話器を置いた。

主幹室で原稿執筆に気持ちを集中させていた杉野は、老眼鏡を外して、田宮を睨《ね》めつけたが、用件を聞いて相好《そうごう》をくずした。

「早いほうがいいな。きょうは夕方まで会社にいる。なんなら、いまからすぐ来てもらってもいいぞ」

「それではすぐ来ていただきます。いま一時半ですから、二時ごろということでよろしいですか」

「うん」

4

サンコー工業の宮坂常務と佐竹広報部長が平河町の産業経済社におっとり刀で駆けつけて来たのは、三月二十七日水曜日午後二時を過ぎたころだ。

田宮大二郎が二人を主幹室に案内した。宮坂と佐竹は申し合わせたように背広のボタンを掛けて、田宮の後に続いた。二人ともひきつったように顔がこわばっている。

「田宮はPR開発部長兼任で映画を担当させてます。同席させてよろしいかな」

「はい。けっこうです」

かすれた声で宮坂が答えた。

「田宮、さっさと名刺を出さんか。新しい名刺を」

「はい」

田宮は〝産業経済社　秘書室主査兼PR開発部長　田宮大二郎〟の名刺を宮坂と佐竹に手渡した。

「今後ともよろしくお願いします」

「どうも」

「恐れ入ります」

宮坂も佐竹も杉野の前で恭《うやうや》しく名刺を受け取ったが、田宮とは初対面ではなかったから自分の名刺を出す必要はなかった。

佐竹はメタルフレームの眼鏡の奥で、眼をおどおどさせている。

「さあ、どうぞ」

杉野はまだ察していないとみえ、精いっぱい表情を和ませてソファをすすめた。

「失礼します」

宮坂と佐竹が長椅子に並んで座った。

「サンコー工業さんの業績は好調のようですねぇ。おたくは同族経営にしてはダイナミズムがある。活力を失って、守りの経営になったら企業は停滞あるのみです。現状維持はイコール退歩であることを経営者は忘れてはいかんのです」

杉野がお愛想を言ってる間も、二人は窮屈そうに身を縮めていた。

上野理花がミルクティーを運んできた。

「ありがとうございます」

宮坂が理花に礼を言い、佐竹は黙って低頭した。

「杉野先生、きょうはお詫《わ》びに参上しました」

宮坂がやにわに起立したので、佐竹もそれにならい、二人は杉野に向かって最敬礼した。

「いったいなんのことだね」

杉野の顔が険しく尖《とが》った。不快感を出したときの杉野の顔は眼も当てられない。

「申し訳ございません」

「立ってないで、座ったらいいだろう」

「はい」

宮坂は腰をおろすなり、もう一度うなじを垂れてから、切り出した。

「映画〝福田倫一〟は、杉野先生がプロデュースされるということですので、三田村も英明大学のOB会会長として、なんとかご協力する方向でOB会をまとめたいと考えていたようですが、各方面と意見をすり合わせましたところ、OB会として後援するのはいかがなものかというネガティブな意見が少なからずございまして、三田村と致しましても、ここは断念せざるを得ないと判断致した次第でございます」

「反対した者の名前を言え。誰と誰と誰が反対したんだ！」

「そ、それは、わたくしにはわかりません」

宮坂は口ごもった。

ヘタに個人名をあげたら最後、なにをされるかわからない。『帝都経済』のペンの暴力は凄《すさ》まじい。

「学長の意見は聞いたのか」

「あくまでも、わたくしの推察ですが、学長の賛同も得られなかったのではないでしょうか」

「OB会は、映画〝福田倫一〟には一切協力しないということだな」

「個々の企業なり個人ベースで応援することを咎《とが》めだてするようなことはないと思いますけれど」

杉野がテーブルを叩《たた》いた。ティーカップとスプーンが受け皿の上でカタカタ音を立て、紅茶がこぼれた。

「そんなことは言われなくてもわかってる。咎めだてとはなんていう言いぐさだ！」

杉野は猛り立った。主幹室のすぐ前は編集局の大部屋である。ざわついていた編集局がシーンとなった。

英明大学OB会の理事の中には、

「福田倫一を儲《もう》け仕事のだしにするなんてとんでもない」

「スギリョーに与《くみ》するなど英明大学の恥だ」

「福田倫一先生を冒瀆《ぼうとく》するようなものではないか」

などの強硬意見が出たが、三田村はそこまで宮坂に話していなかった。

「申し訳ございません。ただいまの発言は不用意でした。撤回させていただきます」

宮坂はひれ伏しかねないほどのうろたえぶりである。佐竹も上司になりかわって土下座でもなんでもしたい心境だったろう。二人はミルクティーをひと口も飲まずに、退散した。

5

宮坂と佐竹が帰ったあとも、杉野の怒りは鎮まらなかった。

田宮が二人をエレベーターホールまで送って、主幹室に戻るなり、杉野が凄まじい形相で命じた。

「川本を呼べ！」

常務取締役『帝都経済』編集局長の川本克人がネクタイのゆるみを直しながら、ワイシャツ姿で主幹室に入って来た。

「三田村にスキャンダルはないのか」

「三田村と言いますと……」

川本は間延びした声で訊《き》き返した。

キレるタイプではない。イエスマンだが、部下思いで憎めない男である。イエスマンでなければ役員にはなれないし、編集長は務まらない。

「サンコー工業の会長だ！」

杉野は癇《かん》にさわって、大きな声を出した。

「ああ、サンコー工業の三田村会長のことですか。あの人は仕事一途《いちず》の真面目な人ですから、ちょっと」

「サンコー工業を叩け！　なんでもいいから叩くんだ！」

たまりかねて田宮が口を挟んだ。

「サンコー工業は企業ベースで、〝福田倫一〟に協力してくれないとも限りません。少なくともゼロ回答ということはないと思うんです。産業経済社の品位を穢《けが》すことにもなると思うんですけど」

「うるさい！　生意気言うな！」

杉野の声が一層高くなった。

「サンコー工業ですか。なにか考えます。なんでいきますかねぇ」

川本が頰をさすりながら天井を仰いだ。

「同族経営批判でもなんでもかまわん。あんな会社は潰《つぶ》れたらいいんだ！」

「大至急、座談会の原稿を読まなければなりませんので、あとで」

川本が腰をあげたので、田宮も一緒に主幹室を出た。

トイレで、放尿しながら川本が田宮に話しかけた。

「一日経てば、主幹の気持ちが変わるかもしれない。きみの言うとおりサンコー工業と喧《けん》嘩《か》する手はないよ。いま英明大学のOB会を敵に回すのは損だ」

「英明大学を叩け！　って言わないだけ、まだましですよ」

「やけくそみたいに言うな。前売りチケットこれからが大変だなあ。まだ撮影に入ってないんだろう」

「他人事《ひとごと》みたいに何ですか。クランクインは先月です」

「引き返すにも引き返せんなあ。PR開発部長頑張ってくれよ」

川本は同情的な口調だった。

あくる日午前八時に杉野は、副社長の瀬川と田宮を主幹室に呼んだ。

綾との打ち合わせ時間を惜しんだほどだから、よっぽど気が急《せ》いていたのだろう。

英明大学OB会は後援して当然、カネを出して当たり前、と思い込んでいた。その目論見が外れたのだから、ショックである。

「全産業界、全経済界に広く協力を求めましょう。英明大学のOB会に固執するより、かえって得策かもしれませんよ」

気落ちしていた杉野は、瀬川のひとことで元気が出てきた。

「そうだな。たしかに瀬川の言うとおりだ。主幹は英明大学にこだわりすぎていたかもしれない。大二郎、どう思う」

「四百万枚、五十二億円の配収は、努力目標だとしても、目標に近づくためにも英明大学OB会だけに頼ることはどうかな、と思ってました。OB会の後援が得られなかったことは逆にプラスになるかもしれませんねぇ」

「うん。前売りチケットの対象企業を大きく広げようや。大手企業を五十社ほどピックアップしろ。冠スポンサーということで一社一億円でぶつけてみたらいい。いや、二億円でいこう。企業にPR、商品宣伝の絶好の機会を与えることになるんだから、二億円ぐらい安いもんだ」

杉野は声を弾ませた。

瀬川が眼を剝いた。

「二億円ですか」

「そうだ二億円だ。二億円出す企業だってあるだろうし、一億円もあるかもしれない。五千万円だって三千万円だっていい。いろんなランクがあっていいんだ」

杉野はきのう、サンコー工業を叩け！　とわめいたことを忘れたのだろうか。いや、忘れるわけがない。気が変わっただけのことだ。いつ、また気持ちを変えるかわからない。問題はサンコー工業に対する落とし前のつけ方で、前売りチケットをどれだけ買わせるかである。要はカネ次第なのだ。『帝都経済』で叩くことが、とりあえず回避されて、田宮はホッとした反面、二億円と聞いて、憂鬱《ゆううつ》になった。いくら〝取り屋〟でも限度を越えている。

「二億円といいますと、千三百円のチケットにして約十五万四千枚です。一社当たりの負担が大きすぎるような気がしますけど。最高で一億円がいいところじゃないでしょうか」

杉野は、厭な眼を田宮に投げてきた。

「誰もおまえに二億円取ってこいとは言ってないよ。主幹が話をつけてくるから心配するな」

「田宮君は顔に似合わず、気が小さいなあ」

瀬川は、田宮から杉野に視線を移して、つづけた。

「わたしも当面はこの仕事に全力を挙げて取り組みます。主幹にあまりご負担をかけないように頑張りますからご安心ください」

瀬川の決意表明で、杉野は機嫌を直した。

「大二郎は主幹と瀬川副社長を補佐してくれれば、それでいい。たしかに五十億円は努力目標かもしれないが、けっこういい線いくかもしれんぞ」

「わたしも、なんだかいけるような気がします。そんな気がしてなりません」

また瀬川のチャラチャラが始まった。過去、杉野の意見にさからったことは一度もない。骨の髄までイエスマンである。

「実はなあ、二億円出すと約束してるところがあるんだ」

杉野は温《ぬる》くなった煎茶《せんちゃ》をすすって、にたっと笑った。

「主幹はもう行動されてるんですか」

瀬川が素っ頓狂な声を発した。

「井口と藤井と千田は、一応はＯＫしてくれたよ」

「えっ！　ほーんとですか。スッゴイですねぇ」

瀬川が声をうわずらせた。

井口晴雄は天山製紙社長。藤井純三は総合繊維会社、霞山紡会長。千田実は大手証券会社、光和証券会長。三人共、英明大学のＯＢである。

「井口なんかよろこんで二億円出すと言っていた。それなのに、三田村の野郎！」

杉野は厭なことを思い出したらしい。

三人の財界人から受けた感触で、英明大学ＯＢ会が後援を断るはずがないと確信していたのだろう。杉野にしてみれば裏切られた思いである。

田宮があわて気味に話を逸《そ》らした。

「至急、パンフレットを作ります。主幹は五十社をピックアップしろとおっしゃいましたが、五十社一律二億円でぶつけていいんでしょうか」

「二億円でやれ。俺は三億円でもいいと思ってるくらいだ」

「きっと日本中が〝福田倫一〟に沸き返るんじゃないですか。邦画では空前の大ヒットになりますよ」

「俺もそんな気がする」

田宮はうつむき加減に右手の甲でひたいをこすった。

二人ともいい気なものだ。

強引な押しつけ販売で四百万枚の前売りチケットを捌《さば》くことは可能かもしれない。だが、前売りチケットの大半は、ギフトショップやコインショップに流れて大量に売れ残り、劇場《こや》はがらがらなんてことにならなければよいのだが。

ひと月ほど前だから、二月下旬の話だが、杉野が突然〝福田倫一〟の撮影風景を見学したいと言い出して、田宮は撮影所に同行したことがある。

撮影現場は熱気と緊張感が漲《みなぎ》り、主役俳優の熱演に、固唾《かたず》を呑《の》み、手に汗を握ったのを憶《おぼ》えている。田宮は、〝福田倫一〟の脚本も読んだ。なかなかの出来映えとは思ったが、説教調で修身の教科書を読まされてるような気がしないでもなかった。ヤング層、女性客を動員できるかどうか不安で仕方ない。

ヤクザ路線指向の和光映画が制作することのちぐはぐさも気になる。初めにカネ儲けありきの動機もきわめて不純だ。

〝鬼のスギリョー〟〝取り屋のスギリョー〟と〝福田倫一〟の取り合わせは、どう考えてもふつりあいである。

〝PR開発部長〟なんて厭な役回りを押しつけられて、田宮は泣きたい心境だった。

「主幹がひと声かければ、二つ返事でOKしてくれそうなのが、何人もいる。竹田、石野、久山、梶岡、林……」

杉野は指を折りながらつづけた。右手では足りなくなって、左手に移った。

「新関、田口、金光、それに大山さんも青山さんも。まだまだいるぞ」

「全部二億円の口ですか。十三人十三社、〆《しめ》て二十六億円ですよ」

瀬川がふたたびオクターブを高めた。

「二億円はともかく一億円は大丈夫だろう。主幹が片っぱしから頼んでやる。主幹がちょっと頭を下げればノーとは言えんよ」

竹田博一は不動産部門を中核とするヒロ・グループの創業者。石野吾郎は加島建設会長。久山昇は大洋自動車社長。梶岡敬四郎はサン食品会長。林茂は扶桑火災海上社長、新関弘は新日電気社長。田口孝太郎は極東ビール社長。金光浩一は総合食品会社トーレイ社長。大山三郎はコスモ銀行名誉会長。青山太吉は青山建設社長。いずれも一部上場企業のトップばかりである。

これら十三社を含めて五十社をリストアップしたのは、杉野自身で、その日のうちに殴り書きのメモが田宮に回ってきた。

6

〝映画『福田倫一』冠スポンサー募集のお知らせ〟なるパンフレットが作成されたのは四

月上旬である。

たかだか数ページのパンフレットだから作成などとはおこがましいが、産業経済社と和光映画の間で意見調整に時間を要しただけのことだ。

田宮大二郎がワープロで打ち出した。倍角の強調文字などをあしらって、見てくれはもっともらしいが、中身は粗雑の一語に尽きる。

〝福田倫一〟映画化の意図や作品概要はわずか二ページに過ぎず、〝福田倫一〟冠スポンサーのメリットを並べ立てて、四月末日までに二億円を前売りチケットの買い取り負担で募集する、という主旨である。

杉野良治はセールスマンになりきって、企業のトップを懸命に口説いた。

しかし、その場で二億円をOKしたトップは、さすがにいなかった。

「担当常務に話しておきますよ」

「広報部長と詰めてください」

「宣伝部長に話してもらえませんか」

こんなところでお茶を濁す経営者がほとんどだ。

「杉野良治がこうして頭を下げてるんです。この場でOKしてくださらんか」

杉野も食い下がったが、二億円となると社長の一存では決められない、と言われると、いくら杉野でもそれ以上は押せない。

それでも天山製紙とヒロ・グループは比較的早い時期に、二億円をOKしてくれた。二社とも名うてのワンマン社長である。また、極東ビールは、一億円で内諾してくれた。しかし、宣伝部が前面に出て来て二千万円分は前売りチケットに応じるが、八千万円分は具体的にパブリシティを考えてほしい、と注文をつけられた。

過熱気味の〝ビール戦争〟の最中だけに、極東ビールもスギリョーの言いなりになるほど甘くはない。

7

四月二日火曜日の昼前に、田宮は、大日生命広報室長、太田富雄からの電話を受けた。

「例のチケットの件、どうしようかねぇ」

「ご無理ばかりお願いして、申し訳ありません」

「ようわかってるじゃない」

「どうも」

田宮はプッシュホンに向かって頭を下げた。

杉野良治が突出して居丈高な分、産業経済社営業部門関係の社員は卑屈になりがちである。田宮は、うしろめたさにつきまとわれて、われながら情けなくなることが多い。

「ともかく今夜会おうか。杉野先生は夜は早いから、きみはあいてるんだろう」

「はい」

「じゃあ、赤坂の〝おおば〟で六時半に待ってる」

〝おおば〟は一流料亭で通っている。

二年半ほど前、田宮は取材記者時代に太田に〝おおば〟で一度馳走《ちそう》になっていた。広報室長が料亭を使うとは豪勢だが、太田は床柱を背にでんと座って横柄な口調で言った。

「わたしは副社長クラスと同等の交際費を認められてるんだ。MOF《モフ》（大蔵省）の局長クラスと対等に口がきけるし、新聞記者なんか呼びつければいつでも飛んで来るよ」

ホラもいい加減にしろ、初対面の俺をこけおどしに料亭に呼びつけただけのことだろう、と田宮は思ったが、あとでそれが事実とわかり、この会社はどうなってるんだろう、と首をかしげたものだ。

担当副社長の大竹郁夫が、それを許容していると田宮は一般紙の経済記者から聞いた記憶がある。大竹は杉野と近い。生保業界の広報マンたちはやっかみと皮肉を込めて「さすが天下の大日生命だけのことはある」と噂し合っていたらしい。

太田はまだ四十三歳と若いが、生保業界の有名人である。齢《とし》のわりに親分肌で、部下の受けはいい。ケタ外れの侍が一人ぐらいいたっていい、と社内の評価はけっこう悪くなかった。

その夜、田宮は六時二十分に〝おおば〟に着いたが、太田はなかなかあらわれなかった。

七時半になっても来ない。

中年の仲居が二度、顔を出した。

「太田さんから電話はありませんか」

「はい。どうされたんでしょうねぇ。おビールでもいかがでしょう」

「いや、待ってます」

田宮は意地でも待とうと思った。

八時過ぎに太田はやっとあらわれ、上座にどかっと腰をおろした。

メタルフレームの眼鏡を外して、濡《ぬ》れたタオルで顔を拭《ふ》きながら太田が言った。

「待たしちゃったなあ。副社長に呼ばれちゃって。なんせ会議が好きな人でねぇ」

人を一時間半も待たしといて、悪びれたところがなさすぎる。田宮はむかむかした。

「杉野良治でも、やはり一時間半待たされたんでしょうか」

厭みな言い方だ、と田宮は自分でもそう思った。

「失礼失礼……」

太田は手を振ってから、緩慢《かんまん》な動作で眼鏡を掛けた。

「杉野先生はえらすぎますよ。わたしらペイペイなんぞ相手してもらえません」

ビールと酒と料理がどかどかどかっと運ばれてきた。

「腹が減ったでしょう。さあ、どんどんやりましょう」

太田の口調が丁寧になっている。

「ヤクザ路線の和光映画が、〝福田倫一〟っていうのも、なんだか妙な感じがしませんか」

太田が遠回しに用件を切り出したのは、三十分ほど経ってからだ。

ビールで喉《のど》の渇きがいやされ、料理で空腹が満たされたせいか、田宮も平静を取り戻していた。

「同感です。帝宝映画ならもっとよかったんですが」

「帝宝は賢いから、〝福田倫一〟の映画化なんかに乗るわけないですよ。茂田さんは杉野先生によっぽど弱みを握られてるんですかねぇ」

「そんな皮肉を言わないでくださいよ」

「ほんの所感を述べただけのことです」

姐《ねえ》さん芸者が二人、所在なさそうにちんまり座っているが、太田はまったく気にかけていなかった。

「和光映画は和光映画らしく、恰好《かっこう》なんかつけないでヤクザ映画を作ってればいいんですよ。和光映画の社内でも、いまどき〝福田倫一〟でもあるまい、って首をかしげる人が多かったみたいですねぇ。正面切ってワンマン茂田に反対できる人は一人もいないでしょうけど。映画業界で有名らしいから、田宮さんも先刻承知でしょうが……」

太田が右手の小指を立てて、つづけた。

「こっちのほうも凄《すご》いんですってねぇ。京都にも銀座にも、これがいるんだってさあ」

下卑《げび》た笑いに田宮は反感を持った。

「それは男の甲斐性《かいしょう》の問題とも言えますからねぇ。目くじら立てるほどのことなんでしょうか」

太田は左手で猪口《ちょこ》を持ち上げて、芸者の酌を受けながら、ふたたび右手の小指を突き出した。

「これがしゃしゃり出るっていう話ですよ。その女にすり寄らないと、和光映画では出世できないってんだから、救い難いですよ」

初めて聞く話だが、事実かもしれない。

二十年も社長をやっていると、バランス感覚がおかしくなってしまう。ワンマンは例外なくイエスマンで取り巻きを固めている。茂田は押し出しは立派だし、弁も立つ。人の面倒みもいいらしいが、公私混同が過ぎるのだろうか。

「女の話はよく知りませんが、茂田社長は下にやさしい人だって、和光映画の人から聞いてますけど。撮影所の現場へよく顔を出すそうですが、照明係の社員の名前まで憶えていて気さくに声をかけるらしいんです。〝××、あんまり飲むんじゃないぞ〟とか〝××、美人のヨメさんを大事にしろよ〟とか。気取ったところがないので若い社員には人気があるんでしょうねぇ。役員、部長クラスにはきついことも言うようですけれど」

「しかし、権限を部下に委譲せず、いまだに駆け出しのプロデューサーみたいに現場をうろうろして裏方の連中の箸《はし》のあげおろしにまで口出しするのはいかがなものか、もう少し社長らしくでんと構えていたほうが会社のためにもいいのに、って批判する社員もいるからねぇ。ま、人間誰しも見る角度によって人物像は違ってくるが、茂田さんは会社を私物化しすぎるんじゃないかなあ。創業者でもないのに、息子を入社させて次の次の社長に据える肚《はら》らしいけど、ちょっとどうかと思うねぇ」

「それが事実だとしたら、一部上場企業のトップにあるまじき私物化ぶりですけれど、ためにする噂じゃあないんでしょうか。わたしが和光映画の人たちに接触した限りでは皆さん茂田社長に心酔してましたよ。経営もうまくやってるし、リーダーとして立派……」

「甘い甘い」

　太田は手を振って田宮の話をさえぎった。

「茂田さんは広域暴力団の最高幹部ともつきあいがあるという噂も聞くし、総会直前になると必ず怪文書が出回ったり、ダーティー・イメージがつきまとうのは不徳の致すところとしか言いようがないでしょう。『帝都経済』さんは超一流の経済誌だし、杉野良治先生は超一流の言論人ですが、それにひきかえ茂田社長のほうはちょっとねぇ。この取り合わせはミスマッチやないですか」

関西弁のイントネーションで、太田は大仰に首をひねった。

超一流を二度も出して、見え見えの皮肉である。

田宮はずばっと言った。

「例の件、いかがでしょうか」

「そうそう、そのこと」

ぶりの照り焼きをつついていた箸を投げ出して、太田は改まった口調になった。

「本件は、わたしに一任されてるんですけど、ウチはこのところ産業経済社さんに入れあげて、予算がぜんぜんないんですよ。無い袖は振れないっていうでしょう。参考までに申し上げると、去年一年間で四千六百万円も出てるんですよ。今度ばっかりは勘弁していただきたいですねぇ」

「杉野は大日さんを当てにしてるみたいです。わたしもゼロ回答は信じられません。なんせ大日さんは十万人からのセールスレディがいらっしゃるんですから、一人一枚としても……」

「ちょっと待ってください」

太田は双手《もろて》突きのようなポーズを取った。

「セイホのおばちゃんに身銭を切らせろって言うんですか。気の毒とは思いませんか。切ない話でしょうが」

しんみり話されて、田宮は言い返せなかった。

太田が猪口をあけて、思い入れたっぷりに抑揚をつけて言った。

「田宮さんも子供の使いじゃあるまいし、ゼロじゃあわたしも忍びない。どうでしょう、わたしの責任で一万枚なんとかします。それで手を打ちましょう」

「ありがとうございます」

田宮は思わず、居ずまいを正して低頭していた。

一万枚、千三百万円。してやられた、と思ったのは帰りのハイヤーの中である。もっとも、後日、太田は再交渉に応じてくれ、五百万円の上積みを承諾した。

「一万枚で引き下がるとは何事だ」

と瀬川副社長にハッパをかけられた田宮が、太田に泣きついた結果である。

8

大手損害保険会社、扶桑火災海上広報部長中島勝之助の対応は、田宮にとってもっと屈辱的だった。翌日の午後のことだ。

「二億円なんてどこを押したら出てくるんですか」

「御社は文化事業に力を入れている会社なので、映画〝福田倫一〟にご賛同いただけると思いまして。二億円は甘えすぎかもしれません。一億円でなんとか……」

田宮は一発食らわされておろおろした。

「とてもとても。トップの顔を潰《つぶ》すわけにはいきませんから、ゼロとは言いません。わたしもサラリーマン根性が沁《し》みついてるほうですから……」

田宮は固唾《かたず》を呑《の》んで、中島の口もとを見つめていた。

「ずばり言います。一千万円。それでお願いします。ただしチケットは要りません」

「どういうことですか」

「広告費で落とします」

「映画を観ていただけないんでしょうか。感動的な素晴らしい映画ができると思いますが」

杉野は一人でも多くの人に鑑賞していただきたいと願ってます。いまの世の中感動がなさすぎる。拝金主義がはびこって、カネ儲《もう》けのために手段を選ばない人々が大手を振って歩いてる世の中に感動を呼びおこしたい、というのが福田倫一を映画化する動機なんです。杉野は心底そう思ってるんです」

中島は眉《まゆ》を寄せて首を振った。あいた口がふさがらない、と言いたいらしい。

田宮は恥ずかしくって頬が火照《ほて》った。

「ただ制作費につきましては企業のかたに助けていただきませんと」

「福田倫一を映画化することの動機は純粋なんですかねぇ。説教強盗とまではあえて言いませんけど、わたしにはそうは思えません。わたしは英明大学のOBですが、なんだか福田倫一が冒瀆《ぼうとく》されるような気がしてしょうがないんですよ。忌憚《きたん》なく言わせていただきますが、杉野先生がほんとうに世の中に感動を呼び起こしたいと願って、福田倫一の映画化を考えたとおっしゃるんなら、私財を抛《なげう》つべきですよ。大変な資産家なんでしょう。制作費を企業にたかるのは筋違いです。OB会や教授会が後援を断ったのは、見識だと思います」

しょげかえって、口をつぐんだ田宮に中島は笑いかけた。

「口がすべりました。せめていい映画を作ってもらいたいですねぇ。わたしは映画館の窓口でおカネを払って観にゆきます。そういう映画を作ってください」

9

五月の連休あけに、〝杉野良治先生を讃《たた》える会〟が都内のホテルで開催された。

発起人は大山三郎ら三十人の財界著名人。プロデューサーとして〝福田倫一〟の映画化に挑戦する杉野良治の壮途を祝う趣旨だが、〝讃える会〟を発想したのは杉野良治自身である。

案内状も杉野が自分で書いた。

「〝言論界の長老〟〝日本経済界のご意見番〟である杉野良治先生の世直しの願いは書物や映画によって具現化されていくのであります。そこで私たち発起人一同は、映画〝福田倫一〟を制作する杉野先生の驥尾《きび》に付して、その壮途を祝福し、懇親パーティを開催することに致しました」

というのがその要旨だが、夕方の一時間に三万円の会費で約五百人を集めたのだから、〝スギリョー〟の威力は凄《すさ》まじい。

発起人代表格の大山三郎のところへは、杉野が自ら足を運んだが、石野吾郎日商工会頭ら二十九人の財界人には古村綾と田宮大二郎が各人の秘書に電話で依頼し、承諾を取りつけた。内心断りたいと思った財界人もいるに違いないが、あとが怖いから受けざるを得ない。

大山三郎、長岡武、後藤哲夫の三人は、往年のスギリョー応援団トリオだが、長岡と後藤が鬼籍入りして以来、大山はスギリョーの応援団長を自他共に認めていた。大山は、大手都銀のコスモ銀行名誉会長だが、いまだに旧財閥グループ内で睨《にら》みをきかせ、隠然たる勢力を誇示している。

画家になっていても一派を成したと思えるほど、〝大山画伯〟は有名だ。自身「号五十万円は下らない」と豪語しているが、誇り高き大山は絵を他人に売りつけるようなケチな真似はしていない。

大山が財界で〝老害〟呼ばわりされるのは、スギリョー応援団長なるが故である。大山は、〝杉野良治先生を讃える会〟でも乾杯の音頭を取り、祝辞を述べる気の入れようだった。

「杉野良治君が和光映画の協力を得て〝福田倫一〟の映画化に取り組み、このほどクランクアップして、目下編集中と聞いております。個人および国家の独立自尊を説いた福田倫一ほどの偉人がこれまでに何故映画化されておらんのか不思議な気がしますが、使命感を以《もっ》て福田倫一の映画化に挑戦し、見事、これを完成した杉野君の熱情に、わたくしたちは胸を打たれ、感動を新たにせずにはおられません。杉野君の壮途と、映画〝福田倫一〟の成功を念じて、杯《はい》をあげさせていただきます。ご唱和をお願いします。乾杯！」

「乾杯！」

「乾杯！」

「杉野先生、おめでとうございます」

杉野と大山を中心に大きな輪ができた。〝讃える会〟では、〝福田倫一〟のデモンストレーション・フィルムが会場内特設のスクリーンに映し出された。いわば予告編の大型版で、上映時間は約十分。

田宮大二郎は入り口付近でスクリーンに見入っていた。

「盛況でよかったわねぇ。映画の出来栄えもよさそうじゃないの」

耳もとで囁きかけられて、瞳を凝らすと、古村綾だった。

「封切りがたのしみだわ」

「ええ。和光映画の人から聞いたのですが、密度の高い映画が撮れたそうですよ」

田宮が小声で返したとき、場内が明るくなった。

半袖スーツのあざやかなサファイア・ブルーが眼に沁みる。

「帝京ドームの大試写会は中止になったわ」

「えっ！　まさか」

「新聞社が先にブッキングしてたらしいの。ダブルブッキングなんて初歩的なミスをするとは、帝京ドームも困ったものねぇ」

最大手の予備校、新宿ゼミナールとタイアップして、封切り前日の夜、帝京ドームを借り切って、〝福田倫一〟の大試写会が開催される予定だった。

新宿ゼミナールなら大動員をかけられると踏んで立てられたイベントだが、三カ月も経って中止が決まるなんてことがあるのだろうか。田宮の厭な予感は募る一方だった。

大企業向けに見込んでいた前売りチケットの売れ行きがふるわず、四月末現在の発券は約五十万枚にとどまっている。産業経済社は和光映画と「百万枚を目処《めど》とする」と抑えて契約しているので、いくらなんでも百万枚、十三億円は捌《さば》けると思えるが、杉野良治が当初目論《もくろ》んだ四百万枚は、夢のまた夢に終わりそうな雲行きだ。

もっとも、四百万枚が風呂敷を広げすぎた数字であることは、杉野も認めていた。しかし、二百万枚はなんとかしたい、とは杉野ならずとも思うところだ。ＰＲ開発部長の田宮は、連日、大企業に通い、タフ・ネゴシエーションを続けているが、苦戦を強いられていた。

東京を皮切りに五月から六月にかけて、大阪、名古屋、福岡、札幌、仙台などの都市で〝杉野良治先生を讃える会〟を開催するプログラムが組まれているが、いくら前景気をあおっても、前売りチケットにハネかえってくるとは限らない。

10

六月中旬の某夜、吉田修平から田宮に電話がかかった。

「遅い時間に申し訳ありません。もう寝てましたか」

「ああ。もう十時を過ぎたからな」

「われわれ編集部はまだ宵の口ですけどね。いま印刷会社の校正室ですが、一段落したところで川本編集長以下、全員めしを食いに出て行ったところです。わたし一人ですから、ご安心ください」

「安心しろって、どういう意味なんだ」

「チケット売れなくて苦労してるんでしょ」

「そのとおりだよ。そんなことで電話してきたのか」

田宮の声がささくれだったのは、吉田のもの言いに茶化すような響きが汲《く》みとれたからだ。

「取材先で毎日、チケットのことで冷やかされる身にもなってくださいよ。もっとも、わたしは、〝厭《いや》なら買うな。堂々と断れ〟って言ってますけどね」

「それこそ、俺の身にもなってもらいたいな。吉田はそれでも産業経済社の社員かって訊《き》きたいよ」

「若干気が咎《とが》めてるんです。田宮さんがPR開発部長じゃなかったら、もっと意地悪するところですけどね」

「ますますひどいヤツだ。一発ぶんなぐってやりたいな」

田宮は冗談めかして言ったが、寝入り端《ばな》を起こされて向かっ腹だったから、ほとんど本気だった。

「そんなに怒らないでくださいよ。ちょっとした情報があったんですけど、言いづらくなっちゃったなあ」

「なんだ、用があるならさっさと言えよ」

「神田《かんだ》や新橋のギフトショップに、〝福田倫一〟の前売りチケットが大量に出回ってるのを知ってますか」

「おい、それほんとか」

「一枚六百円で出てますよ。封切り一カ月も前にギフトショップに前売りチケットが出回るようじゃ、見通し暗いですねぇ」

見通し暗いどころではない。田宮はショックで、頭がくらくらした。

「俺をかついでるんじゃないだろうな」

「取材先の某銀行で小耳に挟んだんで、新橋のギフトショップに行ってきました。この眼で確かめましたから、間違いありません。さすがに田宮さんのことが心配になりましたよ」

「わかった。ありがとう」

田宮は、翌日の昼食時間に新橋と神田のギフトショップとコインショップを数軒回って、吉田の電話が事実であることを確認したが、杉野にも古村綾にも、このことは話さなかった。

大量に前売りチケットを押しつけられた企業の中で、捌きされず、ギフトショップに投げ売りするところが出てきたとしても仕方がない。しかも、六百円は半値以下だ。劇場の窓口なら千七百円だから、ほぼ三分の一である。

いよいよ厳しいことになってきた。

六月下旬に銀座和光映画劇場で約一千人を招いて〝福田倫一〟特別試写会が催された。大山三郎ら〝杉野良治先生を讃える会〟の発起人一同も会場に姿を見せ、試写会は盛り上がったが、前売りチケットはこの時点でやっと百万枚に達したところだ。当てにしていた極東ビールは産業経済社と和光映画側が提案したパブリシティに難色を示し、前売りチケットの購入も断ってきた。

一億円を見込んでいたのだから痛い。英明大学OB会会長のいるサンコー工業もまだゼロ回答だ。

11

〝福田倫一〟の封切り日は、七月二十七日の土曜日だが、田宮大二郎は〝打ち込み〟の十一時よりも一時間前に、銀座和光映画劇場に駆けつけた。

打ち込みとは、封切り初日の第一回目の上映時間のことだが、すでに列ができて、数十人が並んでいた。

十時半から三十分間、主演俳優、女優、監督の舞台挨拶《あいさつ》が予定されていたせいもあるのだろう。田宮は、明け方、周囲に観客が見当たらず映画を鑑賞しているのは自分だけという変な夢を見たばかりだったので、ホッとするやらうれしいやらで、そのへんを走り回りたいくらいだった。

銀座和光映画劇場の打ち込みは立ち見も観客で埋まるほど入場者が多かった。

田宮は十二時二十分に中座した。

午後一時に新宿和光映画劇場前で、杉野治子と逢《あ》う約束をしていたからだ。

午後一時半が二回目の上映時間だが、治子とデートを兼ねて、〝福田倫一〟を観ることになっていた。

田宮は新宿のあと、渋谷にも行きたかった。封切り初日の出足は気になる。新宿も、ほぼ満席だったが、立ち見客が出るほどではなかった。アトラクションの有無によるのだろう。

治子が田宮にしなだれかかるように躰《からだ》を寄せて話しかけてきた。

「けっこう入ってるわねぇ。あなた心配してたけど」

まだ予告ニュース中だから、あちこちで話し声がする。

「銀座は立ち見もいっぱいでした。出足好調でよかったですよ」

「八週間も上映するんでしょ。そんなに続くのかしら」

「このぶんなら、いけると思うなあ」

「結局、前売りチケットは百万枚止まりだったの」

「百十万枚。なんとか二百万枚にしたかったんだけどねぇ。和光映画の人たちは百十万枚なら御の字だってなぐさめてくれたけど。映画会社も、前売りチケットで、元は取れたらしいから、テレビやビデオのプラスアルファをカウントすると、ペイするんじゃないかなあ。ウチは相当儲かってると思う」

「そうなると、父が二匹目のドジョウを狙って、またなにか言い出すんじゃないかしら」

「もう言ってますよ。僕はもう懲り懲りっていう感じだけど」

田宮は〝福田倫一〟の上映中、ほとんど居眠りしていた。短期間に何度も観ているので、いささか食傷気味である。三時半に映画が終わった。

伸びをしながら田宮が訊いた。

「どう。よかった」

「そうねぇ。まともな映画だわ。思ってたよりおもしろかった。あなたは、ほとんど寝てたようだけど」

「三度目、いや三度目半だからねぇ。さっき銀座で観た半分はしっかり起きてましたよ」

劇場を出たところで、田宮は背後から肩を叩《たた》かれた。

扶桑火災海上広報部長の中島勝之助だった。スポーツシャツのラフな服装だ。田宮は暑いのにダークスーツ。

中島に前売りチケットを頼みに行ったときの場面が厭でも思い出された。

中島に「わたしは英明大学のＯＢだが、福田倫一が冒瀆されるような気がする。感動を呼び起こしたいのなら、杉野良治は私財を抛《なげう》つべきだ」という意味のことを言われ、しょげかえったのを憶えている。

「ありがとうございます。中島さんに観ていただけて光栄です」

「おカネを払っても、観る価値がありましたね。いい映画でした。英明のＯＢとしてうれしいですよ」

「ありがとうございます」

田宮はもう一度、低頭した。

中島はにこやかに返した。

「いつぞやは、失礼なことを言いましたが、杉野先生がその気になってくれなかったら〝福田倫一〟の映画化はあり得なかったわけですよねぇ。動機は必ずしも純粋とは思えないし、方法論についてもいろいろ言いたいことはありますけど、実際に映画を観て、わたしの気持ちもだいぶ平《たいら》になりました。安心しましたよ」

中島が背後を振り返って、つづけた。

「家内も久しぶりにいい映画を観たと喜んでます。〝福田倫一〟を制作した杉野良治先生のお弟子さんの田宮さん。家内です」

「主人がいつもお世話になっております」

「田宮です。よろしくお願いします」

中島が治子に気づいて、「奥さんですか」と訊いた。

田宮はかぶりを振った。

「いいえ」

「そうでしたねぇ。田宮さんはまだ独身ですよね。失礼しました」

中島は治子に目礼し、夫人を促して二人から離れた。

治子が田宮に躰を寄せて、きつい眼で見上げた。

「どうして紹介してくれないの。わたしは、あなたのフィアンセなのよ」

治子は、なにかしら軽く扱われたようで感情を害したらしい。治子がカリカリする気持ちもわからなくはない。田宮は当惑した。

「きみを紹介するほど親しくつきあってる人ではないしねぇ」

「でも、中島さんっていうかたはあなたに奥さんを紹介してたじゃないの」

「きみのプライドを傷つけたことになるのかなあ。僕は、そんなつもりはないんだけど」

「そうよ。いたく傷つけられたわ」

治子はまだ頬をふくらませている。

ラベンダー色のフレンチスリーブのワンピースを着ているが、治子の服飾センスのよさが田宮にもわかってきた。田宮は背広を脱いで肩にしょった。

「だったらあやまります。今度から気をつけるよ。ほんとうは誰かれなしに、きみを紹介したくてしようがないんだから」

ここで治子の機嫌を損ねたら、元も子もない。やっと、あした〝お籠もり〟する約束を取りつけたのだ。口説き落とすまで、どんなに苦労したことか。

「ウソばっかり」

治子はそう返しながらも機嫌を直した。

第八章　七日間の取締役

1

七月二十九日朝八時に主幹室のソファで向かい合うなり、しかつめらしい顔で杉野良治が切り出した。

「きょう付で編集に戻ってもらうからな。取締役で『帝都経済』の編集局長だ。しっかりやってくれ」

田宮大二郎は生唾《なまつば》を呑《の》み込んだ。杉野から取締役編集局長にする、と言われたのは一月十二日に〝お籠《こ》もり〟したときだから、半年以上も前である。あのとき杉野は三月十五日付と言ったが、映画〝福田倫一〟の前売りチケットの販売を担当させられて、先送りになった。

前売りチケットは百十万枚にとどまり思うにまかせなかったが、〝福田倫一〟は二、三日前に封切られたばかりで、どれほど観客動員できるかわからない。しかし、まずまずの出足で、興行的にも失敗作に終わることはなさそうだ。

前売りチケットの目標が大きすぎただけのことで、三億円以上の利益を産業経済社にもたらした。

杉野は最低五億円は儲《もう》かると見込んでいたようだから、PR開発部長に起用した田宮のフォロー不足と取らないとも限らない。その点を田宮は心配していたが、どうやら取り越し苦労だったらしい。

決め手は昨日、杉野治子を〝お籠もり〟に引っ張り出したことだ。

〝お籠もり〟といっても、新富士駅に近い〝聖真霊の教〟の本部で女教祖の山本はなと対面し、〝聖真霊の菩薩《ぼさつ》〟に手を合わせただけで、杉野良治の顔を立てたに過ぎない。

田宮はその間ずっと付き添ったが、治子が山本はなを面罵《めんば》するなど狼藉《ろうぜき》を働くのではないかと気が気ではなかった。ところが、思いがけず治子は神妙だった。

杉野は一泊することになったが、田宮と治子は日帰りをゆるされた。初めからその約束だったのだ。

帰りの新幹線で、田宮が感想を求めると、治子は眉《まゆ》をひそめた。

「あなたと父に義理だてするのも楽ではないわね。あの教祖のおばさん、気色が悪いったらないわ」

「安心立命《あんじんりゅうめい》は得られなかったの」

「ぜんぜん。〝お籠もり〟なんて一度でたくさん」

「そうかなあ。一度でたくさんなんて言わないで、月イチぐらいのペースで義理だてしてもらえるとありがたいんだけどねぇ」

治子は窓側へ顔を向けたまま返事をしなかった。


田宮がおろおろ声で杉野に返した。

「わたしのような若造には荷が勝ちすぎます。取締役は辞退させてください」

「大二郎は押しが足らんなあ。もっと堂々とかまえたらいいんだ。きみは、主幹の後継者なんだぞ」

「川本編集長のポストはどうなるんですか」

「専務に昇格させて、販売部門を見てもらう。瀬川一人で営業全体を担当してきたが、仕事量が増えてるんで、二人で担当してちょうどいいんだ。きみは編集長といっても、責任者は主幹なんだから、なにもそんなに緊張することはないよ。これは主幹命令だぞ。辞退もくそもない」

「…………」

「ついでに言っておくが、十月十日の体育の日か、十一月三日の文化の日に結婚式を挙げたらいいな。両方とも大安吉日なんだ。急いで会場探しをしたらいい。取締役編集局長就任も含めて、五万円の会費制で、パーティ形式で千人集めてやろう」

「芸能人ではありませんから、そんな派手な結婚式は治子さんも考えていないと思います。五万円の会費も過分です」

「いまどきの結婚式で五万円は相場だよ。いやなら、会費制にしなくてもいい。そうなると一人十万円は包んでくることになるから、逆に実入りはいいかもしれんな」

「治子さんは、ロスに〝ガラスの教会〟と呼ばれてる素敵な教会があるから、そこでひっそりと結婚式を挙げたいという意見です。お友達が〝ガラスの教会〟で挙式したときに出席したそうですが、生涯忘れ得ぬ感動に浸ることができたと話してました」

ロサンゼルスの郊外パロスバーデスにあるウェイフェラーズ・チャペルは、帝京ホテル旧館の設計で名高いライトが設計監理した建築物として知られていた。礼拝堂が総ガラス製なので、地元では〝ガラスの教会〟で通っている。

治子は、ウェイフェラーズ・チャペルで、二人だけの結婚式を望んでいた。

「ウェイフェラーズとは〝徒歩なる旅人たち〟という意味があるのよ。ロマンチックだとは思わないの」

治子が眼を輝かせて歌うように言ったのはきのうの夜だ。

「主幹は反対だな。結婚式は〝お山〟に決まってる。披露宴は一流ホテルでなければわたしのメンツが立たん」

杉野は血相を変えていた。治子は一歩も引かないだろう。それにしても芸能人級の披露宴だけは絶対に避けたい。

田宮は眼を瞑《つぶ》って下を向いた。

「原木が演歌をレコーディングしたとか言って、高い会費取って、ホテルで派手なパーティをやって顰蹙《ひんしゅく》を買ったが、主幹の後継者たる大二郎と原木では格が違う。しかも、取締役編集局長就任と結婚式が重なるんだから、どんなに派手にやっても文句はないはずだ」

杉野は妙なことを言い出した。

原木達治は、経済誌を主宰するかたわら、評論家としても活躍している。強面《こわもて》で聞こえているが、褒めたりくさしたり一貫性のないご都合主義は杉野と変わるところがない。素人に毛が生えた程度の歌唱力でレコーディングし、白いタキシードに身を包んでマイクの前に立ったという強心臓の持ち主だ。

「原木の愛人が都心のデパート内で喫茶店を経営してるが、立ち退きを迫られて二億円の立ち退き料を要求して揉《も》めてると聞いた憶《おぼ》えがある。あいつは、まったく性質《たち》の悪い男だ」

話がいよいよ逸《そ》れてきた。

目糞鼻糞《めくそはなくそ》を笑う以外のなにものでもない。

「とにかく披露宴のことはもう少し考えさせていただきます」

田宮はソファから腰をあげた。

2

月曜日なので八時二十分から朝礼が始まった。

編集部の大部屋で、全員が起立して、杉野が一方的に話しまくる。

「映画〝福田倫一〟が一昨日、全国の和光映画系劇場で一斉に封切られました。諸君にもご覧いただけたと思うが、心が洗われるような実に素晴らしい映画で、主幹は大変感動しました。しかも、どの劇場も超満員だったのであります。主幹は〝福田倫一〟の制作者として、映画史に刻み込まれることになります。このことは諸君も大いに誇っていただきたい。世の人々に感動を与えられるとは、なんと幸せなことか。主幹は果報者であります……」

杉野は感きわまって、しばらく言葉が出なかった。

「〝福田倫一〟の成功は、ひとえに信仰のたまものであります。〝聖真霊の教〟を信じているからこそ、初めて映画を制作して、大ヒットするような大きな幸運にめぐりあえるのです。主幹は、昨日早朝、〝お山〟へ行き、教祖様にお礼を申し上げて参りました。教祖様も非常によろこんでくださった。産業経済社の全社員が一人の脱落者も出さずに〝聖真霊の教〟を信仰していることは、主幹にとって大きな励みであり、支えでもあります」

田宮は、眼で吉田修平を探した。

後方で、ふてくされたように横を向いて鼻糞をほじくっている吉田の姿を杉野の眼がとらえているかどうか、田宮は心配になった。

吉田は〝お籠もり〟拒否を続けている。杉野はそれを承知で皮肉を浴びせたのだ。

「さて、もう一つ諸君に報告することがあります。田宮大二郎君を本日付で取締役に任命し、『帝都経済』の編集長をやってもらうことになりました。田宮君は二年半ほど主幹の秘書として主幹を補佐してくれましたが、編集部を強化するためにも、田宮君を古巣に戻すことが賢明な選択だと考えた次第であります。PR開発部も本日付で解散します。川本克人君は専務取締役に昇格させ、販売部門を担当してもらいます」

朝礼は十五分で終わった。

田宮の後任は入社二年目の斉藤洋で、肩書は秘書室主任。

取締役の選任は総会承認事項のはずだが、総会どころか役員会も開かれず、議事録にも残されない。すべて杉野の胸三寸で決まり、一切の手続きが省略されるのだから、恐れ入る。

秘書室で机を整理しているとき、古村綾が話しかけてきた。

「おめでとう。よかったわね」

「ひとつもおめでたくなんかないですよ。辞退したんですけどねぇ。ただ秘書の仕事をなんとかまっとうできたのは古村さんのお陰です。手取り足取りで教えていただいて、なんとかボロを出さずにやってこられました」

「役員のこと、いつ聞いたの」

「さっき、朝礼の直前です。もう、びっくり仰天ですよ。古村さん聞いてたんでしょ」

「いいえ。主幹も水臭いのよねぇ。こんなことって初めてだわ」

綾は眉をひそめた。

田宮も小首をかしげた。

にわかには信じられない。杉野が事前に綾の耳に入れぬなどあろうはずがない。

「忙しくて忘れてたとしか考えられませんねぇ」

「主幹とは金曜日も土曜日も、一時間以上も打ち合わせしてるのよ」

「きのう〝お山〟で決めたんですかねぇ。治子さんのお供をさせられたんですけど」

「そんなことがあったの」

綾は一層厭《いや》な顔をした。綾だけが〝お籠もり〟を免除されている。杉野は朝礼で、綾をあてこすったのだろうか。その対象は、吉田だと思っていたが、綾も含まれているとも考えられる。だいたい側近中の側近で、社員からスギリョーの分身とまで思われている綾が〝お籠もり〟を拒否しているのが不思議である。

「治子さん、よくそんな気になったわねぇ」

「なだめすかして連れてったんですよ。口説き落とすまでに三カ月はかかりました」

「主幹よろこんだでしょう」

「ええ、まあ」

だからこそ取締役編集局長に抜擢《ばってき》されたのだ。綾だってそう思ってるに違いない。

「田宮さんと治子さんの結婚もいよいよ本決まりなのねぇ。主幹がよろこぶわけだわ」

「でも、よろこぶのはまだ早いんじゃないですか」

「どうして」

「彼女、〝お籠もり〟は一度で懲りたようなこと言ってましたから。先のことはわかりませんよ」

「そう。治子さんそんなこと言ったの」

綾はわずかに表情をゆるめた。

「古村さんの〝お籠もり〟はあり得ないんですか」

「余計なこと言わなくていいの」

綾は顔色を変えた。

田宮が気まずい思いで秘書室を出ようとしたとき、副社長の瀬川誠が入ってきた。

「田宮君、おめでとう」

「気が重くて、ひとつもうれしくないですよ」

「なに言ってんだ」

瀬川は田宮の肩を叩《たた》いて、つづけた。

「先週、たしか金曜日だったかな。主幹から田宮を役員にしたいが、どう思うかって相談を受けたよ。もちろん大賛成だって答えたけど。たしか、きみは九月で三十三歳だよな」

「ええ。九月二十五日です」

「俺が役員になったのが三十三歳と三カ月だから、四カ月短縮されるわけか。最年少役員の新記録だな」

綾が黙って席を外した。

心おだやかではいられないだろう。

誰よりも先に相談を受けなければならない立場にあると自負していたのに、瀬川の後塵《こうじん》を拝したのだ。綾は瀬川なんか目じゃない、と思っているはずだ。副社長とか常務とかの肩書はこの会社ではたいした意味を持たない。

杉野良治以外はみんな雑魚《ざこ》だ。ただ一人の例外が古村綾で、人事も昇給も二人で決めてきた。

田宮は、杉野と綾の間に亀裂が生じるなにかがあったのだろうか、と気を回した。

3

会議室で川本と引き継ぎの話をして、田宮が編集部のデスクに座ったのは十一時二十分。

両袖《そで》に抽《ひ》き出しの付いたスチール製大型デスクは窓際にある。

『帝都経済』編集部は総勢十七人。杉野が産業経済社の守護神と崇《あが》める〝聖真霊の教〟に馴染《なじ》まず、一年足らずで辞めてしまう記者が多いため、若い記者ばっかりだ。

三十二歳の田宮より年長者は一人もいない。

田宮がなんとなく吉田のデスクに眼を投げたとき、デスクの上で電話が鳴った。

「吉田ですが、編集長をお願いします」

「田宮だけど、川本さんのことか」

「もちろん田宮新編集長ですよ」

田宮は脇腹がむずがゆくなり、顔が赭《あか》らんだ。

「編集長なんてからかわないで、名前で呼んでくれよ。あとでみんなにも頼むけど……」

「それはないでしょう。照れることはないですよ」

「いま吉田のことを考えてたんだ」

「それは光栄です。取締役編集局長に就任したお祝いに、昼食を奢《おご》らせてください。ちょっと相談したいこともあるんです」

「吉田にご馳走《ちそう》になるのは気が引けるなあ」

「一流ホテルでフルコースというわけにはいきませんけど、うな重ぐらいでよろしければ」

「どこで会おうか」

「虎ノ門の鰻《うなぎ》屋知ってますか」

「Aビルの地下一階じゃなかったか」

「そうです。じゃあ一時半に待ってます」

「相談って、悪い話じゃないだろうね」

「まあ、そう思いますけど」

「つまり、どっちなんだ」

「悪い話じゃないと思いますよ」

「そんならよろこんで、うな重をご馳走になるよ」

　吉田は辞表を出すつもりに違いない、と田宮は思ったが、そうではないらしい。

4

田宮大二郎が虎ノ門Aビル地下一階の鰻屋に着いたのは約束より十分前の一時二十分だが、吉田修平は先に来ていた。

ピークは過ぎたのだろうが、まだテーブルの三分の二は埋まっていた。

「ビール一杯どうですか。二人で中瓶一本ってところですかね」

「いただこう。それにしても暑いねぇ。三十四、五度はあるんだろうなあ」

田宮は汗でべたついている背広を椅子に着せて、ネクタイをゆるめた。

吉田も思い出したように背広を脱いで、椅子に置いた。

四人掛けのテーブルで余裕がある。座席が空いているので、相席の心配はない。

「おめでとうございます」

「ひやかすなよ」

「素直じゃないですねぇ。『帝都経済』の編集部は全員、新編集長を歓迎してます。川本さんのイエスマンぶりは、ひどかったですから」

「俺だってイエスマンだよ」

二人ともグラスを持ち上げて、一気にビールを乾《ほ》した。

吉田が残りのビールを等分に注いだ。

「治子さんと婚約されたそうですねぇ。もう一度乾杯！」

田宮はむすっとした顔で不味《まず》そうにビールを飲んだ。

「そんなこと誰に聞いたんだ」

「産業経済社で知らない者は一人もいませんよ。きのう治子さんと〝お山〟へ行ったんでしょう」

「ニュースソースは岡沢さんだな」

岡沢善之は、杉野良治付の運転手だ。岡沢から、瀬川誠副社長付の玉置隆運転手に伝わり、二人で競って社内に伝播《でんぱ》したのだろう。

「よくぞ思いきりましたねぇ」

「もの好きなやつだと言いたいのか」

「いいえ。田宮さんが治子さんを振るか振らないか、みんな固唾《かたず》を呑んで見守ってたようですよ。ババをつかまされるんじゃないかって、心配してた人もいるでしょうが、わたしはそうなることを期待してました。産業経済社も少しはよくなるんじゃないですか。じゃじゃ馬をならした田宮株は急上昇してますよ。〝お籠もり〟させたんだから、凄《すご》いですよ」

「彼女はじゃじゃ馬なんかじゃないよ。スギリョーの娘だから勝ち気なところがないとは言わないけど、俺には勿体《もったい》ないような女だ。〝お籠もり〟は親父と俺の顔を立ててくれたんだろう」

「おやさしいことで」

うな重が運ばれてきた。きも吸いと新香が付いていた。

重箱の蓋《ふた》を取りながら吉田が言った。

「結婚式はいつですか」

「スギリョーは十月十日か十一月三日なんて言ってたが、会場が取れるとは思えんな。早くて来春ってとこじゃないかねぇ。そんなことより、相談があるようなことを言ってたけど」

うな重をかき込みながら、吉田は上眼遣いに田宮をとらえた。

「ただ俺をひやかしたかっただけでもないんだろう」

吉田はきも吸いを飲んで、居ずまいを正した。

「ぜひ田宮新編集長の力を借りたいことがあるんです」

田宮は誘い込まれるように箸《はし》を置いた。

「組合を作りたいんです。わが社は社員が百四十人もいるんですから、従業員組合ぐらいあってもいいでしょう。組合が存在してれば、特定の宗教を強制するようなこともできないはずだし、スギリョーの気分次第で社員が解雇されることもないと思うんです」

「動機づけは〝お籠もり〟なんだな」

「それもありますけど、スギリョーの独断独善は目に余るとは思いませんか」

田宮は箸を取ってうな重を片づけにかかったが、食べる気がしなくなり、半分ほど残して放り投げた。

厄介な問題を突きつけられたものだ。

産業経済社に組合がないことなどいままで考えもしなかった。

「きみはスギリョーから搾取《さくしゅ》されていると思ってるわけか」

「とくに低賃金とは思わないけど、いつクビを馘《き》られるかわからないとか、常に不安につきまとわれてるし、給与にしても営業に厚くて、われわれ編集サイドは割りを食ってると思うんです。残業代なんかも微々たるものですよ。賞与、昇給も、主幹と古村さんのサジ加減で決めて社員サイドから一切要求できないわけでしょう。賃金体系もいい加減でわかりにくいし、もう少しまともな組織にできないかと思ってるんですけど。『帝都経済』編集部の平均年齢を知ってますか」

「察しはつくよ。二十七、八歳か」

「二十六・五歳です。四十五歳の川本さんを入れてですよ。田宮さんと川本さんの年齢差はちょうどひと回りでしょう。二十六歳を切って二十五歳代になりますよ。どうしてこんなに若いのか言わなくてもおわかりでしょう。いかに辞めていく社員が多いか、田宮さんもよくご存じのはずですよねぇ。どうしようもない異常集団なんですよ」

「吉田は被害者意識が強すぎるような気がするねぇ。〝お籠もり〟のことは、わからんじゃないけど」

「田宮さんは産業経済社のエース中のエースだし、スギリョーの寵愛《ちょうあい》を一身に受けてるから、われわれ下々の気持ちなんかわからないんですよ」

「そんな皮肉だか言いがかりみたいなことを言われる覚えはないよ」

「組合には絶対反対の立場なんですか」

「そうは言わない。思いがけなかったので、不意を衝《つ》かれて動揺してるが、難題ではあるけれど、検討に価する問題だと思う」

吉田はうな重に集中しだしたが、田宮は頬杖《ほおづえ》をついて考え込んでいた。

「上のほうで頼りになるのは田宮さんだけです。田宮さんに逃げられたら、やけくそで暴走するしかないと思ってたんですけど、一応理解は得られたと取っていいんでしょう」

田宮は返事に詰まった。

正直なところ聞きたくなかった。

「川本さんに相談しなかったの」

「しましたよ。聞かなかったことにする、のひとことです。スギリョーに話すかと思ったら、それはなかったようです。敵はなんにも言ってきませんから」

田宮は苦笑しながら返した。

「本音を言えば川本さんと同じで、俺も聞かなかったことにしたいが、そういうわけにもいかんよなあ。吉田一人の知恵なのか」

「『帝都経済』編集部の三分の一は組合に賛成です。あとの三分の一は、反対はしないが、不可能だと初めから諦《あきら》めてる口です。わたしも難しいとは思いますけど、だからこそやり甲斐《がい》、闘い甲斐があるんじゃないですか。いままで会社を辞めることばっかり考えてたんですが、それじゃあダメなんです」

吉田の声が高くなった。ヘタに反対したら火に油を注ぐ結果になるかもしれない。

「俺は役員にされちゃったから、旗振り役に回るわけにはいかんけど、スギリョーと話してみるかなあ。先鋭化せずに軟着陸できればそれに越したことはないが、スギリョーの理解を取りつける方法があればいちばんいいわけだよねぇ」

「話してわかるスギリョーじゃないですよ。力ずくでいくしかないんじゃないですか」

「それでは暴走じゃないの。早まるなよ。ここは思案のしどころだろう」

田宮はもっともらしく答えたが、吉田に思いとどまらせる術《すべ》はないかと懸命に思案していた。

5

その夜、田宮はふたたび吉田と話した。田宮が午後七時過ぎに出先から『帝都経済』の編集部に電話をかけたとき、出てきたのが吉田だった。

「田宮ですが、連絡入ってないかな」

「吉田です。さっきはどうも。机の上には、メモはないですねぇ」

「残業なの」

「まあ、そんなものですけど」

「まだかかりそうか」

「ちょっと疲れてきたので、そろそろ帰ろうかなと思ってたところです」

「じゃあ一杯やろうか。昼食をご馳走になったから、お返しするよ」

「いいですねぇ。どこへ行けばいいんですか」

「烏森の焼き鳥屋でいいか」

「わかりました。三十分後に行きます」

田宮は二十分で着いた。

焼き鳥屋はこの夜も混んでいて、カウンターしか空いていなかった。ひそひそ話をするには、かえって都合がいいかもしれない。

レバー、タン、ハツ、ツクネ、冷ややっこなどをオーダーして、ビールの大瓶が二本とつきだしが運ばれてきたとき、タイミングよく吉田があらわれた。

ビールを二杯乾したあとで、田宮が切り出した。

「組合のことは、やっぱり刺激的すぎるなあ。いまさら組合でもないだろう。なんか時代に逆行してるような気もするし……」

「スギリョーの娘婿になる人ともなれば腰が引けるのもしょうがないと思いますけど、だからこそ田宮さんに眼をつけたんじゃないですか。田宮さんを味方に引き入れることの意味は大きいですからねぇ。スギリョーだって田宮さんの意見なら聞く耳もってくれるかもしれませんよ。ありがた迷惑でしょうけど、乗りかかった船と思って、ひと肌脱いでください」

吉田は手酌でぐいぐいやりながら、夢中でしゃべりつづけた。

「実は、川崎と話したんですけど、田宮さんが口添えしてくれればスムーズにいくかもしれないって言ってました」

川崎雅夫は、入社年次が吉田より二年後輩で二十六歳。昨年四月、産業経済社に入社した。

同期は十三人だが、一年三カ月後に残っているのは川崎も含めて五人。すでに八人が辞めてしまった。

「わたしも川崎も、クビを覚悟で一発やってやろうと思ってますから、どうにも止まりませんよ。会社を辞めたいと思ってるのはもっともっといるかもしれない。田宮さんだって辞めたいと思ったことがないわけないでしょ。ほんとうは編集長なんか断って、組合の初代委員長になってもらいたかったですよ。一度ストを打ってスギリョーの心胆を寒からしめたってバチは当たらないでしょう」

「吉田が威勢がいいのはわかるけど、川崎は〝お籠もり〟を拒んでるわけでもないし、おとなしくて素直なやつじゃなかったか」

「素直ねぇ。〝お籠もり〟は厭《いや》で厭でたまらないって言ってますけど。あれでけっこう向こうっ気が強いっていうか負けてませんよ」

冷ややっこがカウンターに並んだ。

田宮が冷ややっこを口へ運んだ。二本目のビールが残り少ない。

田宮は、捩《ねじ》り鉢巻きに法被《はっぴ》姿の店員にビールを一本追加し、ついでに冷酒も頼んだ。

「ひとつ提案があるんだけどな。組合を突きつけたら、スギリョーは激昂《げっこう》するだろう。ワンステップ踏んで、従業員懇親会みたいなかたちでスタートするっていうのはどうだ。それでもスギリョーは相当エキセントリックになると思うが、組合よりはマイルドだし、受け容れやすいんじゃないかねぇ」

「ぴんときませんね。そんなのダメですよ」

　吉田はにべもなかった。

「そう言ったもんでもないだろう。懇親会、親睦《しんぼく》会だって、スギリョーにしてみれば、相当なプレッシャーだぜ。立派な圧力団体だよ」

「川崎たちと相談してみますけど、そんな小手先じゃなくて、正面切って向かっていくべきですよ。組合をつくるか、つくらないか。勝つか負けるかでしょう。仮りに負けたっていいんです。スギリョーにひと泡吹かせるだけでも、やってみる価値はありますよ」

　処置なしだ、と田宮は思った。それこそ神だのみで〝お告げ〟を使う手はないだろうか。〝聖真霊の教〟の教祖、山本はなが「組合はあったほうがよろしい。組合設立を認めてあげなさい」と、お告げとして杉野良治に言い聞かせてくれれば、杉野は従うかもしれない。

　しかし山本はなもしたたかである。スギリョーが厭がる〝お告げ〟をあっさり出すとは思えない。

「ちょっと訊くけど、今度のボーナスはどうだったの。あれはいつだったかな、たくさんもらったと聞いたことがあったが」

「ひどいもんですよ。川崎なんかより相当低いんだから。やっぱり古村綾も当てにはできませんね」

「それが組合の動機づけなんだな」

「断じて違います。そんなゲスの勘繰りみたいなことを言わないでください」

吉田はカッと頭に血が上ったようだ。童顔を真っ赤に染めて、冷ややっこを器ごと口へ寄せるなり、めしでも食べるように搔《か》き込んだ。

「俺の意見は、差し当たりは懇親会ぐらいでお茶を濁してもらいたいっていうことだ。それなら全面的に支援してもいい」

吉田は突っかかるように返した。

「組合なら、潰《つぶ》しにかかるってことですか」

「そこまでは言わない。しかし、スギリョーを説得するのは不可能に近いと思うな」

「やってみなけりゃわからんでしょう」

「全社員を味方につけても、勝ち目はないかもしれないよ。スギリョーのことだから組合をつくると言えば、会社を潰すと言いかねないよ」

「それならけっこうじゃないですか。世のため人のために、こんなゴミみたいな『帝都経済』なんか潰れたほうがいいんですよ。そして、ゼロから出直すべきなんです」

「吉田が本気でやろうとしていることはよくわかったよ」

田宮は投げやりに言った。どうにも止まりそうにない。

秘書室から編集に戻って、やれやれと思った矢先に、難事件に巻き込まれるとはついていない――。

田宮が冗談ともつかずに言った。

「吉田が〝お籠もり〟を受け容れて、バーターで組合を持ち出すってのはどうだ」

「冗談じゃないですよ」

吉田は首を左右に激しく振った。

6

翌朝九時半に田宮大二郎は主幹室に呼ばれた。

秘書の斉藤洋が伝えに来たとき、一瞬緊張した。吉田修平が射すような視線をぶつけてきた。田宮は無理に笑顔をつくって、視線を外した。

きのう、吉田と組合問題について話したばかりだから、二人とも神経質になっていたが、いくらなんでもこの問題で呼びつけられるとは思えない。

「今週の土曜日はあいてるか」

〝お籠《こ》もり〟なら勘弁してもらいたい。秘書から解放されたのだから、月一回の社員研修並みで義理は立つはずだ。

瀬川誠のように毎週進んで〝お籠もり〟する者もいるが、田宮は信仰心は篤《あつ》くない。

「八月三日は治子さんと逢《あ》う約束をしてますが」

「治子は日曜日でもいいだろう。昇進祝いにゴルフに連れてってやろうと思ってな。東亜銀行の藤田君と安井君が一緒だよ。六時に岡沢君を迎えにやる」

藤田俊一は都銀上位行の東亜銀行相談役。安井政弘は取締役総務部長。

〝お籠もり〟よりはずっとましだが、できたら断りたい。しかし否も応もなかった。

藤田は東亜銀行の前代表取締役会長で、相談役に退いて久しいがいまだに行内で隠然たる影響力を保持している。藤田の会長時代、次期頭取候補の呼び声高かった青井富雄副頭取の処遇問題で、杉野良治は強引にひと役買おうとしたことがある。

急成長企業のコスモス・グループへのヘッドハンティングを仕掛けたのである。青井を出したかった藤田にとって渡りに船であり、コスモスの創業者副田正浩にしても願ってもない話だった。

青井はコスモス入りに気持ちが傾いた。しかし、杉野良治が介在していることに厭気が差して断った。ヘッドハンティングが成立していれば、数千万円の成功報酬をせしめることができたはずだから、杉野が悔し紛れに青井を『帝都経済』で叩《たた》いたのもうなずける。

青井は東亜銀行を辞めて流通業界の大手企業に就職した。

田宮がこの話を別の都銀幹部から聞いたぐらいだから、けっこう世間に伝わっているとみてさしつかえない。

「主幹や藤田相談役のようなお偉いかたとゴルフをするのは気が引けます。それにここのせてください」

ところゴルフをやってませんので、皆さんにご迷惑をかけることになりますから、遠慮さ

「殊勝なことを言うねぇ。大二郎は『帝都経済』の編集長なんだ。これまでとは立場が違う。どこか適当なコースの会員権もプレゼントしようと思ってるんだ。遠慮せずにつきあいなさい。土曜日はツーハンドレッド・クラブだ。大二郎には勿体《もったい》ないような名門コースだが、お祝いだからな」

田宮は杉野付秘書時代の二年半ほどの間にコースへ出たのは五度か六度だ。

気の置けない学生時代の友達や取材記者時代につきあった企業の広報部門の人に誘われたのだが、杉野や瀬川など産業経済社の関係者とコースを回ったことは一度もなかった。

田宮はゴルフの素質はあるとうぬぼれていた。練習不足は否めないが、「迷惑をかける」はもとより謙遜《けんそん》である。一、二度打ちっ放しの練習場で調整すれば勘がよみがえる自信はあった。

「じゃあ、六時に岡沢を迎えにやるからな」

「それではお供させていただきます」

杉野がソファから腰をあげたので、田宮は自席に戻った。

原稿を書いていた吉田が、こっちを気にしたので、田宮は手招きした。

「例の件とはまったく関係ないよ。どういう風の吹き回しなのか、土曜日にゴルフを誘わ

れたんだ」

田宮は声をひそめてつづけた。

「拙速主義は取るべきではないと思うよ。お互い、もう少し考えてみないか」

「後戻りはあり得ません。来週中に設立大会を開くことになるかもしれませんよ」

「性急すぎるなあ。二、三カ月じっくり準備期間を取ったらどうかねぇ」

「こういう問題は拙速でいいんです。愚図愚図やっていいことはありませんよ。取材に出ますから」

吉田は田宮に背を向けた。

7

熱帯夜、真夏日が続いている。八月三日の土曜日も早朝から蒸し暑かった。

ツーハンドレッド・クラブに、杉野と田宮を乗せたリムジンが着いたのは七時四十分。

ツーハンドレッド・クラブはその名のとおり会員数は最大で二百人。物故メンバーの欠員があるので、つねに二百人を切っている。

親会社は関東急行で、関急グループの総帥、後藤哲夫の生存中は後藤がクラブのオーナーだった。メンバーは後藤が厳選し、後藤に嫌われたら、どんな政財界の大物でも入会できなかった。

譲渡性はなく会員は一代限りだが、相当額の預託金が必要で、現在は五、六千万円といわれている。サラリーマン社長の多くは預託金を当該企業に持たせる関係で、退任、退職した際は預託金を会社に返還する旨の念書を交わしている。

後藤哲夫の死後、関急社長の立脇三郎が株式会社ツーハンドレッド・クラブの社長に就いたが、同時期、元総理の曾根田弘人を会長に迎えた。後藤と曾根田の親交ぶりはつとに知られている。

杉野良治がツーハンドレッド・クラブに入会したのは数年前。後藤哲夫の日商工会頭就任に際して応援した杉野に論功行賞を与えたとみる向きが多い。

杉野の入会は、会員の顰蹙を買った。口に出すのは憚《はばか》られるが、肚《はら》の中では「ツーハンドレッド・クラブの品位にかかわる」と思った者がほとんどだ。杉野は図に乗って、特定のキャディを手なずけ、早朝六時にラウンドするような横紙破りをやってのけた。この件は会員から苦情が寄せられ、クラブ側も杉野に自粛を求めざるを得なくなった。

杉野は、株はやらないが、ゴルフ会員権には異常なほどの執着ぶりを示し、日本一高い会員権で聞こえている大金井カントリークラブのメンバーでもある。

新興コースにも数多く入会しており、会社の金庫の中に収まっている会員権証書は百枚や二百枚ではきかない、と社内で噂されていた。法人名義の会員権証書もあるが、産業経済社の株式の大半は杉野が保有しているのだから、すべて杉野のものと言っていい。ただで手に入れた会員権証書も少なくない。財界の有名人を会長や理事長に担ぎ出して、謝礼に会員権証書をせしめたのである。

杉野は四、五日前、田宮に、適当な会員権証書をプレゼントしてもいいようなことを言ったが、実現する可能性はあるかもしれない。川本はその恩恵に与《あず》かっていた。田宮も一枚や二枚もらってもおかしくはない。もっとも、メンバーが多すぎてプレーもできないコースのそれは紙くずと変わらないが。

この日、ツーハンドレッド・クラブでプレーしたゴルファーは十組足らずで、信じられないほど空いていた。真夏、真冬の土曜、日曜はいつもこんな状態らしい。会員の紹介でビジターを取るウィークデーのほうがよっぽど混んでいるというのだから、贅沢《ぜいたく》なコースだ。

前日と前々日の夜、打ちっ放しで手にマメができるほど練習してきた田宮は、五一、五〇でラウンドし、杉野たちを驚かせた。

続けてワンラウンド回り、最終ホールでホールアウトしたとき、杉野が厭な顔で言った。

「おまえ、いつの間にこんなに腕を上げたんだ。ハンディ三〇はおかしいぞ。ハンディドロボーだ」

「まぐれですよ」

「主幹の眼をかすめて会社をサボってた証拠だな」

「とんでもありません」

「きょうはお遊びだからチャラにしましょう」

杉野が藤田に提案した。

藤田はにこやかに返した。

「けっこうですよ。大変たのしゅうございました。杉野先生は、きょうは近来になく不調だったんじゃないですか」

スギリョーに異議を唱えるには相当な勇気を要する。

杉野は四七、四六でラウンドしたが、ハンディの関係で全員に負けた。

「きょうはチャラにしましょう」は敗れたときの杉野の常套語《じょうとうご》らしい。

田宮は、杉野とラウンドして気になったことがある。スコアがアバウトなのだ。気にしだしたら、自分のプレーに影響するので、途中から見て見ぬふりをしたが、怪しいのがけっこうあった。スコアをごまかすなんて、ゴルファーの風上にも置けない。

藤田も安井も気づかぬはずがなかった。恥ずかしいやら、悲しいやらで、居たたまれない気持ちである。勇気を出して間違いを指摘すべきだった、と田宮は後悔した。

8

帰りのリムジンで、なぜか杉野はご機嫌だった。

「大二郎は一流経済誌の編集長になったんだから、心して一流の財界人とつきあうようにしなければいかん。主幹は大二郎をこれからも後継者として育てていくように努力したいと思ってるんだ。治子をよろしく頼むぞ。あいつを〝お山〟へ連れて行かれるのは大二郎しかおらん。きみには感謝してるよ。教祖様もたいそうよろこんでおられた。今度はいつ〝お籠もり〟してくれるかな」

「なるべく早めにそうしたいと思ってます」

「あした治子に会うそうだが、なんなら一緒にどうだ。わたしは〝お山〟で一泊して、月曜日の朝早く帰るが、〝お籠もり〟して、凜《りん》とした清々《すがすが》しい気分に浸るのも悪くないぞ」

「結婚式の会場を探さなければなりませんから、あしたはちょっと」

「ふうーん。それも急がなあいかんなあ」

杉野は思案顔を窓外に向けた。

咄嗟《とっさ》に口をついて出たが、田宮も治子も会場探しする気などさらさらなかった。

十月十日も、十一月三日も一流結婚式場はどこも満杯に決まっている。大安吉日で、祭日ときてれば、一年以上も前から予約しておかなければ無理だろう。

ロサンゼルスの〝ガラスの教会〟に治子はこだわっていた。

杉野が寝そべるように脚を投げ出す姿勢になった。

「〝お籠もり〟で思い出したが、吉田はなんとかならんのか。あいつは、主幹に挨拶《あいさつ》もせんが、会社を辞めるつもりなんじゃないのか。そうじゃなければ、主幹に対してあんな態度は取れんはずだ」

顔をそむけるようになったのは杉野のほうで、挨拶のしようがない、と吉田はこぼしていたが、どっちにしても二人の関係は険悪だった。

「吉田は若手の中では仕事ができますから、辞められては困ります」

「瀬川も同じようなことを言ってたが、主幹の我慢にも限度があるぞ。大二郎から話して態度が改まらんようなら、辞めてもらったほうがいいな。若い連中のためにならん」

「吉田を〝お籠もり〟に従わせるように努力しますが、それはそれとして、会社に組合をつくることは考えられませんか」

「なに！　組合ってどういうことだ」

杉野は躰《からだ》を起こして、怒声を発した。

田宮は息を呑《の》んだが、ひらき直ったような気持ちになっていた。どうせわかることなのだ。

「吉田はそんなことを考えてるのか！」

「吉田もその一人ということです。若い社員の大多数はそんな感じらしいですよ」

助手席の田宮は努めて後方を振り返らないようにした。バックミラーに映し出されただけでも阿修羅《あしゅら》の形相とわかる。まともに見られたものではない。

「おまえ、吉田から相談を受けたのか」

「ええ。相談というか、かれの気持ちを聞かされただけですけど」

「なんて答えたんだ。おまえの考えはどうなんだ」

「社員も相当に増えてますし、一流経済誌の体面というか世間体を考えますと、組合的なものがあってもいいんじゃないかっていう感じもするんですが」

「なんだと！　おまえはそんな莫迦《ばか》なことを吉田に吹き込んだのか！」

「違います。組合となると、時代に逆行しているようなイメージがありますから、社員懇親会か従業員懇談会のような形ならいいんじゃないかと……」

「ふざけるな！　てめえたちが組合をつくるなんて考えるんなら、俺は即刻、会社を潰《つぶ》すぞ！　俺一人の腕にぶら下がってるくせしやがって、しゃらくさいことを。ふざけやがって！　冗談じゃねえぞ！」

杉野はリムジンの中で、起《た》ち上がりかかった。

うしろから首を絞められるのではないか――。田宮は恐怖心で、躰が前のめりになった。

そして、ぎゅっと眼を瞑《つぶ》った。耳も覆いたい。

「岡沢、車を止めろ！　こいつを降ろすんだ！」

岡沢はスピードを落としながらもためらった。

「かまわん。言われたようにするんだ」

リムジンが道路の脇に寄せられた。横浜新道の戸塚《とつか》付近だ。

「おい！　降りろ！」

「岡沢さん、トランクをあけてください」

田宮はあらがわず、ふるえ声を押し出した。

岡沢も車から降りた。

岡沢がトランクからキャディバッグを取り出しながら言ったが、田宮は気が動転して、

「あしたの朝、〝お山〟へ来たほうがいいぞ。主幹にあやまったらいいよ」

なにも聞こえなかった。

脈搏《みゃくはく》が上がり、血液が沸騰し、脚ががくがくふるえた。

「すぐ先にバス停があるからな。横浜新道でよかったな」

殺意を抱くとはこんな気持ちを言うのだろうか。田宮は遠ざかるリムジムを睨《にら》みつけながら、杉野を殺してやりたいと思った。

9

岡沢運転手は「すぐ先にバス停がある」と言ったが、田宮は二十分近くも歩かされた。コンクリートが焦げるような炎天下だから、たまらない。田宮はせめてキャディバッグだけでもあずかってくれればよかったのに、と岡沢を恨んだ。

岡沢を恨むのは筋違いとは思うが、キャディバッグを担いで全身汗みずくで照り返しのきつい道路を歩かされる身にもなってもらいたい。

しかし、第三京浜に入る前で助かった。これが高速道路だったら道路交通法違反で科料を科せられても仕方のないところだ。

やっとバス停にたどり着いたが、バスが来るまでに二十分ほど要した。タクシーの空車は一台も来なかった。踏んだり蹴《け》ったりとはこのことだろう。

六時過ぎに広尾のマンションに帰って、田宮はシャワーを浴びてからすぐ吉田修平の自宅に電話をかけた。

「ゴルフじゃなかったんですか」

「いま帰ったところなんだけど、ひどい目に遭った。スギリョーの野郎、殺してやりたいよ」

「出し抜けにどうしたんですか。逆効果を狙って、組合を思いとどまらせようなんて考えてもダメですよ」

「口の減らないやつだなあ。実はねぇ、組合のこと、スギリョーに話したんだ」

田宮は横浜新道でリムジンから降ろされたことまでの経緯を詳しく説明した。

「スギリョーはそんなに逆上したんですか」

「ああ、凄《すご》かった。絞め殺されるかと思ったもの。小便ちびったほど恐ろしかったよ。機嫌よさそうだったから、それとなく持ち出したんだが、スギリョーがいちばん頭にきたのは、俺が組合的な組織があってもいいんじゃないかと肯定的なことを言ったからだろうな。五日の月曜日の朝礼が見ものだよ。俺をクビにするかもしれない」

「それはないでしょう。娘婿にしようっていう人をクビにするわけないですよ」

「スギリョーは激昂《げっこう》すると前後の見境がなくなるからねぇ、ほんとクビを洗って待つ心境だよ」

「田宮さんらしくもない。そんな弱気でどうするんですか」

「ま、こうなったらどうでもいいようなものだけど、俺のクビがつながる唯一の途《みち》は、きみらがとりあえず組合問題をタナ上げして、それを俺の手柄にしてくれることぐらいかなあ」

返事がなかった。

「もしもし……」

「はい」

「もうひとつ考えられるか。甘いかもしれないが、吉田が〝お籠もり〟に応じてくれればスギリョーは、社員懇親会ぐらいはOKしてくれるかもしれない。可能性は少ないけどね」

田宮は笑いながらつづけた。

「もうひとつあるな。山本はな教祖様に泣きついて、〝お告げ〟を使う手だけど、あの教祖はスポンサーのスギリョーの顔色をうかがうようなところがあるから、ちょっと難しいかもな」

「〝お告げ〟ってどういうことですか」

「教祖様に〝お告げ〟として組合設立を認めるべきだと言わせることができれば、スギリョーも従うかもしれない」

「阿呆《あほ》らしい」

吉田は一笑に付した。

〝お籠もり〟を拒否している吉田にはわかりにくいかもしれない。田宮はあながち冗談やたわごとを言ったつもりではなかったが、笑いに紛らわした。

「まあな。スギリョーは案の定、即刻会社を潰すとわめいていたが、組合設立で突っ走る気は変わらんのか」

「変わりませんねぇ。田宮さんがひとこと言っただけで、それだけ反応するんですから、ゆさぶり甲斐《がい》があるってことでしょう。会社を潰せるものなら潰してみろ、と言いたいですよ」

吉田は突き放すように返してきた。

「吉田にいくら泣きを入れてもダメなら、クビを馘られる前に辞表を出すとするか」

「田宮さんが会社辞められるわけないでしょう」

10

六時半過ぎに治子が来た。マンションを訪ねて来ると必ず食事をこしらえてくれる。手をかけた料理をつくる。これは、うれしい誤算で思いがけなかった。

治子はアメリカから帰国後、下北沢の賃貸マンションに落ち着いた。ときには田宮が通い夫《づま》になることもある。どっちにしても夫婦気取りと言われても仕方がない。

鯵《あじ》のたたき、ほうれん草の胡麻和《ごまあ》え、牛肉、赤ピーマン、筍《たけのこ》の炒《いた》めものなどが白い円卓に並んだ。

ビールを飲みながら、田宮はことの顚末《てんまつ》を治子にるる話して聞かせた。

治子は気色ばんだ。

「車から放り出すなんて絶対にゆるせないわ。組合にしても、ないほうが不思議なくらいじゃないの。あんな父は見捨てて、あなたは会社を辞めるべきよ」

田宮のほうが逆に治子をなだめる始末だ。

「主幹の気持ちもわからんでもないんだよねぇ。横浜新道で降ろされたときは僕もカッとなったけど、主幹は〝聖真霊の教〟の締め付けで社員を束ねてきた。組合設立はそれに反する動きだから〝お籠《こ》もり〟拒否以上にショックだったに違いないよ」

「〝お籠もり〟を拒否し続ける社員がいるなんて知らなかったわ。その吉田さんっていう人、立派じゃないですか。産業経済社にもそんな気骨のある人がいるなんて、信じられないわ」

「吉田は仕事もできるし、いまや『帝都経済』のエース的存在だけど、そのまま組合問題にかまけていたら、間違いなく懲戒解雇になるだろうな」

「みんな辞めちゃえばいいのよ。父と古村さんと二人でやらせておけばいいじゃないの」

「きみも過激なこと言うなあ」

田宮は鰺のたたきに箸《はし》をつけた。

「これ、いけるねぇ」

「さっきまで生け簀《す》の中で泳いでたのよ」

治子はたたきを口へ運んで味わっていたが、満足そうにうなずいた。

「美味《おい》しいわ」

五〇〇ミリの缶ビールを二本あけたあとは紹興酒《しょうこうしゅ》のロックになった。

田宮が伏し目がちに話を蒸し返した。

「会社を辞めるのはいいけど、せいぜい契約社員の口ぐらいしかないよ。フリーのライターで食っていける自信はないしねぇ」

「それでも、あんな会社よりはましでしょう。わたしは一生共稼ぎでもかまわない。いまの仕事、父に頼らないで自分で探してよかったと思う。あなたが会社を辞めれば、〝お籠もり〟のわずらわしさからも解放されるし、いいことずくめじゃない」

治子は英会話の能力を活かして四月から外資系化学会社の秘書室に勤務していた。

田宮はタンブラーをテーブルに戻して、室内をぐるっと見回した。

「ここからも出て行かなければならないし、給料は安くなるし、マイナスもたくさんあるよ。横浜新道を汗びっしょりかいて歩いてたときは、会社を辞めることも考えたけど、いまは早まってはいけないという気持ちのほうが勝ってるな。早い話、あしたの朝、新幹線の一番に乗って〝お山〟に行こうかなんて考えてるもの」

「父の機嫌を取りに行こうっていうわけね」

治子は唇の端をゆがめた。

「情けない人ねぇ。いくらなんでもそれだけは止めて。父の仕打ちに対して、闘う姿勢を取るべきよ。吉田さんにならって〝お籠もり〟を拒むくらいの気概は見せてよ」

田宮はやりこめられて照れ笑いを浮かべたが、治子を見直す気持ちもなくはなかった。ここまで言い切れるとは見上げたものだ。

ずいぶん迷ったが、翌朝、田宮は〝お山〟へ行かなかった。隣に寝ている治子の引力に負けたようなものだ。ひとりだったらそうはいかなかったろう。

11

八月五日月曜日の朝、田宮は七時に出社した。

毎月第一月曜日は定例の幹部会が朝七時半から開かれる。本社の部長以上と支局長が出席する。

エレベーターホールで秘書の斉藤洋が待ちかまえていた。

「主幹がお待ちかねですよ」

「ご機嫌ななめなんだろう」

「そんな感じです」

「きみ、きのう〝お籠もり〟つきあわされたのか」

「ええ。教祖様から主幹に〝お告げ〟があったみたいです。わたしはそのとき主幹の部屋で原稿のリライトさせられてましたから、なんのことだかよくわかりませんが、野原信次って誰のことですか」

「きみが入社する前に辞めたが、当社の副社長だった人だ。瀬川副社長とのゴマすり競争に敗れたことと、〝お籠もり〟に消極的だったために、大阪支社長に飛ばされて、くさってしまった。依願退職したが、名目上は産業経済社の社友ってことになってる。野原さんがどうしたって？」

「野原が裏で糸を引いてるって、帰りの車で主幹が岡沢さんと話してました」

田宮はなんのことか、ぴんとこなかった。

主幹室の前で深呼吸して、ドアをノックした。

杉野はソファで新聞を読んでいた。スーツを着ているのは主幹室だけがこの時間でもクーラーが利いているからだ。ビル側に特別工事を無理強いしたのである。

「おはようございます。土曜日はゴルフに連れて行っていただいてありがとうございました」

「それだけか」

「……………」

「反省の弁はないのか」

横浜新道で突然引きずり降ろすようなことをしたのだから、反省しなければならないのは杉野のほうではないか。しかし、思っても口には出せない。

「どうも」

田宮はうなじを垂れた。

「産業経済社の幹部であり、しかも主幹の後継者とも恃《たの》む田宮大二郎が組合づくりに加担するなど、とんでもないことだ」

「加担したことになるんでしょうか」

「座れよ」

「失礼します」

田宮はソファに腰をおろし、杉野と向かい合った。

「ちょっと訊《き》くが、最近、野原信次と会ったことはないか」

「ええ。野原さんがなにか」

「吉田たちを焚《た》きつけてるのは野原だよ。教祖様の〝お告げ〟だから間違いない。野原を大阪に飛ばして解任に追い込んだのは教祖様の〝お告げ〟があったからだ。野原は仕事でもしくじりが多かったが、主幹を逆恨みして吉田たちを陰であやつってるに違いないな」

「わたしが吉田たちと接触した限りでは野原さんの名前は出てません。濡《ぬ》れ衣《ぎぬ》なんじゃやないでしょうか」

「〝お告げ〟を信じないのか」

田宮はうつむいていた。ヘタなことは言えない。

「田宮は信仰が足りんようだな。教祖様の〝お告げ〟は百発百中だ」

田宮は逆らわず、曖昧《あいまい》にうなずいた。

「罰として取締役は返上してもらうぞ。編集長も少しタイミングを考えさせてもらう。当分、『帝都経済』の副編集長ということで部長待遇でやってもらうが、意見はあるか」

「ありません」

田宮は望むところだと思った。憾《うら》みが残らないと言えば嘘になるが、取締役も編集長も若すぎるし、披露パーティで恥をかく心配がなくなったのはめっけものだ。

「主幹はきみを見捨てたわけじゃないが、発奮してもらいたいんだ。名誉挽回に吉田たちを押さえるように頑張ったらいいな」

杉野の顔が険しくなった。

「組合なんて冗談じゃないぞ。叩き潰してやる」

七時半からの幹部会で、杉野は髪振り乱し、阿修羅《あしゅら》の形相でぶちまくった。

「若い社員の中に組合をつくるなどとたわけたことを考えてる莫迦《ばか》な者がおるようだが、絶対に容認できん。主幹はそういう不心得者は断固排除する。みんな主幹一人の腕にぶら下がってるんだ。それでめしが食えるんだ。わたしは社員を搾取してる覚えはない。搾取されてるのはわたしのほうだ。万一、社員の大勢が組合設立を望むようなら、わたしは産業経済社を直ちに解散する。教祖様も、その場合は解散すべしと告げられた。ムダめし食いのでくの坊社員を百何十人も抱えて、食わしていくのは大変だから、会社を潰したほうがわたしとしてはよっぽど気楽なんだよ。わたしは一流の評論家であり、一級の言論人である。なんなら、ほんとうに会社を潰してやろうか」

杉野はこんな調子のスピーチを八時二十分からの朝礼でも繰り返した。

いや、朝礼ではもっと激越だった。

「主幹に盾突いて会社を辞めた莫迦なOBが腹いせに若い社員を焚きつけて組合をつくらせようとしてるに違いないが、そんな社員は必ずバチが当たるぞ。わたしに離反して出て行ったやつらがいまどうなってるかを見ればわかるじゃないか。まともに仕事もできず、食うや食わずで、女房子供を泣かしているようなやつばっかりだ」

思い過ごしもいいところだ。経済評論家として一本立ちしてる者もいるし、転職して成功した者も少なくない——。田宮がうそぶくような顔で天井を見上げたとき、杉野のオクターブが高くなった。

「幹部で組合を認めるべきだなどと発言をした莫迦者がここにも一人おる。役員に任命したばかりで残念だが、降格させざるを得ない。田宮大二郎を本日付で『帝都経済』副編集長に降格する。田宮、前へ出て反省の弁を述べろ」

田宮は朝礼で降格に触れられるとは予期していたが、反省の弁を述べさせられるとは思わなかった。

こんなひどい恥辱《ちじょく》に耐えなければならないのだろうか。だいたい反省なんかするいわれはない。早まったかな、と後悔はしているが――。

12

田宮大二郎は大きな深呼吸をひとつしてから前へ進み出た。

月曜日の朝礼は百人ほどの在京社員が編集局の大部屋に集合し、起立して杉野良治の訓辞めいた独演を聞かされるならわしだ。杉野から名指しで非難される役員や社員はしょっちゅうだが、〝反省の弁〟は過去に例がなかった。

役員に任命された一週間前とは大違いだ。天国から地獄へ突き落とされたは大袈裟《おおげさ》だが、悪夢としか思えない。こうなったら破れかぶれだ。矢でも鉄砲でも持ってこい。

田宮はひらき直って、言いたいことを言ってやろうと肚《はら》をくった。

「わたしも、ムダめし食いの一人なのかもしれませんが、過去五年ほど、自分なりに頑張ってきたと思ってます。主幹あっての産業経済社であることは充分承知しているつもりですが、主幹一人の腕にぶら下がっている、主幹から搾取しているという認識はありません。莫迦だのアホだのと虫ケラみたいに言われるいわれはないと思ってます。産業経済社は、ほんとうにそんなだらしない社員ばかりなんでしょうか。もしそうだとしたら、産業経済社は、主幹がおっしゃるように潰れたほうがましだと思います。主幹は偉大なかたですけれど、社員をムダめし食いとか、でくの坊とか言うのは、言い過ぎです。それでは社員があんまり可哀相です……」

田宮は喉《のど》もとに熱いものがこみあげてきた。しかし、ここで泣いてしまったら男がすたる。スギリョーじゃあるまいし、こんなことで感きわまって落涙するなんて冗談じゃないぞ、とわが胸に言い聞かせた。

田宮はうつむいて五秒ほど間を取った。そして無理につくった笑顔をみんなに向けた。

「先刻、幹部会でも主幹は同じことを言われましたが、瀬川副社長や川本専務から反論していただきたかった。当然ひとことあって然《しか》るべきだったと思うのです。瀬川副社長、川本専務に限りません。役員、社員がどれほど苦労しているかを主幹に考えていただきたいと思います」

瀬川がすーっと近づいて来て、杉野のほうをうかがいながら、田宮の袖《そで》を引っ張った。

「きみ、いい加減にしないか。反省の弁はどうなっちゃったんだ」

後方に立っている杉野がどんな顔をしているか察しはつく。阿修羅の形相が見えないのをいいことに、夢中でここまでしゃべってしまったが、田宮はいまごろになって背筋がぞくぞくしてきた。

　しかし、この期《ご》に及んで後へは引けない。田宮は瀬川の手を払いのけた。

「そうでした。組合問題で反省の弁を述べなければいけなかったのです。会社が大きくなって、主幹が常日頃おっしゃってますが、一流経済誌を自負するまでになってきたのですから、対外的にも組合的な組織があったほうが体裁がいいんじゃないか、とわたしは思いました。組合と言わないまでも、社員懇親会のような場があってもいいかな、と考えたことは事実です。しかし、主幹のお気持ちもわかります。いまの心境を率直に言いますと、組合をつくることには反対せざるを得ません。皆さんの気持ちを乱すようなことを言って申し訳ありませんでした」

　田宮は深々と頭を下げてから、杉野のほうへ向きを変えて、見得を切るように言った。

「責任を取って辞表を出します」

「いいだろう。すぐ受理してやる」

　杉野はひきつった顔で浴びせかけた。

　静まり返っていた朝礼会場は騒然となった。

「本日の朝礼は閉会とします」

　瀬川が大声を放ったあと、吉田修平、川崎雅夫ら若い社員十数人がどっと田宮を取り囲んだ。

「ほんとうに会社を辞めるんですか」

「わが社の希望の星がいなくなったら、われわれはどうしたらいいんですか」

「田宮さんが辞めるんなら、僕も辞めます。こんな会社に長居するのは莫迦莫迦しくて」

「田宮さん、いいことを言ってくれました。胸がスーッとしました」

吉田たちは口々に言い立てた。

「立ち話もなんだから、会議室で話そうか」

若い社員がぞろぞろ田宮のあとに続いた。会議室のテーブルに着いて、田宮は一同を見回しながら話し始めた。

「ついさっきまで会社を辞めるなんて考えもしなかったんだが、主幹から反省の弁を述べろと言われて、みんなの前に立たされて話しているうちに、なんだか切迫した気持ちになってしまったんだ。ハプニングっていうか、ゆきがかりでこうなってしまったわけだね。会社を辞めてどうするのかまだわからんけど、ま、なんとでもなるだろう。気分的にはすっきりしてるよ」

「治子さんとはどうなるんですか」

「吉田が心配してくれるのはうれしいが、辞表を出せ、会社を辞めろ、と言ったのは実は彼女なんだ。リムジンから放り出されたことを憤慨してねぇ」

「誰だって憤慨しますよ」

吉田は田宮に返して、おととい田宮から聞いた話をみんなに披瀝《ひれき》した。

吉田の話を田宮が引き取った。

「リムジンから突き落とされたというのはオーバーだけど、相当頭にきたことはたしかだよ。主幹を殺してやりたいと思ったくらいだからなあ。そんなことも含めてつらつら思うに、組合をつくるのは難しいと思う。主幹は逆上して、ほんとうに会社を潰してしまうかもしれないぜ」

吉田が唇を尖《とが》らせて、突っかかってきた。

「潰してもらおうじゃないですか。田宮さんは、わたしが辞めたいと言ったとき、なんだかんだと甘言を弄《ろう》して、わたしを引き止めておきながら、自分はさっさと辞めちゃうなんてひどいんじゃないですか。田宮さんの退職反対も組合のスローガンにしますよ」

「組合は時期尚早だ。いまはみんなが頭を冷やすときなんじゃないかねえ」

13

田宮たちが会議室にたむろしていた同時刻、杉野と治子が電話で話していた。

「なんでもいいからお父さんの言うことを聞くんだ。いいな！」

「いきなり娘の職場にこんな変な電話をかけてくるなんて、どうかしてるんじゃないの。気が知れないわ。お父さんがなんて言おうとわたしは大二郎さんと結婚します。婚約解消しろなどとお父さんに命令される覚えはないわ」

「田宮はどうしようもない野郎だ。あんなやつのどこがいいんだ」

「大二郎さんをさんざん褒めた人がよく言いますよ。いったい大二郎さんがなにをしたって言うんですか」

「組合設立に賛成するだけでもゆるせんのに、わたしの批判までした。責任を取って辞表を出すそうだが、当然だ。受理するまでだが、そんなやつとおまえは結婚するって言うのか」

「ええ、しますとも。辞表を出すように勧めたのはわたしよ。大二郎さんを横浜新道のような場所で放り出したそうですけど、お父さんの人間性を疑うわ。まるで暴力団じゃないの」

「なんだと！ 田宮と結婚すると言い張るんなら、おまえとは親子の縁を切る」

「どうぞお好きなように。むしろ望むところよ」

ガチャンと先に電話を切ったのは治子のほうだった。

杉野は受話器を握り締めたまま忿怒《ふんぬ》の形相で貧乏ゆすりをしていたが、秘書室に通じるブザーを押した。

斉藤洋が飛んできた。

「古村君を呼んでくれ」

「かしこまりました」

斉藤が退出して、一分後に古村綾が顔を出した。

「田宮のこと、きみはどう思ってるんだ」

「辞めたいっていうんですから、しようがないじゃありませんか。去る者は追わずが主幹の流儀でございましょ」

「しかし、治子の婿になる男だからなあ」

「慰留したいんですか」

「俺は慰留なんかしないぞ」

「わたくしに慰留しろとおっしゃるんですか」

「きみは田宮を辞めさせたいのか」

「そうは言いませんけど、ただ、泣いて馬謖《ばしょく》を斬ることもときには必要なんじゃないかと思ったものですから。社員に示しがつかないことはありませんか」

綾は表情を動かさずに冷たく言い放った。

「わかった。もういい。瀬川を呼んでくれ」

綾と入れ替えに主幹室にあらわれた瀬川は緊張しきった面持ちで、杉野の前に腰をおろした。

「田宮を慰留しろ。ただし詫《わ》び状を書かせるんだ。それと田宮に若いやつらを説得させるようにしたらいいな。田宮はあれで若い連中には人気があるんだろう」

「そう思います」

瀬川は狐につままれたような気がした。たったいま頭に血をのぼらせた杉野が冷静になっているのが信じられない。古村綾が取りなしたのだろうか。

「主幹から言われたなんて言うんじゃないぞ。瀬川の独断で引き留めるようにしたらいいな」

「よく存じてます」

瀬川は主幹室を出て、会議室へ向かった。

会議室はノックの音が聞こえないほど騒々しかった。

「ちょっと田宮君と話したいんだけど、きみたち席を外してもらおうか」

吉田や川崎らがどやどやと会議室から出て行った。

瀬川がドアを閉めて、田宮の隣に座った。

「辞表を出すって本気なのか」

「ええ。すぐ書きます」

田宮が起《た》ち上がったので、瀬川はあわてて両肩を押さえつけた。

「ちょっと待ってくれよ。駄々っ子じゃあるまいし、なにを拗《す》ねてるんだ」

「拗ねてなんかいませんよ。それとも副社長はわたしが芝居をしてるとでも思ってるんですか」

「誰もそんなこと思ってないさ。主幹の気持ちを汲《く》んでやれよ。売り言葉に買い言葉で、きみが辞表を出すと言ったから、主幹は受理するって言わざるを得なかったが、本心は絶対に違う。きみに辞められたくないに決まってるよ。辞表を出しちゃいかん。田宮は産業経済社の次代を担うエースじゃないか」

田宮は皮肉っぽく返した。

「とんでもない。わたしはムダめし食いのでくの坊ですよ」

「それも口がすべった程度の話で、それこそ主幹は反省してるんじゃないかな」

「そんなの希望的観測に過ぎませんよ」

「きみが辞表を出したら、収拾がつかなくなるぞ。主幹に花を持たせて、きみのほうから詫びを入れてくれないかなあ。それと組合熱に浮かれてる若い社員を押さえられるのは田宮しかいないと思うんだ」

「主幹に詫びる気はありません。辞表を出します」

田宮は躰をひねって左肩にある瀬川の右手を外した。

「そんなこと言うな。頼むよ。俺の顔を立ててくれ。な、頼む」

瀬川は手を合わせて、田宮を拝んだ。

「副社長がそんなにおっしゃるんなら、今夜ひと晩考えてみます。多分、気持ちは変わらないと思いますけど」

「うん。あしたの朝、話そう」

瀬川がホッとした面持ちで腰をあげた。

14

杉野と顔を合わせるのもバツが悪いので、田宮は会社をサボって、有楽町で映画館を梯《はし》子《ご》した。

〝ダンス・ウィズ・ウルブズ〟と〝推定無罪〟。

二本とも見ごたえがあった。初めのうちはスギリョーの顔が頭の中にのさばっていて、なかなかスクリーンに気持ちが集中しなかったが、いつの間にか没入していた。

夕方、田宮は吉田に電話をかけて、烏森の焼き鳥屋に呼び出した。

瀬川から慰留された話をすると、吉田はうれしそうな顔をした。

「瀬川さんにしては上出来ですよ。たまには副社長らしいこともするんですねぇ」

「違うな。スギリョーの意を体して慰留したんだよ。あの人が自発的に慰留するなんて絶対にあり得ない」

「なるほど。しかしそうだとすると、スギリョーも弱気になったもんですねぇ。やっぱり娘婿には弱いのかなあ」

「そんなところだろう」

「どっちにしても、朗報ですね」

「気持ちは揺れてるけど、朝礼で見得を切ったてまえ慰留に応じるのはきまりが悪いよねぇ。相当勇気がいるよ。しかし万一残ることになったら、組合のほうはホコをおさめてくれるんだろうな」

吉田はしかめっ面をあらぬほうへ向け、返事をしなかった。

田宮が帰宅したのは夜九時過ぎだが、治子が待っていた。

「遅いのねぇ。待ちくたびれちゃった」

「きみが来ることがわかってたら、まっすぐ帰って来たけど、酒でも飲まなくちゃ、いられんよ」

「聞いたわ。辞表出したんでしょ」

「いや。あした出すつもりだけど。誰に聞いたの」

「もちろん父よ。朝九時ごろ、会社へ電話があったわ。あなたとの婚約を解消しなかったら親子の縁を切るなんて言ってたわよ。望むところだって断固ハネつけておいたからね」

「それだな。主幹はそれがこたえたんだ。劇的に気持ちが変わったのは、きみのどぎついひとことだよ」

「どぎつくなんかないもん。わたしは本気だもん」

治子はおどけた口調で言った。抱きつかれて、田宮はよろけた。

「いい子だ」

田宮は強く抱きしめながら涙ぐんでいた。

しかし、親子断絶はおだやかではない。吉田たち若い社員も気がかりだ。みっともないことこの上ないが、結局、田宮は治子の反対を押しきって辞表を出さなかった。

翌朝、八時前に出社して杉野に頭を下げると、杉野は苦りきった顔で言った。

「『帝都経済』の編集長に川本を戻すことにした。田宮には謹慎の意味で、当分の間、出版局へ行ってもらう。社員に示しがつかんから、本日付で課長に降格するぞ」

二日間で二度も降格されたのは後にも先にも田宮だけだ。田宮の降格は、吉田たちの組合運動を鎮静化させる結果をもたらした。もちろん田宮も時期尚早だと必死に説得したが、組合問題が立ち消えになったのはスギリョーの恫喝《どうかつ》に屈したと言うしかない。

第九章　〝別働隊〟最右翼

1

　翌週、八月十二日月曜日の朝礼で、杉野良治は、田宮大二郎を八月六日付で出版局事業部の課長に降格したことに触れた。

　出版局といっても事業部は、大企業を対象に〝伸びゆく会社〟シリーズなどを手がけている営業部門だ。産業経済社の営業部門は〝『帝都経済』の別働隊〟の別称がある。〝取り屋〟的体質を揶揄《やゆ》されていることは言うまでもない。わけても出版局事業部はその最右翼とみられ、企業社会で悪評を買っていた。

　田宮の感覚では、二階級降格どころか、出てゆけよがしの報復人事である。スギリョー批判をしたことは会社始まって以来だから、慰留に応じた以上、甘んじて受けるしかない。

　朝礼後、田宮は川本克人から応接室に呼ばれた。川本は、常務から専務に昇格し販売部門の担当を命じられたが、わずか一週間で『帝都経済』編集長に呼び戻された。

「とんだ災難だったねぇ。高速道路で突き落とされたっていうじゃない。俺も座談会に十分遅刻して、平取《ひらとり》に降格されたことがあるし、カセットテープを忘れて高速道路で降ろされた上に取締役からヒラ社員に落とされたやつもいるくらいだから、そう悲観したものでもないよ。ちょっとの間、辛抱してくれや」

川本は販売担当なんて柄じゃないとこぼしていたようだから、俺がずっこけたお陰で、さぞやよろこんでることだろうと、田宮はひがみたくもなる。

川本は小声でつづけた。

「吉田たちの暴走を止めてくれた田宮に借りができたから、ひとつお返しをするよ。東都生命が〝伸びゆく会社〟シリーズに乗ってくれるかもしれない。俺の名前を出していいから、広報部長にアプローチしてみろよ」

「ということは、川本さんは東都生命のなにか弱みを握ってるわけですね」

「そう気を回すな。ひがみっぽくなったんじゃないのか」

川本は冗談ともなく返した。

「なんせ謹慎中の身ですから。編集で書きたいことを書きまくってる人たちとはわけが違いますよ。ひがみっぽいのはもともとですけど」

「田宮の出版局勤務はせいぜい二、三カ月だから安心しろ。瀬川副社長が言ってたが、社員の手前、一時緊急避難させようと主幹は考えたらしい。いわばエースを温存するってところだろう。

「なにがエースなもんですか」

声が高くなった田宮を制するように、川本はいっそう声をひそめた。

「主幹にものが言える田宮がうらやましいよ。エースだから言えるんだよ。俺なんか腑抜《ふぬ》けみたいなもんだものなあ」

「皮肉ですか」

「いや。実感だよ。田宮の大演説は、よかったと思う。主幹も少しは社員の気持ちがわかってくれるだろう。流れが変わるなんて言うとオーバーだが、風通しがよくなるんじゃないかって期待してるんだけど」

「いや、ダメでしょ。期待なんかしないほうがいいですよ」

田宮は川本と別れて出版局の自席に戻った。フロアが異なるので、杉野と顔を合わせる回数が少なくなるのはめっけものだ。二階級降格も悪くない。田宮はわれながら負け惜しみが強いと思った。

2

〝伸びゆく会社〟シリーズは一流企業百社をターゲットに三年ほど前にスタートした産業経済社の企画出版で、すでに十数社が採り上げられた。

企業から五千万円の契約金を取って一万部～一万五千部を出版、当該企業のイメージアップ、リクルート活動などに資することを大義名分に掲げている。全国紙の新聞広告や中吊り広告などもほどほどに打っているが、企業側から積極的にシリーズ入りを望んだケースはない。このことは『帝都経済』〝スギリョー〟によるダーティー・イメージ、マイナス・イメージを心配するからだ。田宮がいみじくも言ったが、シリーズ入りは「弱みを握られた」のではないかと勘繰られかねないリスクを伴う。

最近、杉野は幹部会で「契約金を一億円に値上げできないか」と強気発言をしたが、五千万円をキープできずダンピングするケースもあるほどだから、一億円は高望みが過ぎる。

杉野の一億円発言は、総合食品メーカーのトーレイから一億五千万円をせしめたことと無関係ではなかった。

トーレイの旧社名は、東京冷蔵。数年前CI活動の一環として金光浩一社長のリーダーシップによって社名を変更した。

同社は最近、スポーツ・ドリンク分野に進出するに当たってPR攻勢をかけたが、これに眼をつけた杉野はひと役買わせて欲しいと金光に二億円の予算で出版話を持ちかけた。

かくして、二カ月ほど前に〝伸びゆく会社〟シリーズ『トーレイ物語』が上梓《じょうし》された。

『帝都経済』最近号のコラム〝有情仏心《うじょうぶっしん》〟で杉野は書いた。


いま『トーレイ物語』が大ベストセラーになっているのであった。私は取材中と言わず、執筆中と言わず何度も熱い涙がこぼれてならなかった。金光浩一社長のトーレイという企業に対する情熱が胸を打たずにはおかないのであった。『トーレイ物語』が読者の心に沁《し》み入り、熱い感動を呼び起こすのは、トーレイの牽引車《けんいんしゃ》たる金光社長の誠実な人柄と会社経営面における熱き使命感によるところが大きい。私は企業イメージをこれほどまでに変革した経営者を他に知らないのであった。


『トーレイ物語』の中でも、金光浩一は絶讃され、盛大にうたいあげられたが、これだけ褒められると、穴があったら入りたい心境にならないほうがおかしい。

しかし、金光は『トーレイ物語』の出版記念パーティにも応じてしまった。杉野に強要された面もあるが、まんざらでもなかったのだろう。

七月上旬のある夕刻、都内のホテルで開催された出版記念パーティの発起人は、芙蓉銀行頭取橋川泰治、大日生命保険社長遠藤治夫、大都商事社長川上弘、ホッコクビール社長荒井一郎、大洋自動車社長久山昇、帝京ホテル社長丸川芳郎それに『帝都経済』主幹杉野良治の七人。

スギリョーから声をかけられれば断れない。いずれもトーレイの大株主だったり、主力銀行だったり、取引先なのだから、ノーと言えるはずもないが、久山だけはパーティに出席できないことを理由に発起人を遠慮したいと、伝えてきた。

ところが、杉野は案内状から久山の名前を消さなかった。無断使用をなじるのも大人げないから、大洋自動車側はとくにクレームをつけることはしなかった。というより、あとが怖い。

午後五時から六時までの一時間、二万円会費のパーティは財界のお歴々も顔を見せ盛況だった。出席者は約五百人。誰もがスギリョーパワーに改めて舌を巻いた。引き出物は『トーレイ物語』と、スギリョー自慢の『信仰は勁《つよ》し』。杉野は両書とも「大ベストセラー」と称して憚《はばか》らない。

3

田宮はさっそく東都生命の広報部長、皆川正一に会った。もちろん初対面ではない。皆川の年恰好《としかっこう》は四十七、八。温厚な感じを与える。映画〝福田倫一〟の前売りチケットでも協力してもらった。

「その節はお世話になりました」

「新聞に〝福田倫一〟の大ヒット続映中の広告が出てましたねぇ。おめでとうございます」

「大ヒットは誇大広告です。ポテンヒットぐらいのところでしょうか。惨敗に終わらなくてホッとしてます」

杉野良治が守護神と仰ぐ〝聖真霊の教〟の女教祖山本はなのお告げでは「大ヒット間違いなし」だったが、お告げどおりにはならなかった。

吉田たちの組合運動を焚《た》きつけているのは産業経済社の元副社長だなどと、見当外れのお告げを杉野は信じているらしいが、ここのところ、山本はなの霊感は冴《さ》えない。

「ウチの社長は、〝福田倫一〟にいたく感動したようですよ」

「ありがとうございます」

田宮はむぎ茶をひと口飲んで本題に入った。

「川本から、東都生命さんが〝伸びゆく会社〟シリーズに関心をお持ちだとお聞きして、さっそく参上した次第です」

「当社は来年が創業九十周年なんです。社史みたいに硬くならずに、なにか記念になるものを残したいとは考えてるんですけどねぇ。おたくの〝伸びゆく会社〟シリーズの予算は五千万円でしたかねぇ」

「はい」

「ちょっとお高いんじゃないですか」

「杉野は一億円に値上げしろなどと言ってますが……」

「一億円！　いくらなんでもねぇ」

「経費の内訳を持ってまいりました」

田宮は茶封筒の中から一枚の印刷物を取り出して皆川に手渡した。上書きに〝伸びゆく会社・シリーズ費用内訳〟とある。

▽製作費及び印刷費概算八百万円＝①取材費百万円、②原稿料百八十万円、③デザイン費七十万円、④校正費五十万円、⑤印刷費四百万円。

▽宣伝費概算三千八百万円＝新聞広告三千万円、中吊り広告八百万円。

▽書店対策費概算四百万円＝専用ラック、店頭ポスター等。

皆川が印刷物から顔をあげた。

「新聞広告は時節柄、もう少し控えてもいいんじゃないですかねぇ。これを二千万円にすれば四千万円でいいわけでしょ」

田宮はうなずかざるを得なかった。皆川はダンピングの例を他社から取材済みとも考えられる。

「とにかく上にあげてみます。社長はその気になってるようですから、多分OKになると思いますよ」

「よろしくお願いします」

「田宮さんも大変ですねぇ。ついきのうまでPR開発部長だったのに、今度は出版ですか。新しい名刺をください」

名刺を切らした、と言いたいところだが、そうもいかず、田宮は〝出版局事業部課長〟の名刺を出した。

果たして、皆川は首をかしげた。

「当社は部長も課長もないんですけど、わたしの場合は降格です」

「あなた、杉野先生のお嬢さんと結婚されるんじゃなかったんですか」

「ええ、まあ」

「役員になられると聞いてましたけど」

「いろいろありまして」

田宮は頬が火照《ほて》って仕方がなかった。東都生命の〝伸びゆく会社〟シリーズ入りはタナボタ、まったくの幸運というほかはない。契約金額は四千万円に値切られたが、トップのスキャンダルなど弱みにつけ込んで無理強いしたわけではなかった。

田宮は余勢を駆って、扶桑火災海上の広報部長、中島勝之助を訪ねることにした。中島とはひと月ほど前、新宿の映画館で出くわして以来である。

中島に電話をかけると、「あす昼食をどうですか」と誘ってくれた。

八月二十三日金曜日の昼前に、田宮は大手町のホテルへ駆けつけた。

立秋はとうに過ぎ、あすは処暑だというのにこの日、東京地方は三十四、五度の猛暑でホテルに着いたとき田宮は汗びっしょりだった。約束の正午まで十五分ほどある。田宮は汗が引くまでロビーにいた。

五分前にレストランに行くと、中島は窓際のテーブルで待っていた。

「映画の評判はどうですか」

「お陰さまで、好評です」

〝福田倫一〟が経済界、産業界で話題をさらっているのは、〝杉野良治プロデューサー〟に尽きる。

「田宮さんと同じ映画館で一緒に観るとは思いませんでしたねぇ」

「光栄です」

「光栄っていうのもなんだか変ですけど、袖《そで》振り合うも多生《たしょう》の縁と言いますから、それもなにかの縁でしょう」

料理をオーダーし、ビールで乾杯したあとで、中島が窓外に眼を投げながら訊《き》いた。

「あのときお眼にかかったお嬢さんは、杉野先生のご令嬢じゃなかったですか」

田宮はドキッとした。あのとき治子を中島に紹介しそびれたのは、なにかしらうしろめたいような気がしたからだ。治子になじられて辟易《へきえき》したのを憶えている。〝鬼のスギリョー〟の娘を娶《めと》るなんてもの好きな男、と思われかねない。

しかし、治子への愛《いと》しさは、あのときよりもずっと募っていた。返事が一拍遅れたぶん、田宮は丁寧に説明した。

「おっしゃるとおりです。杉野の長女の治子です。あのときはまだいくらか迷いがあったのですが、近く結婚します。アメリカに留学してまして、三月に帰国しました。中島さんはどうして杉野の娘だとおわかりになったのですか」

「杉野先生にそっくりじゃないですか」

「そうですかあ。杉野よりは、ずっとましと思いますけど」

中島が含み笑いを洩《も》らした。

「なかなかの美形ですよ」

「どうも」

田宮はきまり悪くなって、うつむいた。

「映画館の前でお会いしたとき思ったんですが、たしか一月の御社のパーティにいらしてませんでしたか」

「来てました」

「やっぱりそうですか。どこかでお見かけしたと思って。もう一度乾杯しましょう」

中島は田宮のグラスにビール瓶を傾けた。

「おめでとうございます」

「ありがとうございます」

「結婚式はいつですか」

「それがまだ未定なんです。宗教上の問題もありますし……」

田宮は言葉をにごした。

「〝お籠《こ》もり〟の話は、『帝都経済』の記者さんから聞いてますよ。皆さん、悩んでるみたいですねぇ」

吉田修平あたりがこぼしているに違いない。

「田宮さんが杉野先生のお嬢さんと結婚するっていう話は、ずいぶん前から伝わってますよ。損保業界の広報マンで知らない者はいないでしょう」

「東都生命の皆川広報部長からも言われました。ところで……」

田宮はこのときとばかり、〝伸びゆく会社〟シリーズの売り込みにかかった。

「検討させてもらいますよ」

即座にノーと言われなかったのだから、脈ありと思っていい。

「田宮さんも、杉野先生と若い記者のサンドイッチになって、苦労しますねぇ」

別れしなの中島のひとことは、田宮の胸にずんとひびいた。

4

『トーレイ物語』で味をしめた杉野良治は同じ総合食品メーカーの東邦食品に企業サクセス・ストーリーの出版話を持ちかけようと思いたった。

残暑がぶり返してきた八月二十六日の午後二時過ぎに、杉野は出版局事業部課長の田宮大二郎を伴って、芝の東邦食品本社ビルに小林靖夫社長を訪ねた。むろんアポイントメントを取ってのうえだ。

「小林社長は一代で東邦食品を築いた立志伝中の人ですから、それなりにドラマを持っていらっしゃる。東邦食品はいまや一流の総合食品メーカーの地歩を築かれた。創業四十余年にして社史一つないというのも寂しいじゃないですか。小林社長の創業時代の苦闘を中心に東邦食品の軌跡をサクセス・ストーリーにまとめて、わが産業経済社で本にすれば、大ヒット間違いなしです」

「杉野さん、わたしのところなんて中小企業に毛が生えた程度の会社です。わたしは魚屋だといつも言ってるんです。サクセス・ストーリーなんて恥ずかしくて。おこがましき限りですよ」

杉野が顔をしかめたのは、小林が先生と呼ばなかったせいだろう、と田宮は思った。

杉野に対して堂々とかまえてる財界人にはめったにお目にかかれないので、田宮は小林を見直した。

二重瞼《ふたえまぶた》のやさしい眼をしている。柔和な顔に似合わず芯《しん》が強いのだろうか。そうでなければ小さな冷蔵庫会社を一部上場の総合食品メーカーに育てられるはずはない。

「小林さん、それは違う。そういう言い方は謙遜《けんそん》というよりも厭《いや》みに聞こえるな」

「厭みと言われればそれまでですが、わたしは初心忘るべからずの気持ちを込めて、魚屋だと言っておるんです。大企業病にならんように社員に厳しく言ってます」

小林はにこやかに返した。

杉野はじろっと絡みつくような眼で小林をとらえた。

「あんた、まだ電車で通勤してるの」

「努めてそうしてます。夜遅いときは車を利用することもありますが、電車は時間が計れますからねぇ」

「そう。東邦食品は社長が清廉だから社員が従《つ》いていくんですねぇ。後に続く社員のためにも小林さんの経営理念なり、会社の変遷を記録に残しておくことは意義深い。小林さんの半生を書き残すことは、社員の励みにもなるし、社員のみならず多くの人々に勇気を与えるんじゃないかなあ」

「杉野さん、勘弁してください。わたしはそんな立派な人間じゃないですよ。立派な人がほかにたくさんいるじゃないですか」

「いや、わたしは小林さんを、そして東邦食品さんを本にしたいんだ。杉野良治がここまで言ってるんだから、あんた聞きなさいよ」

「…………」

「いいですね。決めましたよ。細かいことはともかく、原則的にＯＫでいいですね」

「弱りましたな。わたしの一存では」

「なに言ってんの。超ワンマン社長でしょうが。具体的な内容は後日連絡します。事務的なことは田宮がやりますから」

杉野は返事も聞かずソファから腰をあげた。

5

杉野は一週間後に小林に電話をかけた。

「例の本ですが、どんどん準備をすすめてますよ。製作費、ＰＲ費、取材費、原稿料などもろもろの諸経費すべてを含めて〝一本〟と考えてください」

「〝一本〟と言いますと」

「一億に決まってるでしょ」

「ご冗談、冗談とはなんですか」

「わたしはせいぜい一千万円ぐらいかな、と考えてました」

「一千万円ぽっちでいい本がつくれるわけないでしょう。車内の中吊り広告や新聞広告もばんばん打ちますからねぇ。ベストセラーにしてみせますよ」

「そんな大それたことは考えてません。一億円となると、いくらわたしが創業社長でも、ちょっとそういう強引なことはしたくないですねぇ。この話はなかったことにしてください」

「天下の東邦食品のオーナー社長が一億円ぽっちの端《はした》ガネでおたおたするなんて、みっともない真似をしちゃいかんですよ。小林さんほどの人が食言するとは問題ですな」

「食言なんて言われる憶《おぼ》えはありません。杉野さんほどの人がそんな言いがかりを……」

「言いがかりとはなんだ。あんた約束したじゃないか」

杉野はデスクをこぶしでどんと叩《たた》いた。

小林は受話器を遠ざけながらも、一歩も引かなかった。

「杉野さんは一人で勝手に決めてるようだが、わたしは約束してません。多少曖昧《あいまい》にし、あの場ではっきりお断りしなかった非は認めますが、この話は白紙に戻してください」

杉野はひるんだ。声が小さくなった。

「お互い感情的になってもいかんでしょう。『トーレイ物語』は一億五千万円でしたが、本を出したお陰でトーレイ製品が飛ぶように売れて、一億五千万円なんて安いもんだって金光社長は言ってましたよ。東邦食品は何十億、何百億っていう宣伝費をかけてるんでしょ。宣伝費と考えたら、一億円なんてコンマ以下でしょうが」

「トーレイさんは大会社ですが、ウチは中小企業です。せっかくの話ですが、なかったことにしてください。よろしくお願いします。失礼しました」

電話を先に切られ、杉野は受話器を叩きつけた。電話機に当たっても仕方がないが、このままおめおめと引き下がれるか、と杉野は思った。どうやって落とし前をつけてやろうか、と杉野は思案したが、考えがまとまらないままに主幹室に田宮を呼んだ。

「小林の野郎、断ってきたぞ。一億円と聞いて肝を潰《つぶ》してるようじゃ、小林もたいしたタマじゃないな。約束した憶えはない、などと抜かしやがった。どうしたものかなあ」

田宮はどうにも答えようがなかった。たしかに、約束したとは言えないし、断られたらそれまでなのだ。二匹目のどじょうに、簡単にありつこうとしたほうが甘いと言うべきだろう。

「黙って引き下がる手はないだろうや。俺ほどの男がわざわざ足を運んだんだからな」

「……………」

「すでに資料集めやら、調査が進んでいる、っていうのはどうだ。原稿もほとんど書き上がってるから、前進あるのみだって言ってやるか。よし、それでいこう」

杉野は左手に右手のこぶしをぶっつけて、にたっと笑った。

田宮が首をかしげながら返した。

「小林社長に会ってからまだ一週間しか経ってません。原稿が書き上がってるというのはどうでしょうか」

「数人で手分けして書いたことにすればいいだろう。主幹がしゃかりきになれば、一週間で三百枚は書けるぞ。そうだ主幹が一人で原稿を書き上げたことにしよう。その線で総務担当常務の木本に当たってみてくれ」

主幹命令である。逆らうわけにはいかない。

「やってみます」

「大二郎もここんところ冴えんから、ここらでヒットを飛ばさんと忘れられちゃうぞ」

杉野は皮肉たっぷりに言って、ソファから起《た》ち上がった。

田宮はあくる日の午後、東邦食品本社ビルに木本を訪ねた。

「小林社長のご了承が得られたものとばかり思いまして、さっそく製作にとりかかり、原稿のほうも進んでおります。経費につきましては下方修正する方向で考えさせていただきますが、なんとか〝東邦食品物語〟をつくらせていただけないでしょうか」

「わが社に対して資料の請求もなしに、原稿が書けるんですか。不可解な話ですねぇ」

木本は怪訝《けげん》そうに首をひねった。

痛いところを突かれた。杉野の話をトーンダウンして伝えたつもりだが、それでも無理難題であることには変わりない。

「決算報告書等、すでに手元にある御社関係資料もございますので」

田宮は苦し紛れに言ったが、木本の顔をまともに見られなかった。

「小林は杉野先生にお断りしたと申してました。一度言い出したらきかない人ですから、この話を復活させるのは無理だと思いますよ。もちろん、いま承った話は小林に伝えますけど、当てにしないでいただいたほうがいいと思います」

「杉野は小林社長のお人柄に惚《ほ》れ込んでおります。原稿は手分けして書いてますが、杉野が中心になっておりまして、ほとんど全部自分が書きたいと言ってるほどの熱の入れようです。なんとか杉野の意気込みを買っていただけないでしょうか。〝東邦食品物語〟を上梓《じょうし》することは御社にとっても、ご損にはならないと思うんです。人材集めのためにもなりますし、必ずや小林社長にも木本常務にもよろこんでいただける本をつくります」

田宮は自分でもなにを話しているのかよくわからなかった。なにやら焦躁感《しょうそうかん》が募り、抜き差しならない気持ちに追い込まれて夢中でしゃべったが、木本が辟易《へきえき》して苦笑いを浮かべているのも気づかなかった。

6

三日後に、木本から田宮に電話がかかった。

「結論を言いますと、やはりノーです。杉野先生が自らお書きになってくださるという点は、小林も光栄に思ってるようですが、両者の合意なしに原稿を書きすすめているというのは、相互信頼関係を損なうもので納得できません。ただ、八月二十六日に杉野先生から話があったときに断固たる態度を取らなかったと言いますか、明確にお断りしなかった点は当方の落ち度でもありますから、ペナルティとして多少のことは考えさせていただきたいと考えてます」

「ペナルティって具体的にどういうことでしょうか」

「率直に言います。百万円の広告費ということでどうですか」

「杉野は〝東邦食品物語〟をつくることに執念を燃やしています。なんとか再考していただけませんか。もう一度杉野から小林社長にお願いさせてください」

「それはかえって問題をこじらせるだけですよ」

「杉野は小林社長にそんなに嫌われてしまったんでしょうか」

「そんなことはありませんが、本の話は考えられません」

「ペナルティというのもなんだか変な気がします。イエスかノーかの問題で、要するにOKしていただけなかったわけですね」

「そうおっしゃらずに、ごくごく小さなスペースでけっこうですから『帝都経済』に広告を出させてください」

「一応は杉野に申し伝えます」

話を聞いて杉野は顔色を変えた。

「百万円なんて冗談じゃねえぞ。三百枚の原稿料として一千万円要求しろ。俺の原稿料はもっと高いが、ま、それで勘弁してやろう」

田宮が木本に電話をかけてその旨を伝えた二時間後に木本が電話をかけてきた。

「小林とも相談したのですが、一千万円はいくらなんでも法外だと思うんです。五百万円で手を打ちましょう」

「一千万円と五百万円の間を取って七百五十万円ではいけませんか。わたしの顔を立てていただけるとありがたいのですが」

「承知しました。けっこうです。ところで、杉野先生がせっかく書いてくださったんですから、その原稿見せていただくわけにはいきませんか。将来、社史のようなものをつくることになるかもしれませんので、参考までに読ませてくださいよ」

田宮はギクッとした。

原稿なんか一枚も書かれていない。見せられるわけがなかった。

「す、杉野に相談します。杉野がな、なんと言いますか」

舌がもつれ、声を押し出すのがやっとだった。

田宮はすぐに主幹室に飛び込んだ。

「木本常務が五百万円でお願いできないかと言ってきました」

「ふぅーん。五百万円ねぇ。ま、降り賃としては、そんなところでしょうがねえか」

案に相違して、杉野は承諾した。

「わたしは一千万円と五百万円の間を取って七百五十万円でどうかと提案したんですけど」

「ほう。大二郎にしてはねばったじゃねえか。それで木本はなんと答えた」

「OKしてくれました」

「そうか。よくやった。大二郎も少しは商売人になったわけだな」

杉野は気持ちが悪いほど機嫌がよい。田宮はこのときとばかり幻の原稿に触れた。

「ただ、将来、社史をつくることも考えているので、原稿を見せてもらえないか、と言われて困っています」

「なんだと！」

杉野は激昂《げっこう》した。

「七百五十万円の端ガネで生意気言うな！　ふざけやがって、なんていう言いぐさだ。原稿を見せるのは、本をつくることが条件だ。小林が木本にそう言わせたんだな」

「…………」

「よし、俺が小林に電話をかけてやる」

杉野の右手が受話器をつかんだが、田宮は両手で押さえ、必死に止めた。

「主幹、お待ちください。木本常務はどうあっても原稿を見せろと言ってるわけではありません。わたしにおまかせ願います」

小林が原稿を確認するように木本に命じたとは限らない。木本だけの意思とも考えられる。

だいたいごく常識的な要求であり、こっちは強く出られる立場ではない。やらずぶったくりもいいところではないか。

「本をつくっていただけるんなら、いますぐにでも原稿をお見せしますが、杉野はいたく落胆しておりまして、そんな気にはなれないと申しております」

田宮は脂汗を掻《か》きながら強弁した。

木本はそれ以上は押してこなかった。

「詐欺にあったようなものだが、七百五十万円で済んだんだから、被害は軽微と言えるんじゃないかな。負け惜しみを言うようだが、いい勉強をさせてもらった」

小林がそんなふうに木本に述懐したことなど、田宮は知る由もない。

7

扶桑火災海上は〝伸びゆく会社〟シリーズ入りを断ってきた。

同社の中島広報部長は「年内は予算面で無理。来年以降改めて検討したい」と含みを持たせてくれたが、これは田宮の顔を立ててくれたつもりか、リップサービスのどちらかだろう。

東都生命のようなタナボタみたいな話はめったにない。

九月九日午後三時ごろ、田宮大三郎はその旨を副社長の瀬川誠に報告した。

副社長席は、出版局と同じフロアで十一階大部屋中央の窓際にある。産業経済社で個室があるのは社長兼主幹の杉野良治だけだ。

瀬川は営業部門を一手に見ている。いわば『帝都経済』〝別働隊〟の隊長格である。〝伸びゆく会社〟シリーズにしても、杉野良治が乗り出すまでもなく、瀬川の段階で企業と話をまとめたケースはけっこう多い。

〝鬼のスギリョー〟に対して〝仏の瀬川〟を売りものにしているくらいだから、愛想のよさが取り柄である。もちろん、背後に杉野が控えているからこそ、瀬川も大きな顔ができるのだ。

瀬川が大企業の幹部と会うときの枕ことばは杉野良治である。

「杉野がくれぐれもよろしくと申しておりました」

「杉野が一度ゴルフをお誘いしたいと……」

「杉野が海野総理とお食事をどうかと……」

杉野の威光を笠《かさ》に着ているのは瀬川だけではない。田宮大二郎もその例外ではなかった。

「俺一人の腕にぶら下がっている……」と杉野に豪語されても一言もないのが瀬川であり、田宮なのだ。悔しまぎれに反抗して莫迦《ばか》を見たのは田宮である。

近ごろ、田宮はスギリョーの威光を改めて実感させられていた。

スギリョーの一人娘、治子と婚約したことが経済界、産業界にひろまり、田宮を見る人々の眼がどこか違ってきたことを意識せずにはいられなかったのである。

初めのうち、田宮はうしろめたさにつきまとわれたが、二階級降格の肩書とは逆に、一目置かれているような感じがしないでもないのだ。それは錯覚であり思い過ごしかもしれない。肚《はら》ではあなどられ、さげすまれている、と思うべきだろう。しかし、うわべだけであれなんであれ鄭重《ていちょう》に扱われれば、誰だって悪い気はしない。

8

副社長席脇のソファで田宮と瀬川が話している。

「扶桑火災は惜しいことをしたなあ。当てにしてたんだけど」

「中島広報部長は来年改めて検討してもいいような、気を持たせる言い方をしてましたけど、当てにしないほうがいいと思います」

「そんなことはない。それはきみ、当てにしていいよ。忘れずに憶《おぼ》えておいたらいいな」

「さあ。どうでしょうか」

「年内になんとかあと二冊〝伸びゆく会社〟シリーズを出したいが、受注残は東都生命しかないからなあ。大二郎は金融に強いんだから、どこか引っ張って来てくれよ」

「証券会社は損失補塡《ほてん》や暴力団との取引など一連の不祥事で揺らいでますから、とても当てにはできません。銀行も然《しか》りです。住之江銀行や芙蓉銀行の惨状ぶりは眼を覆いたくなるほどで、どこまで続くぬかるみぞ。〝伸びゆく会社〟どころじゃないですからねぇ」

「生保、損保はどうなの。思いつきだが、昭和生命に一度アタックしてみたらどう」

「まさか。冗談きついですよ。一月に主幹が『帝都経済』であれだけ盛大にぶっ叩いといて、いまさらのこの顔を出せますか。塩をまかれるのが落ちです」

今年一月下旬号の『帝都経済』のコラム〝有情仏心〟で杉野は、昭和生命の豊島社長をぼろくそにこきおろした。

「低劣な三流以下の人物。小さな約束さえ実行できず性格が悪すぎる。見識もなければ哲学のかけらもない。同業の大日生命に入社していたら、本社の課長にもなれない人物なのであった」たしか、こんな内容だったが、〝有情仏心〟だけではない。杉野は、トップ記事の〝主幹が迫る〟で追い打ちをかけた。

〝崩壊の道を歩む昭和生命〟〝トップの経営責任を糾弾〟

二月上旬号『帝都経済』のどぎつい見出しも田宮は忘れていなかった。

「あのとき主幹は激情に駆られてたからなあ。西岡さんがクビを馘《き》られると聞いて、前後の見境がなくなったんだ」

西岡とは、昭和生命元社長で取締役相談役だった西岡恭太郎のことだ。

西岡恭太郎は、財界人の中では数少ない〝聖真霊の教〟の信徒である。それだけで杉野と西岡の親密度は察しがつく。

西岡の取締役退任は、前年平成二年十二月上旬の取締役会で内定したが、西岡からこぼされた海軍経理学校時代の親友、相沢修三が『帝都経済』で筆誅《ひっちゅう》を加えて欲しいと杉野に訴え出た。

相沢は通産省のOBで交易振興協会の理事長だが、「良治さん」「相ちゃん」と呼び合うほど杉野とは昵懇《じっこん》の仲である。

しかも相沢はこともあろうに、昭和生命に関する大蔵省の検査講評を杉野に持ち込んだのだから始末が悪い。

検査講評は極秘書類である。

「〝お籠《こ》もり〟で〝有情仏心《うじょうぶっしん》〟のリライトをさせられましたが、たしかに過激というか感情的な文章でしたねぇ。〝有情仏心〟だけなら、まだよかったんですけど、大蔵省の検査講評をすっぱ抜いたのは、やっぱりやりすぎですよ。あれで男を下げたのは相沢修三さんだと思います」

相沢は、戦友の西岡のためにひと肌脱いだつもりなのだろうが、結果は無惨だった。西岡恭太郎が腹立ちまぎれに、検査講評のコピーを持ち込んだとき、なだめて当然、諫《いさ》める立場の相沢が逆に煽《あお》ってしまったのだから話にならない。旧高級官僚のバランス感覚をどこに忘れてしまったのだろう。

当時、資金運用に失敗し、大蔵省から咎《とが》められ、マスコミから袋叩きにあっていた昭和生命にとって、検査講評に関する暴露記事は、恥のうわ塗りで、豊島社長以下の首脳陣は自殺したい心境になっても不思議ではなかった。

昭和生命が米国金融業者から購入した私募債約百億円が、当該金融業者の倒産で紙クズと化した事件は、まだ記憶に新しい。

大蔵省は昭和生命を対象として一カ月に及ぶ検査の結果、「危機管理が全く機能しておらず、権限と責任体制が不明なままにルールなき業務運営が日常化し、停滞と無責任なムードが社内に充満していた」と厳しく講評したが、これを入手した杉野が黙っているわけがなかった。

相沢は、杉野を利用しようとして逆に男を下げた財界人の典型と言える。

瀬川はのっぺりした顔を両手で洗うようにこすりながら言った。

「人の噂も七十五日って言うが、八カ月も経って、もうほとぼりも冷めたろう。二年ほど前、豊島社長が〝伸びゆく会社〟シリーズについて前向きに検討する、と言ったことは事実だからなあ」

田宮は上体を瀬川に近づけて声をひそめた。

「〝有情仏心〟で主幹は豊島社長が約束を守らなかったようなことを書いてましたけど、約束って〝伸びゆく会社〟シリーズのことだったんですか」

「主幹が豊島社長と会ったとき俺も同席したが、主幹は約束と取ったらしいけど、そんなにコンクリートになってたかどうか。なんせ主幹は気が早いからねぇ」

瀬川が内々《うちうち》の話とはいえ、ここまで言うのはよくよくのことだ。「前向きに検討」も怪しくなってくる。

「そう言えば、東邦食品の場合も似たようなケースでしたよ」

「うん。しかし、それが主幹流なんだし、それで通せる人なんだから文句は言えんよ。百億円の損害は大きいけど、総資産五兆円の中堅生保が揺らぐわけもないし、〝伸びゆく会社〟シリーズ、とにかくアプローチしてみろよ」

「気が進みませんねぇ」

「なんなら、もう一度『帝都経済』で叩くぞ、と威《おど》してもいいんじゃないかな。西岡さんのことで主幹は相当根に持ってるから、ちょっと火をつければその気になるだろうぜ。叩けばいくらでも埃《ほこり》は出る。材料にはこと欠かんだろう。西岡さんの落とし前のつけ方として、うちの〝伸びゆく会社〟シリーズにつきあうくらいがちょうどいいんじゃないのか」

「それはないでしょう」

瀬川がにやにやしながら返した。

「主幹に東都生命の件を話したら、すごーくよろこんでたぞ。大二郎もやっと気合いが入ってきたな、とかなんとか言って」

「東都生命は川本専務のサジェッションです。わたしはお使いをしただけのことですよ」

「川本君が加勢したにせよ、話をまとめたのは大二郎なんだから、大二郎の手柄だよ」

スギリョーのためなら水火も辞さない男だから仕方がないが、瀬川は話し方まで杉野に似てきた。

「主幹は大二郎を一日も早く役員に戻したくてうずうずしてるんだ。社員の手前、引っ込みがつかなくて降格したけど、本意じゃない。昭和生命を落としたら、それこそ東都生命と合わせて一本になる。取締役編集局長に戻す、いいきっかけになるじゃないか。ほんとの話、昭和生命はいけるかもしれないぞ。瓢簞《ひょうたん》から駒みたいなことになるんじゃないか」

「気が重いけどダメモトでアプローチだけでもしてみますかねぇ」

田宮は投げやりに言って、ソファから腰をあげた。

『帝都経済』でさんざん叩いたあとで、カネを取るのが〝スギリョー〟の常套《じょうとう》手段だ。過去、音をあげず徹底抗戦する企業にお目にかかったためしはなかった。だいいち、いまさら気取っても始まらない――。

9

田宮は自席に戻って、昭和生命広報担当調査役の川上に電話をかけた。

『帝都経済』の取材記者時代、金融分野を守備していた関係で、川上と三度会っていた。

川上は来客中で席を外していたが、一時間後に折り返し電話をかけてきた。

「昭和生命の川上ですが、用件はなんですか」

斬りつけるような口調である。

無視されても仕方がないのだから、電話がかかっただけでもめっけものと思わなければいけない。

「お忙しいところをお電話いただきましてありがとうございます。ご無沙汰《ぶさた》ばかりして申し訳ありませんが、川上さんにぜひお目にかかりたいと思いまして失礼を省みず、電話をかけさせていただきました」

田宮は五秒ほど待って呼びかけた。

「もしもし……」

「はい。わかりました。お会いしましょう。あしたの午後三時にお待ちしてます。じゃあ」

返事も聞かずに川上は電話を切った。

挨拶《あいさつ》のあとで、川上はにこりともせずに言った。

「ご用件を承りましょうか」

「わたくしども産業経済社で〝伸びゆく会社〟シリーズを刊行していることはご存じでしょうか」

「知ってますけど、それがどうしたんですか」

「昭和生命さんに、シリーズに入っていただければと厚かましいことを考えまして……」

「悪い冗談としか思えませんねぇ。だいたい三流以下の人物が社長をしている三流会社が一流企業ばかりを対象にしている〝伸びゆく会社〟シリーズに入れてもらえるんですか」

川上はほとんど喧嘩腰《けんかごし》である。

「いつぞやは杉野がたいへん失礼しました」

川上は端整な顔に冷笑を浮かべた。

「ええ。田宮さんの岳父になるかたにたっぷり筆誅を加えてもらいました。社長以下全社員あの記事を肝に銘じています。せいぜい二流の会社になれるように頑張ろうと思ってますよ」

川上も、治子とのことを聞き及んでいたが、皮肉たっぷりに言われて、田宮はうろたえた。

「そんな……。なんだか喧嘩を売られてるような気がしてきました」

田宮が辛うじて言い返すと、川上はいっそう気色ばんだ。

「逆でしょう。田宮さんが当社へ顔を出すこと自体、喧嘩を売りに来たのと一緒じゃないんですか」

田宮は喉《のど》が渇いたが、センターテーブルに湯呑《ゆの》みはなかった。

女子職員が忘れているのか、それとも川上が茶など出す必要はないと命じたのか。多分後者だろう。

「当社は、産業経済社と一切おつきあいするつもりはありません。きょう限り『帝都経済』の購読も打ち切らせてもらいます」

「川上さんがこれほどエモーショナルになっているとは夢にも思いませんでした。当社と一切つきあわないということを杉野に伝えてよろしいですか」

田宮は〝鬼のスギリョー〟を持ち出して、凄《すご》んだつもりだが、川上は動じなかった。

「どうぞどうぞ。『帝都経済』でなんなりと書いてください。あれだけ叩かれたら、大抵のことには驚きませんよ」

こうなると、〝鬼のスギリョー〟も形《かた》なしである。

田宮はほうほうの体で退散した。

「けんもほろろ、取り付く島もありませんでした。しかも、『帝都経済』の購読も断るっていうんですから徹底してますよ。お茶一杯出してくれないんですからひどいもんです。たっぷり屈辱感を味わわされて、きょうは厄日でした」

田宮にぼやかれて、瀬川はむすっと押し黙った。

「どうします。主幹の耳に入れたほうがいいですか」

「………」

「こんなふうにひらき直られると、手も足も出ませんねぇ。きっと川上調査役は手ぐすね引いて待ってたんです。のこのこ出かけて行ったわたしが悪いんですけど、『帝都経済』の購読打ち切りまで申し渡されたんですから、参りますよ」

「昭和生命の野郎、舐《な》めた真似しやがって。主幹にもう一発くらわしてもらおうか」

瀬川が酷薄な顔つきで、つぶやいた。田宮はかぶりを振った。

「それはないですよ。主幹には伏せておいたほうがいいと思います。寝た子を起こすこともないでしょう」

「まあな、しかし、俺は相当含むところがあるぞ」

「副社長までそんなに感情的にならないでくださいよ」

「うん」

瀬川は不承不承うなずいた。

第十章　暴力沙汰

1

杉野良治・治子親子の仲が険悪になっていた。

〝聖真霊の教〟の本部で田宮大二郎との挙式を望む杉野に、治子が頑として従おうとしなかったからだ。

親子の板挟みで田宮はおろおろし、うろたえるばかりである。

杉野は、十月十日か十一月三日に都内のホテルに各界の名士を集めて、盛大に結婚披露宴を催す算段だったが、祝日に大安吉日が重なる両日、一流ホテルの結婚式場は一年も前に予約で満杯だった。さしもの〝鬼のスギリョー〟のゴリ押しも通じないとあって、結婚式、披露宴とも〝聖真霊の教〟本部でやろうと言い出したのである。

東海道新幹線新富士駅に近い〝聖真霊の教〟本部には、何百人も収容できる大講堂が最近完成したばかりだ。杉野や瀬川があの手この手で財界から集めた巨額の資金が注ぎ込まれていることは疑う余地がなかった。九月二十日の朝、田宮は、杉野から命令口調でそれを告げられたとき、断れないと思いながらも、一応は抵抗を試みた。

「治子さんがなんと言いますかねぇ。彼女はロスの〝ガラスの教会〟で二人だけで式を挙げたいと言ってますから」

「〝お山〟だって、立派な講堂があるじゃないか。礼拝堂みたいなものだ。大二郎は治子に振り回されてるな。少しは亭主風を吹かしたらどうなんだ。治子を説得できんようじゃ、社員は従《つ》いてこんぞ。だいたい、治子が〝お山〟に来たのは一度だけじゃないか。きみの信仰心が足らんから治子が図に乗ってわがままになるんだ」

「わたしは月に一度は〝お籠《こ》もり〟してますから、主幹に信仰心が足りないと言われる覚えはないんですけれど」

「とにかく決めたぞ。十月十日に〝お山〟で式を挙げるんだ。結婚式と社員総会も兼ねて大パーティをやる。パーティは神聖な講堂というわけにはいかんから食堂になるが、盛り上がるぞ。いいな」

ぎろりと睨《ね》めつけられて、田宮はそれ以上は抗弁できなかった。田宮は、治子の勤務先に電話をかけた。

「今夜、外で食事することになってたけど、僕の部屋に来てもらいたいんだ。どうかなあ」

「けっこうよ。買い物をして七時ごろまでには行けると思うわ」

治子の声は弾んでいる。きょうは金曜日だ。金曜日は必ず逢《あ》っている。外食することもあるが、どっちにしても治子は広尾のマンションに泊まっていく。たまには下北沢の治子の賃貸マンションに田宮が泊まることもある。

「じゃあ、悪いけど、よろしく」

「あなた、なんだか元気がないみたいねぇ」

「そうでもないよ」

「そんならいいんだけど。あとでね。バイバイ」

2

食事が進んで、アルコールがビールから紹興酒《しょうこうしゅ》に変わったところで田宮が切り出した。

「気が重い話なんだけど、結婚式〝お山〟でやらざるを得ないことになりそうなんだ」

治子は顔色を変えた。

「ダメ。絶対反対よ」

「主幹命令だから、さからえないよ」

「なにを莫迦《ばか》なこと言ってるの。父にそんな権利はないわ」

「十月十日の体育の日に、社員総会を兼ねて盛り上げたいって言うわけだ。〝お山〟に大ホールが竣工したから、こけら落としにちょうどいいって主幹は考えたんだろうねぇ」

「あなた、まさか賛成したわけじゃないでしょうね」

「きみの意向は伝えたけど、主幹はそのつもりになってるから、しようがないんじゃないか」

「なにがしようがないの。パロスバーデスのウェイフェラーズ・チャペルで、二人だけの結婚式にすることをあなたは約束したじゃないの」

「だから、両方やればいいじゃない。考えてみたら、都内の一流ホテルで芸能人みたいな結婚披露宴をやらされるよりは、ずっとましだと思うんだ。僕は〝聖真霊の教〟の信徒ってことになってるんだし、こんなことで主幹にさからって、波風立てるのはどうもねぇ」

治子は、紹興酒のオンザロックをぐぐっと呷《あお》って、音をたててグラスをテーブルに戻した。

「あなたって、どうしてそんなにいい加減なの。結婚式を二つやるなんて発想は信じられないわ」

「そうかなあ。きみがそんなにいきり立つことかねぇ。田舎に実家のある人は結婚披露宴を東京と田舎でやることはよくあるんじゃないの。新婚旅行で〝ガラスの教会〟にも行って、そこで牧師だか神父だかの前で、お祈りをすればいいじゃない」

「結婚式と披露宴とは違うわ。〝お山〟の気色の悪い女教祖なんかの前に二度と立つ気はありません。わたしは、あなたが月一度にしろ〝お山〟へ〝お籠もり〟に行くのさえ、苦々しく思ってるのよ」

「以前にも言ったと思うけど、このことは産業経済社の社員としての義務なんだから、否も応もないんだ」

「吉田修平さんはどうなの。けなげに頑張ってるんでしょ。立派じゃない。古村綾さんにしたって〝お籠もり〟を拒んでるじゃないの。それがまっとうなのよ」

田宮はうんざりしてきた。何時間話しても治子を説得することは困難と思える。初めからわかっていたことだ。

「吉田は、今度社員総会をすっぽかしたら、今度こそクビを馘《き》られるだろうな。僕は、吉田の首に縄を付けてでも〝お山〟に連れて行くつもりだよ。吉田はわが社に必要な人材だし、将来の編集長候補だから、辞めさせるわけにはいかないんだ。片意地張らず方便と考えて、我慢してもらうしかないと思ってる。これも浮世の義理っていうやつだよ。吉田にはもっと大人になってもらわなければ困る。きみだってそうだよ。父親の気持ちを少しはおもんぱかってあげてもいいんじゃないかなあ。親孝行と思って、今度だけでも堪《こら》えてもらえるとありがたいんだけどねぇ」

治子は、箸《はし》でカニタマをつついていたが口に運ばず、箸を置いて、腕を組んだ。田宮は二つのグラスに紹興酒を注いで、キュービックアイスを落とした。

沈黙が続いている。

田宮がグラスをつかむと、誘われるように治子の手もグラスに伸びた。

気持ちが揺れているのだろうか。ここはひと押しする手かもしれない。

田宮は、紹興酒をひと口すすって、やわらかなまなざしを治子に注いだ。

「お父さんにやさしくしてあげるのも、たまにはいいんじゃない」

だが、田宮が失望するまで、数秒とはかからなかった。

「〝お山〟で式を挙げるなんて、わたしの自尊心がゆるさないわ。母と兄の意見も聞いてみるけど、一生に一度の結婚式に自分の意思が通らないくらいなら、あなたとの結婚も諦《あきら》めたほうがましよ」

「そこまで思い詰められると、僕の手に負えないね」

「あなたの気持ちはどうなの。〝お山〟で式を挙げたいなんて思ってないでしょう」

田宮は曖昧《あいまい》にうなずいた。

「父がなんと言おうと、わたしたちの気持ちを大切にすべきなんじゃないかしら」

この夜、治子は後片づけを済ませると、帰り支度を始めた。

「帰るの」

「ええ」

田宮が時計に眼を落とした。

「もう十時を過ぎたぞ。泊まっていけよ」

「今夜は帰るわ。なんだか無性に母に会いたくなったの。しばらく会ってないから」

金曜日の夜、ひとりで膝《ひざ》小僧を抱いて寝るなんて何週ぶりだろう。

土曜も日曜も治子はあらわれなかった。当てにしていないと言えば嘘になる。だが、田宮は多少意地になって治子に電話をかけなかった。

九月二十三日の月曜日が秋分の日なので、三連休だが、もし月曜日も連絡がないようだと、陰にこもってしこりを残すことになりかねない。

治子は〝お山〟で結婚式を挙げるくらいなら婚約解消も辞さない、とまで言ったが、そのことにこだわっているのだろうか。

そんなことを考えながら遅い朝食を摂っているとき、電話が鳴った。

「もしもし、治子です」

「やあ」

「〝お山〟じゃなかったの」

「先週、行ったばかりだからねぇ。おとといもきのうも、テレビばっかり見て、ごろごろしてたよ」

「久しぶりにさわやかな秋空よ。外へ出ない」

「いいなあ。どこで逢《あ》おうか」

「井の頭公園なんて、どうかしら」

「いいね。一時間後に駅の改札口で逢おうか」

　このところ東京地方は降雨続きだったせいで、いっそう空気が澄み、抜けるような青空だ。約束の正午よりも十分前に田宮は井の頭公園駅に着いたが、治子があらわれたのは三十分後だ。

「ごめんなさい。二十分も遅刻しちゃって。一時間後っていうのがもともと無理だったのよ」

「きみは下北沢だから井の頭線で一本だろう」

「でも、青空がきれいだから、ちょっとおしゃれがしたくて……」

　ロングジャケット、スカートとも裾《すそ》がフェミニンで、マスタードカラーが眼にまぶしい。白地のスカーフもシックだ。

「ボートは混んでるかしら」

「久しぶりの晴れ間で、人が出てるからねぇ。相当待たされるかもしれないよ」

「でも乗りたいわ」

　一時間以上待たされ、乗り時間は三十分間に制限されたが、湖上の風は爽快《そうかい》だった。

「ボートなんて、何年ぶりかなあ」

「初恋の人と一緒だったんでしょ」

そのとおりだが、田宮は首を振った。

「憶《おぼ》えてないよ」

「いいのよ。無理しなくても」

田宮は以前ほど、福井美津子を強烈に懐かしむことが少なくなった。薄情なのか、身勝手なのかわからないが、それだけ治子を好きになっているのだと思うしかない。

田宮は美津子の面影をふっきるように、オールを力まかせに漕《こ》いだ。

「お母さんの意見は聞いたの」

「ええ。母も〝お山〟は厭《いや》だって言ってたわ。兄はどっちつかずだけど、強いて言えばあなたと同じで、ことを荒だてたくないってところね。父とわたしの板挟みになってるあなたには、ほんとうに申し訳ないと思うけど、わたしの意思を通させて。父にはわたしから話すわ」

「まいったなあ」

「そんなに気に病むことないわよ。わたしにまかせて。父に勘当されても、母が味方してくれるから安心だわ。母はあり余るほど父から仕送りを受けているらしいから、いくらでもヘルプしてくれるわよ」

「そんな、冗談じゃないぜ。僕にも立場ってものがあるからねぇ」

わずか三十分なのに、オールで手にマメができた。

その夜、田宮は治子のマンションに泊まった。スーツまでは置いてなかったが、ワイシャツ、ネクタイ、下着類などは心配なかった。

3

月曜日が休日だったので、変則的に火曜日に朝礼が行なわれた。例によって杉野良治が一方的にしゃべるだけだ。

「日曜日と秋分の日、主幹は〝お山〟で過ごしました。そのせいか身も心も秋晴れのようにしんと澄みきってます。教祖様は多忙の中を主幹のために長時間、時間を割いてくださったが、十月十日に、社員総会を〝お山〟で行なうことになりました。瀬川君と小泉君、ご苦労だがそういうことで準備を進めるようにお願いする。皆さんも、九日の昼過ぎには〝お山〟に出発できるように仕事の段取りをつけてください。今回の社員総会は、社員研修が主目的ですが、ついでと言ってはなんだが、かねてより婚約中だった田宮大二郎君と、主幹の長女の治子の結婚式と披露パーティを〝お山〟の講堂と食堂で執り行ないます。教祖様も、新しい講堂での祝事を大変よろこんでおられました」

田宮は居たたまれない気持ちになっていた。

その日の夕刻、田宮に杉野から呼び出しがかかった。

「〝まるそう〟の田宮さんに媒酌人を頼んだからな。主幹が電話一本入れたら、快諾してくれたよ」

事柄の性質上、電話で頼めることとは思えないが、田宮は進退きわまって泣きたくなった。朝礼後、直ちに治子の意向を杉野に伝えるべきだった。いくらせっかちな杉野でもこんなに素早く行動するとは思わなかったのだ。

「田宮さんは大二郎と同姓だし、西北大学の同窓生の誼《よしみ》もある。主幹が田宮さんに目をつけたところはさすがだと思わんか」

田宮弘は、大手百貨店〝まるそう〟の社長だ。バンカー出身だが、昭和三十年代の初期に転出、当時経営不振の〝まるそう〟の再建に取り組み、一応はよみがえらせた。バンカー出身とは思えぬ積極経営路線を貫き、二流のデパートを一流デパートに押し上げた中興の祖と見る人もいる。

杉野は得意満面だったが、返事もしない田宮に苛立《いらだ》った。

「不満なのか」

「田宮社長にお願いする前に話していただきたかったと思います」

「しようがねえじゃねえか。ゆきがかりでそうなっちゃったんだから」

「治子さんがどうしても〝お山〟での結婚式をOKしてくれないんです」

「まだそんなこと言ってるのか。おまえ、それでも男か。金玉ぶら下げてるんだろうや！　おまえが甘いから治子がのぼせるんだ。OKもくそもあるか。なにがなんでも引っ張って来い。ほっぺたのひとつもひっぱたいてやったらいいんだ」

「……………」

「田宮社長が媒酌人を引き受けてくれたことを話したら、治子も四の五の言えんよ。田宮さんほどの人が〝お山〟に来てくれるんだぞ。主幹の顔を立ててくれたんだ。おまえたちが主幹の顔を潰《つぶ》したら、今度こそゆるさんからな」

噛《か》みつきそうな杉野の形相に、田宮は総毛立った。

4

九月二十四日の夜六時半に田宮大二郎は杉野治子を帝京ホテルのラウンジに呼び出した。

治子は薄藤色のスーツ姿で、プリーツスカートは短めだ。襟と四つある大きめなポケットのボタンは黒。ミルクティーをオーダーしたあとで、田宮が言った。

「けさ主幹から十月十日の体育の日に〝お山〟で結婚式を挙げるように言われたよ」

「それは父の希望というか期待でしょ」

「そんな生やさしいものじゃない。主幹命令と考えなければねぇ。ちょっと断れないよ」

治子はきっと眉《まゆ》をつり上げた。

「この問題であなたと話したのは、きのうよ。わたしの気持ちがわかっていて、反対しないなんてなにを考えてるの」

「先を越されちゃったんだよ。〝まるそう〟デパートの田宮社長がわれわれの仲人を快諾してくれたんだって。田宮社長は、僕と同姓だし、大学の先輩でもある。主幹は思いつくなり田宮社長に電話をかけてOKを取ってしまったわけだ。しかも、きのう〝お山〟で教祖様にも話してしまったらしいから、ここまで先手先手と打たれてしまうと、どうにも巻き返せないよ」

田宮はつい伏し眼がちになる。治子のきつい眼にはじき返されてしまうのだ。

「そんな父の身勝手をゆるすわけにはいかないわ。だいたい十月十日の日取りにしたって、わたしたちに断りなしに父が一方的に決められることではないでしょ。あなたに話してなかったけど、来月の十日前後に一週間ほど研修でニューヨークの本社へ出張しないか、っていう話も出てるの。それは断れないことはないんだけど、こうなったら意地でも受けることにするわ」

「どうしてそんなにむきになるのかなあ。きみにごねられると、僕の立場がなくなるんだ。それに田宮社長に失礼になってもいけないし……」

「わたしはごねてなんかいません。ごくごく常識的なことを言ってるに過ぎないわ。父が非常識すぎるのよ」

治子は声高に言い募ったが、周りの視線に気づき、上体を寄せて声量を落とした。

「あなたもどうかしているわ。父の言いなりになる必要なんてないでしょ。今夜、父に会ってはっきり断るわ。七時半ごろならホテルに帰ってるんでしょ」

「うん。宴席は六時から七時までの一時間と決めてる人だからね。だけど、きみがホテルへ乗り込んで、主幹とやりあうなんてよくないよ」

「だってあなたが断れないんですから、わたしが話すしかないじゃないの」

田宮はなにか言い返そうとしたが、ウエイターがミルクティーを運んで来たので、言葉を呑《の》み込んだ。二人とも気まずい思いでミルクティーをすすった。治子をホテルの専用室に行かせる手はない。なんとしても、〝お山〟の挙式を認めさせなければ、と田宮は思った。

「頼むよ。今度ばかりは僕の顔を立ててくれないか。主幹に、きみを説得すると約束してしまったんだ。きみの気持ちはよくわかるけど、ここは抑えて、平和にいこうよ」

治子がティーカップをテーブルの受け皿に戻した。

「ここで父の言いなりになったら、ずかずか踏み込まれて、〝お籠もり〟だの〝お山〟だのって、どんどんエスカレートしてくるに決まってるわ。ここは踏ん張りどころよ。せめて結婚式ぐらいわたしたちの流儀でやりたいじゃないですか」

治子が時計を見ながら腰を浮かせた。田宮は治子の手をつかんだ。

「ちょっと待てよ。田宮社長の立場はどうなるんだ」

「父が断れば済むことでしょう」

治子は考える顔になって、ティーカップを口へ運んだ。

「あなたが田宮さんというかたに直接会って、事情を話してお断りするのがいいと思うけど。田宮さんと面識はないの」

「名刺を交わしてるし、田宮社長の自宅にお邪魔したこともあるけど、そんな主幹の顔にドロを塗るようなことはできないよ」

「〝お山〟での挙式は、絶対にあり得ないんだから、どっちみち父の体面が保てることはないのよ。田宮さんにあなたが会って、父の非礼をお詫《わ》びするのがいちばんまっとうなんじゃないかしら。一度ぐらい父の鼻をあかすことがあってもいいと思うわ。あの傲慢《ごうまん》な鼻をへし折ってやりましょうよ。あなたが厭なら、わたしが田宮さんに会いに行くわ」

「…………」

「今晩わたしが父に会い、あなたが田宮さんに会えば、問題はいっぺんに解決するわ。そうしましょ」

「それはリスキーだよ。僕のクビが飛ぶだろうな」

「そうねぇ。当たって砕けるのも悪くないわ。わたしはあなたが父の会社を辞めてくれればどんなに気持ちが楽になるかわからない。〝お籠もり〟から解放されるだけでも、ありがたいと思うわ」

5

田宮が治子にハッパをかけられて、代沢の田宮弘邸へやって来たのは八時を過ぎたころだ。半分やけくそで、どうにでもなれ、とひらき直っていた。

〝まるそう〟は、映画〝福田倫一〟で一億円の資金援助に応じてくれた。もちろんワンマン社長のツルの一声で決まったのだが、田宮大二郎は、杉野良治から礼状を田宮弘邸に届けさせられたのだ。毛筆だが、お世辞にも達筆とは言えない。無理に褒めて、個性的な字、と言ったところだ。

その夜、田宮弘はまだ帰宅していなかった。

大二郎は、夜回りの記者みたいに、田宮弘邸の周囲をうろうろしていた。一般紙の記者なら社旗を立てたハイヤーの中で待っているのだろうが、産業経済社の記者は夜討ち朝駆けもタクシーどころか電車である。

仙台や新潟など、開設されて間もない支局の若造支局長が大きな顔して運転手付の専用車を乗り回しているが、取材記者、編集者は企業から直接カネを取ってくるわけではないためか、冷遇されがちだ。この点、杉野はなんにもわかっていない。

田宮社長が専用車で帰宅したのは九時二十分だから、田宮大二郎は一時間以上も待たされたことになる。

田宮社長が門に入る寸前、大二郎は急ぎ足で近づき、声をかけた。

「田宮社長でいらっしゃいますか」

「…………」

「わたくし、産業経済社出版局の田宮大二郎と申します。きょう杉野良治から大変なお願いを致しましたが、そのことでお詫びに参上しました」

田宮弘は、なんのことだか咄嗟《とっさ》には呑み込めなかったようだ。

薄暗がりの中で、田宮大二郎の顔も判然としなかったに違いないが、杉野良治の名前を聞いて、やっと事情が理解できたとみえる。

「頼まれ仲人の件だな。杉野さんの娘と結婚するっていうのはきみか」

「はい。田宮大二郎と申します」

田宮はもう一度フルネームを名乗った。

「以前、会ってるかな」

「はい」

「とにかく、ちょっと上がらんか」

「恐縮でございます。五分で退散しますので」

夫人に応接間へ通されて、田宮弘と大二郎はソファで向かい合った。

田宮弘は微醺《びくん》を帯びて顔も赤い。もう喜寿を過ぎたはずだが、現役のせいかかなり若く見える。

「きみはわしと同窓と聞いたが、やはり法科なのか」

「経済です」

「秀才なんだな」

「とんでもありません」

「杉野さんの口車に乗せられたが、仲人はもっと若くて元気のいいのがおると思うがねぇ。しかし、ま、同姓同窓の誼《よしみ》ということもあるから受けさせてもらうよ」

「実は、そのことでお詫びに参上しました」

「お詫び？　詫びる必要なんかないだろうや」

「治子は、フィアンセは杉野治子と申しますが、彼女は〝お山〟で結婚式を挙げることになんとしても同意してくれません。ロサンゼルス郊外の教会で二人だけで、ひっそりと式を挙げることを望んでます」

「ふうーん。わしの出番はないってことだな。杉野さんはなんとかいう宗教に凝ってるようだが」

「〝聖真霊の教〟と申しますが、治子は信仰に反対してます」

「ここだけの話だが、わしも杉野さんがなんであんなに宗教に熱をあげるのかよくわからん。そう言えば〝お山〟とかなんとか言ってたが、そんなところへ行くのはわしも気が進まなかったんだ。きみたちの思いどおりにやったらいいよ」

「ありがとうございます」

田宮大二郎は、緑茶を一杯馳走《ちそう》になって、田宮弘邸を辞した。帰りしなに、田宮大二郎は田宮社長に肩を叩《たた》かれた。

「事情が変わって、またわしの出番があるようなら、いつでも声をかけてくれていいよ」

田宮大二郎は胸が熱くなった。歩きながらあの人は一万人の〝まるそう〟社員の気持ちをつかんでいるに相違ない、と田宮は思った。

田宮が広尾のマンションに帰宅したのは十時を過ぎていたが、予想したとおり治子は待っていた。

「主幹、どうだった。怒ったろう」

「勝手にしろって怒鳴られたわ。つまり勘当ってことでしょ。仕方がないわね。それより田宮社長はどうだったの」

「話のわかる人で、きみたちの意志を通しなさいって激励してくれたけど、あした主幹の顔を見るのが恐ろしいよ」

「わたし九時前にここに来たんだけど、父から二度も電話がかかったわ。留守番電話にして出なかったけど」

「八時には寝る人なのにねぇ。相当興奮してるんだな。いよいよあしたが思いやられるよ」

田宮は背広を脱いでメッセージのボタンを押した。一回目は「主幹だが十時までに帰ったら、ホテルへ電話をかけてくれ」。二回目は「主幹だが、あした七時にホテルへ来てくれ」。いずれも怒りを込めただみ声だ。

「あしたの朝、ホテルへ行く必要なんてないと思うけどなあ」

「そんなわけにいくか。久しぶりの六時起きだな。七時起床がやっと慣れたのに」

「一緒について行こうかなあ。あなた一人だと頼りなくて」

「冗談よせよ」

「お腹すいてないの」

「そうか。お互いなにも食べてなかったんだ」

二人でシャワーを浴びたあとで、ビールを飲み、インスタントのきつねうどんを食べた。

「僕が田宮社長に会ったことは主幹に話したの」

「話してないわ」

「伏せといたほうがいいかなあ」

「なに言ってるの。それがいちばん大事な点じゃないの。田宮社長も理解してくれたことを強調すべきでしょ」

「うん」

ベッドの中で、そんなやりとりをして田宮がスタンドを消すと、治子が躰《からだ》を密着させてきた。

そんな気分になれるとは思えない。しかも昨夜、交歓したばかりだ。

しかし、躰は治子を受け入れた。

事後、治子はあっという間に寝入ったが、田宮はなかなか寝つかれなかった。

6

翌朝、六時に目覚ましが鳴った。

治子も一緒に起きて、コーヒーを淹《い》れてくれた。

「頑張るのよ。理はわれわれにあるんですからね」

治子に送り出されたのは六時三十五分過ぎだ。すぐタクシーがつかまり、十分足らずでホテル・オーヤマに着いた。遅刻しようものなら大変だが、早いぶんには文句は言われない。

田宮はふるえる手で、杉野良治専用室のドアをノックした。応答はなかったが、ドアはあいていた。

「おはようございます」

杉野はソファで新聞を読んでいた。返事もしなければ、顔をあげようともしない。田宮は、脚がすくんだが杉野の前に立って、もう一度挨拶《あいさつ》した。

「おはようございます。昨夜は帰宅が遅くなり、電話をかけられずすみませんでした」

「治子とは会ったのか」

「はい」

「それで、どうするつもりなんだ」

「申し訳ありません。〝お山〟で結婚式を挙げることは、ご勘弁願います」

「なんだと！　てめえ、ふざけるんじゃねえぞ！」

阿修羅《あしゅら》の形相で浴びせかけられ、田宮は胴ぶるいが止まらなかった。

「いいか！　なにがなんでも十月十日に治子を〝お山〟に連れてくるんだ。おまえは、あんな小娘に振り回されるほどだらしない男なのか。だいたい主幹と治子とどっちが大事なんだ。主幹ってことは、信仰も含めての話だぞ」

「主幹も大事ですが、治子さんはもっと大事です。申し訳ありませんが治子さんの意志を尊重させていただきます」

「そ、それと、た、田宮社長にどう申し開きするんだ」

杉野は逆上して、口ごもった。

「昨夜、田宮社長にお目にかかり、事情を説明して参りました。おわかりいただけたと思います」

「俺にことわりもなく、てめえ勝手な真似をしやがって！」

杉野が起《た》ち上がったので、田宮は思わずあとじさった。

「よくも、そんなことを！　おまえ、俺をこけにして。この野郎！」

杉野はやにわに殴りかかってきた。

田宮は右頬に一発くらってよろけた。充分よけられたが、ぶんなぐって気が済むものならそれでいい——。

田宮は絨毯《じゅうたん》の上に膝を突いて、這《は》いつくばった。

「おゆるしください。それと、十月十日は、治子さんは研修でアメリカに出張しなければならないそうです。もともと無理だったんです」

腰を二、三度蹴《け》られたが、田宮は必死に堪《こら》えた。

「おまえは俺の気持ちがひとつもわかっとらん。莫迦者《ばかもの》が、死んじまえ！」

杉野はわめいたあとで泣き出した。ひとしきり号泣して、しゃくりあげながら杉野が言った。

「おまえの顔など見たくもない。さっさと出て行け！」

「失礼します」

田宮は一礼して杉野の前から立ち去った。これほどの恥辱を受けながら、不思議に憎しみが湧《わ》いてこなかった。逆に杉野が憐《あわ》れでならない。

ゴルフの帰りに横浜新道で降ろされたときは憎悪したのに。

7

九月二十五日水曜日の朝七時二十五分に、田宮大二郎はホテル・オーヤマからタクシーで平河町の産業経済社に向かった。会社に着いたのは七時三十五分だが、すでに瀬川副社長が出社していた。

田宮は自席から、広尾のマンションに電話をかけた。なにはともあれ治子に結果を知らせなければならない。

「もしもし、田宮ですが……」

「はい。治子です。いまどこなの」

「会社です。ホテルから這々《ほうほう》の体《てい》で退散してきたところなんだけど、とにかくきみの振り付けどおりにやってきたからね」

「父はクビにするってわめいたんでしょ」

「そうは言わなかったけど、一発ぶんなぐられたよ」

「暴力をふるったの。ひどいわ！」

「たいしたことはないよ。このあと主幹がどう出るかわからんが、十月十日の〝お山〟の結婚式がなくなったことだけは間違いないと思う。きみは社員研修でアメリカへ出張したらいいよ。研修が終わったあとでロスで逢《あ》って教会へ行ってもいいし」

「うれしいなあ。さっそくスケジュールを考えるわ。十月十日にあなたが〝お山〟に行かなくていいんなら、往きのフライト一緒でもいいんじゃないかしら」

「そうはいかないよ。まだクビはつながってるんだから。社員総会をすっぽかしたら、もうおしまいだけどね。しかし、きみが考え直してくれてもいいんだぜ。最愛の娘に裏切られた主幹がなんだか可哀相でならないよ」

「裏切るとか裏切らないとかの問題じゃないでしょ。でも、あなたの声が明るいんで、安心したわ」

「カラ元気だかヤセ我慢だか知らないけど、なんだか妙にふっきれちゃったみたいなんだ。じゃあ」

瀬川がこっちへ近づいて来たので、田宮は電話を切った。

副社長席から田宮のデスクまで十メートルとは離れていない。出版、総務、経理、営業などのセクションがワンフロアに詰まっているが、八時前なので静まり返っていた。小声で話したつもりだが、瀬川のことだから聞き耳を立てていないはずがない。聞かれて困ることでもなかった。むしろ、瀬川には報告すべきだと、田宮は考えた。

瀬川は田宮の隣に座り込んだ。

「〝お山〟の結婚式がどうとか、まだクビになったわけじゃないとか聞こえたけど、おだやかじゃないねぇ。電話の相手は誰なの」

「治子さんです。副社長に相談しようと思ってました」

田宮は昨夜からけさにかけての行動をかいつまんで話した。

杉野が暴力沙汰《ざた》に及んだことは省いたが。

「治子さんの気が知れないよなあ。ちょっと親父に義理だてするぐらいなんでもないのに。俺の爪の垢《あか》でも煎《せん》じて飲んでもらいたいよ。俺なんか毎週のように〝お籠もり〟につきあってるんだぜ。誰が好き好んで〝お山〟なんかに行くかってんだ。主幹を思えばこそで、親孝行みたいなもんだよ」

つい口がすべって本音が出てしまったようだ。瀬川もはんちくなえせ信徒だったとは意外である。

「副社長は〝聖真霊の教〟の敬虔《けいけん》な信徒だとばかり思ってたんですけど」

田宮に皮肉っぽく言われて、瀬川はうろたえた。

「お、俺は誠心誠意信仰してるつもりだ。もちろん、いまのは冗談だよ。そんなことより善後策を考えなくちゃあ」

「まだ結婚式の案内状を出したわけじゃないですから、問題ないですよ。十月十日は社員総会だけということでお願いします。だいたい社員総会と結婚式を一緒くたにするほうがおかしいんです。わずか二週間かそこらじゃ案内状だって間に合いませんよ。クビがつながってる限り社員総会には出席しますが、そのあと十日ほど休ませてもらいます。治子さんの希望をかなえてあげようと思ってますんで」

「主幹をどうやってとりなすかねぇ。古村さんと二人がかりでやってみるけど」

「副社長がバックアップしてくだされば大丈夫ですよ」

瀬川は追従に弱い。古村綾のほうがずっと頼りになるが、信仰問題が絡んでいるとなると、綾も当てにはできない。

「ひとつ知恵をつけてやろう。十月十日の社員総会に、必ず吉田を出席させるようにしろ。主幹は吉田のことを相当気にしてるから、吉田を〝お山〟に引っ張り出せれば、田宮も罪一等を減じられるよ」

なるほど、と田宮は思った。瀬川も莫迦《ばか》ではない。吉田修平を〝お山〟に連れ出すのは治子よりも難しいように思えるが、泣き落とせないとも限らない。

「秋の社員総会は来年入社予定の五十三人も呼ぶことになってるが、何人来るかねぇ」

「五十三人も採用したんですか」

「いまどきの学生は二股《ふたまた》も三股もかけてるから全部入社するわけがないよ。〝お山〟に何人来るかなあ。三十人来れば御《おん》の字だろうや」

〝お山〟に三十人来たとしても、来年四月一日の時点で何人残るか見ものである。〝聖真霊の教〟でしらけている社員が多いのだ。

もっとも、最近の若者はなにを考えているのか、けっこう宗教に関心を持っているという説もある。

案外捨てたものでもないかもしれない。

「そうだ、いいことを思いついた」

瀬川が調子っ外れな声を出した。

「『ファイナンシャル・ジャパン』の部数が伸びなくて赤字で大変なんだ。結婚式と新婚旅行でどうせアメリカへ行くんだから、ついでに拡販してきてくれよ。結婚のご祝儀だとかなんとか言って日本企業の現地法人に大二郎が頼んで回れば、けっこう稼げるぞ。これも主幹をよろこばせる一手だよ。治子さんのことでミソをつけたんだから、名誉挽回《ばんかい》にこのぐらいはやらにゃあな」

転んでもただでは起きない瀬川が考えそうなことだ。スギリョー仕込みの〝取り屋〟だけのことはある。

『ファイナンシャル・ジャパン』は、産業経済社が発行している月刊の英字経済情報誌である。

十五万部突破記念と称して大パーティを催したこともあるが、発行部数は五万部に遠く及ばない。

「『ファイナンシャル・ジャパン』そんなに悪いんですか」

「悪いなんてもんじゃない。俺が主幹ならとっくに廃刊してるよ。主幹は意地とメンツで頑張ってるんだろうが、累積赤字が数億円はあるだろう」

「それほどとは思いませんでした」

「こうなったらなりふりかまっていられないから、企業に応援を求めてるところだ。〝『ファイナンシャル・ジャパン』を支援する会〟に入会してもらって、年間三百万から五百万円、向こう三年間資金援助してもらいたいって主旨の奉加帳を回してるが、何社応じてくれるかなあ」

田宮は首をひねった。そんな尻《しり》ぬぐいを企業に求めるのは筋違いも甚だしい。なにかって言えば企業にたかろうとする。産業経済社の悪しき体質だ。

しかし、口には出せなかった。

「その〝支援する会〟に入会してくれた企業はあるんですか」

「うん。天山製紙はOKしてくれた。あそこはなにをたのんでもすべてOKだ。ひところ第一物産がそうだったが、八田さんが相談役に退いてから渋くなったな。昔の第一物産は広報室長も協力的だったからなあ」

〝『ファイナンシャル・ジャパン』を支援する会〟がつくられたとは知らなかった。さぞや企業は閉口しているに違いない——。

8

この夜、田宮は吉田修平を広尾のマンションに呼んだ。締め切り原稿を抱えて、時間の約束ができないと言われたので、家で待つことにしたのだ。

吉田は九時過ぎにやって来た。

「めしは食ったの」

「ええ。会社でチャーハンを食べました」

「俺はまだなんだ。少しつきあってくれよ」

「待っててくれたんですか。田宮さんって、やさしいんですねぇ」

「いや、そうじゃないよ。一人で食べるよりも二人のほうが旨《うま》いからな」

田宮は冷蔵庫から、大量に刻んでおいたキャベツとトマトを取り出した。缶詰の鮭を混ぜ込み、マヨネーズとドレッシングをかければ立派な野菜サラダだ。それに煮魚も用意した。もう一品冷ややっこがある。

グラスをぶつけて、ビールをぐっと呷《あお》ってから、田宮が言った。

「吉田に頼みがあるんだ。一生のお願いっていうやつだ」

「たしか組合問題のときも、そんなことを言いませんでしたか」

「言ったかもしれない。一生のお願いをそう何度もされたんじゃ吉田もたまらんだろうが、今度のも深刻だ。実は十月十日に〝お山〟で結婚式を挙げるっていう話は白紙に戻した……」

吉田は、田宮の話を手酌でビールを飲みながら聞いていた。喉《のど》が渇くのか、吉田のピッチは速い。

殴る蹴るの暴行を働かれた場面も、田宮は割愛しなかった。

「今度ばかりは主幹に徹底抗戦した。治子の気持ちを大切にしたかったからだ。それと吉田の〝お籠もり〟とをチャラにしようなんて虫がよすぎるかもしれない。筋違いは百も承知だが、十月十日の秋季社員総会に吉田が参加しないと、俺もきみのクビも危ないことはたしかだ。吉田に了承してもらうためなら、俺は土下座でもなんでもする。吉田頼むよ。ほんとに一生のお願いだ」

田宮に頭を下げられて、吉田は切なそうに顔をゆがめ、大きな吐息を洩《も》らした。

「逆に言えば、きみに会社を辞めてもらいたくないんだ。俺も、もう少し頑張りたいと思っている。治子は勘当されてもいいとまで言ってるが、将来そういうことも考えられないことはないにしても、俺がスギリョーの娘婿であることのメリットは必ずあるんじゃないかと思ってるんだ。つまり社員にとって、俺が存在することの意味はあるとうぬぼれてるわけだ」

「誰もうぬぼれとは思いませんよ。田宮さんは、わが社の希望の星だと皆思ってますけど、スギリョーが生きてるうちは、それもあんまり期待できないんじゃないかって、最近悲観的になってるんです。はっきり言って社内、とくに『帝都経済』の編集部には厭戦《えんせん》ムードが漂ってます」

吉田は、サラダを受け皿に取りながらつづけた。

「僕がノーと言ったら、ほんとに二人ともクビですかねぇ」

「主幹から、吉田をなんとかしろと言われている。なんとかしろという意味は、〝お籠もり〟させろっていうことだ」

「それで僕がクビになっても、田宮さんまでクビにするってことはないでしょう」

「どうかな。吉田が会社にいるから、俺も頑張ろうっていう気持ちになれるんだ。恥を晒《さら》しながら、なんとか踏みとどまっていられるのは吉田がいるからだよ。吉田が会社を辞めるんなら俺も辞めるよ」

田宮のしんみりした口調に、吉田は照れ臭いのか、仏頂面を横に向けた。

「殺し文句ですね」

「いや本音だよ。吉田こそ、わが社の希望の星なんだ」

「そんな歯の浮くようなお世辞を言わなくてもいいですよ」

「社員総会、出てくれるか」

「いま返事をしなければいけませんか」

「そう願いたい」

吉田は十秒ほど天井を見上げていた。

「やっぱり、ひと晩考えさせてください。会社を辞めるかどうか、これは僕にとって人生の分岐点でもあるんですから」

「わかった。あしたでいいよ。ただ、もう一度言わせてもらうが、吉田の返事がノーなら俺は辞表を出す」

「きたないですよ。そんなプレッシャーをかけるなんて」

「悪かった。それは忘れてくれていい。たしかに俺の個人的な問題だな」

「社員総会に僕を引っ張り出そうっていう話、田宮さん一人の知恵ですか」

「どうして」

「さっき会社で瀬川副社長と顔を合わせたんですけど、田宮と話したかって聞かれたんです」

「うん。瀬川さんが吉田を辞めさせたくないと思ってることはたしかだよ」

「あの人は好きになれません。スギリョーの顔色しか見てない人でしょう。社員のことなんてまったく考えてない人ですからねぇ」

「…………」

「瀬川副社長の名前が出たのは減点ですよ。僕は意地になるかもしれません」

「そんなこと言うな。吉田、頼むよ。俺を助けると思って」

「あしたの朝八時にここに電話します」

吉田は乱暴にグラスを乾《ほ》した。

9

翌朝八時五分前に、吉田は電話をかけてきた。

田宮はドキドキしながら、受話器を握りしめた。

「まことに不本意ですけど、社員総会出席します。田宮さんの威嚇《いかく》に屈しました」

「ありがとう。助かった。でも威嚇なんかじゃないよ」

「余計なことですけど、こう見えても僕はクリスチャンなんです。プロテスタントですけど大学二年のときに受洗して、日曜日は教会に行くようにしてます。だから、断腸の思いっていうか、相当抵抗はあるんですけど、とりあえず社員総会に限って眼を瞑《つぶ》ります」

田宮は生唾《なまつば》を呑《の》み込んだ。言葉が出なかった。

「人は見かけによらないと思うでしょう。ほかの人には黙っててください」

電話が切れたあと、田宮は放心したようにぼんやりベッドに座っていた。

吉田がクリスチャンとは……。〝お籠もり〟拒否で頑張るわけだ。

田宮は吉田にすまないと思う気持ちが胸にひろがった。

やり場のない重い気分で、田宮は瀬川に電話をかけた。

「吉田君、社員総会に出席するそうです」

「へえ。ほんとかねぇ」

「なんでわたしが嘘を言わなければならないんですか。吉田の気持ちを考えると、辛《つら》くなります」

「あいつも自分が可愛いんだよ。『帝都経済』の記者で大きな顔してられるんだから」

「じゃあ」

田宮がカーッと頭を熱くして電話を切ろうとするのを瀬川が押しとどめた。

「ちょっと待てよ。きのう主幹に会ったけど田宮のことなんにも言ってなかったぞ。ま、吉田のことは俺から話しておくよ」

瀬川は自分の手柄にしかねない——。そんな心配が頭の隅をかすめた。田宮はわれながらおぞましくなって、やりきれなかった。

第十一章　濡れ手で粟

1

「もしもし古村です。田宮さん……」

「はい。田宮です」

田宮は緊張した。

いま、九月二十七日金曜日の午後五時を回ったところだ。この日、台風十九号が西日本一帯に猛威をふるい、多数の死傷者を含めて大災害をもたらしたが、さいわい東京地方には大きな影響はなかった。

二階級降格されて、出版局に異動してからフロアが違うため、田宮が古村綾と会ったり話したりすることはめったにない。社内電話も初めてだ。

「今晩あいてないんでしょうねぇ」

「………」

「久しぶりに食事でもと思ったんだけど」

「先約が入ってますが、キャンセルできないこともありませんけど」

「治子さんのお守《も》りはいいの」

厭《いや》みたっぷりに図星を差されて、田宮は不快感を声に出した。

「ご心配なく。彼女とはしょっちゅう会ってますから」

「そう。じゃ、六時に〝みよしの〟で待ってるわ。部屋が取れなかったら、また電話する」

綾から食事を誘われたのは、何日ぶりだろう。少なくともポストが替わってから初めてだ。なにか話があるに決まってる。

田宮は杉野治子に電話をかけた。

「ごめん。急用ができちゃった。だから一緒に食事するのは無理だね」

「少しぐらい遅くなってもいいわよ」

「それがめしを食わなければならないんだ。九時ごろには帰れると思うけど」

「わかったわ。じゃあね」

田宮は気が差した。古村綾の名前を出したら、治子はこんなにあっさり引き下がらなかったろう。

2

〝みよしの〟は赤坂の割烹《かっぽう》で、ビルの地下一階にある。料理も旨《うま》いが、料金もけっこう高い。産業経済社で、こんな高級店を使えるのは、綾だけだ。副社長の瀬川は早朝出勤を励行しているせいか、夜はまっしぐらに家に帰る。

杉野良治の秘書をしていた二年ほどの間に、田宮は綾と二人だけで食事をしたことが何度かある。〝みよしの〟は今夜で二度目だ。

田宮が〝みよしの〟に着いたのは六時五分前だが、綾は先に来て夕刊を読んでいた。薄化粧だし、紺の地味なスーツながら妙に色気がある。

「お待たせしましたか。遅刻はしてないつもりですけど」

「わたしもいま来たところよ」

綾はにこやかに田宮を迎えた。

「こっちが上座みたいですねぇ。古村さん、替わってくださいよ」

「いいから、そこに座りなさい」

命令口調である。

「じゃあお言葉に甘えて」

田宮は床柱を背に腰をおろした。

「お料理は頼んだけど、とりあえずビールがいいわね」

「ええ」

中瓶のビールが二本運ばれてきた。

一杯目のビールを乾《ほ》したあとで、田宮が訊《き》いた。

「主幹は宴席ですか」

綾は小さくうなずいただけで、その中味は話さず、ビール瓶を持ち上げた。

「どうも」

田宮は酌を受け、グラスを置いて、お返しをした。

「あなた、主幹と大変だったんですって」

「地獄耳ですねぇ。副社長には話しましたから」

綾が薄く笑いながら言った。

「ぶたれたり蹴《け》られたりしたそうじゃない。よく我慢したわねぇ。見かけによらず辛抱強いんだ」

田宮はかすかに首をかしげた。瀬川誠にそこまでは話していない。

治子から伝わることはあり得ないから、杉野良治から寝物語に聞いたに相違なかった。

「主幹はあなたを褒めてたわよ」

綾は意外にもあっさりソースを明かした。

「そんなはずはないでしょう。おとといの話ですよ。いくらなんでも主幹の気持ちは、まだ鎮静してないでしょう」

「あなた、わかってないなあ。あの人は、気持ちの切り替えは早いほうよ」

綾がグラスを呷《あお》ったので、田宮は急いでビール瓶をつかんだ。

綾はいける口だが、ビール二、三杯で色白な頬がほのかに染まっている。

「治子さんは、あなたのような人と結婚できて、ほんとうに幸せねぇ。なんだかんだ言っても、主幹は治子さんが可愛くてしようがないのよ。大二郎なら治子を幸せにできるだろうなんて、親バカだかなんだか、そんなことまで言ってたわよ」

「それ、いつの話ですか」

「けさよ」

「信じられませんねぇ。バーター取引じゃないけど、吉田修平を〝お山〟に行かせるように説得しましたが、僕と治子が主幹の顔を潰《つぶ》したことはたしかですからねぇ」

「治子ときたわね。まあいいか。もう事実上の夫婦なんでしょう」

「そんなひやかさないでくださいよ。治子さんと言い直します」

「いいのよ。無理しなくて」

綾は拗《す》ねたような口調になった。焼き餅を焼かれる覚えはない。

「そんなことより、吉田修平を〝うん〟と言わせたのは、やっぱりあなたなんだ」

「それこそ必死に口説きましたよ」

「ところが瀬川さんときたら手柄を独り占めにしちゃうんだから、困った人よねぇ」

やっぱり、と田宮は思ったが、瀬川を庇《かば》った。

「副社長のサジェッションで吉田に因果を含めたんですから、そう言われても仕方がない面はあるんですよ」

「あなたはやさしいのねぇ。でも瀬川さんはちょっと問題だわ。主幹の草履取りしてればいいってもんじゃないわよねぇ。あの男は意地がなさすぎるわ」

瀬川と綾の仲が微妙なのだろうか――。そんなはずはない。瀬川なんぞ綾にかかったら小僧っ子扱いである。田宮などは洟《はな》たれ小僧だ。

「主幹に対してものが言えないという点は不満ですけど、なんといっても稼いでる人ですから、あんまり悪口も言えませんよ。僕は出版局の事業部で営業やらされて、実感できたんですが、副社長の営業力は凄《すご》いと思います。ちょっと、やりすぎなんじゃないかとは思いますけど」

仲居が料理を運んで来たついでに田宮は背広を脱いだ。

綾はいつの間にかブラウス姿になっている。

年配の仲居は気を利かせて、綾のジャケットもたたんで片づけた。

3

ビールを二本あけたあとは冷酒になった。花瓶状のグラスの中央部分がくりぬいてあり、そこにかき氷が詰めてある凝ったつくりの器に、酒が二合《こなから》ほど入っている。いま風の二合半だろうか。猪口《ちょこ》もカットグラスだ。大ぶりでぐいのみに近い。

眼のふちから頬にかけて桜色に染まったときの綾は、妙に男心をそそる。スギリョーの女でなければ――と思ったこともないとは言わない。治子とわりない仲になる前の話だが。

田宮はそんなことを考えながら酌を続けた。仲居は席を外しているので手酌も含めて、気を遣うのはもっぱら田宮のほうだ。

「斉藤君、どうですか」

「まだヒヨッ子だから。あなたのようにはいかなくて、主幹もいらいらしてるわ。わたしもきりきり舞いさせられてるけど、性格のいい子だから、秘書としてなんとかなるでしょ」

「主幹の秘書は並の神経と体力じゃ務まりませんよ」

綾は田宮に流し眼をくれながら、含み笑いを洩《も》らした。

「あなたは怖いもの知らずねぇ。主幹批判ができるから立派よ。治子さんを人質に取ってるから、強いわけよねぇ」

「皮肉ですか。ほんとうに会社を辞める気だったんですよ」

「ほんとにそうなのかなあ。朝礼と暴力と二度も恥辱に耐えたのは、きみに野心があるからなんじゃないの。ゆくゆくは産業経済社を取り仕切りたいと思ってるんでしょ」

野心がないとは言わないが、口に出せることではない。

「そんな大それた野心はありませんよ。世間から〝取り屋〟なんて言われないような体質にしたいとは思ってますけど」

「生意気言うんじゃないの」

綾のきつい眼からのがれるように、田宮の視線がさまよった。

ひとこと多かった。スギリョーと綾は一体なのだ。

綾の声がやさしくなった。

「あなたはまだお尻《しり》が青いのねぇ。きれいごとじゃ、やっていけないのよ」

「そうかもしれません。でも、いまのままでいいのかどうか。〝お籠《こ》もり〟のことにしても、ちょっとどうかなと思いますし……」

〝お籠もり〟を拒んでいる綾のご機嫌を取ったつもりだが、綾は表情を動かさなかった。

三分ほど、二人とも料理に気持ちを集中させた。

松茸《まつたけ》のおすましを片づけて、綾が言った。

「あなたに瀬川さんの真似をしろって言っても無理でしょうけど、せめて主幹に盾突くのはよしなさい。結局、血は水より濃いのよ。主幹が娘婿のあなたに賭けようとしていることは、今度のことでよくわかったわ。わたしもあなたを応援するつもりよ。瀬川さんも相当な野心家だけど、最後はあなたが勝つわ。ただし、いま話したように、主幹に従順であることが条件だけど」

田宮は、綾が杉野良治に「泣いて馬謖《ばしょく》を斬る……」と迫ったことなど知る由もなかった。

「今度のことって、結婚式を〝お山〟で挙げないことですか」

「さっきも話したけど、組合問題やら、朝礼の主幹批判やらいろいろよ。主幹は田宮さんをクビにしなかったわけだから」

「僕がどれだけ悩んだか、古村さんにはおわかりいただけないと思います」

田宮は眉間《みけん》にしわを刻んで、不味《まず》そうに冷酒を飲んだ。

「正直に言おうか」

綾に見つめられて、田宮はふたたび眼を逸《そ》らした。

「主幹は瀬川さんに心をゆるしていないと思うな。わたしに言わせれば、あんなの眼じゃないわ。それに、わたしも、あなたのほうがずっと好きよ」

「光栄です。古村さんにそんなふうに言っていただくだけで胸がいっぱいになります」

「茶化すのね」

綾は絡んだ言い方をして、グラスを呷った。

「とんでもない。衷心から申し上げてるつもりですけど」

「ほんと」

「もちろんです」

「そう。それじゃ、握手しよう。あなたとわたしが手を組んで頑張れば産業経済社はなにがあろうと安泰よ」

どういう意味なのか。スギリョーに万一のことがあっても、とも取れる。

手を差し出された以上、拒むわけにはいかない。いくら酒が入っていても、面映ゆいが、田宮はテーブル越しに握手に応じた。綾はぎゅっと握り返してきた。

「もう一本いいでしょう」

「僕はいくらでも平気ですけど、古村さん大丈夫ですか」

「心配しなさんな。もう仕事のことは忘れましょ。あしたは休みだし、主幹はあしたから北陸方面に出張だから、あなたも安心でしょう」

「〝お山〟のことでしたら、月一度のノルマはこなしてますよ」

「治子さんは、ほっといていいの」

「ええ。あした会うことになってます」

田宮は無理をした。

そっと時計を見ると、八時を過ぎている。そろそろ腰をあげたいところだ。

4

手洗いから戻った古村綾が「あと一時間だけつきあって」と言い出して、田宮を驚かせた。綾と二次会の記憶は一度もない。

「この近くにカラオケがあるのよ」

もちろん断れなかった。

「新橋の芸者さんが掛け持ちで経営してるお店なの。某財界人のハゲがついてることは間違いないけど、感じのいいママよ。そういう世界を覗《のぞ》いとくのも悪くないでしょ」

ハゲがスポンサーないし旦那《だんな》を意味することぐらい田宮にもわかるが、綾がカラオケ好きとは知らなかった。

二人は徒歩五分足らずで〝クラブ美須寿〟に着いた。〝美須寿〟もビルの地下一階で、七、八人座れる「へ」の字型のカウンターとゆったりスペースを取ったソファ席が数カ所。

この店も安くないだろうな、と田宮は思った。

綾は馴染《なじ》みと見え、バーテンと親しげに挨拶《あいさつ》を交わした。

名札のついたボトルも置いてある。ヘネシーのXOだ。

九時前で時間が早いせいだろう。ママもいなければ客も三人連れの一組だけで、カラオケはあいていた。ビデオディスクで歌詞に合わせたストーリーっぽい映像も出る。

「田宮さん、何か唄いなさい」

命令調に反発したくもなるが、ここでも田宮はさからわなかった。

「〝川の流れのように〟をお願いします」

演歌ではなくフォークソングに近いところが好きだ。

音響効果のお陰でさしてうまくもない唄でも聴くに堪えるからありがたい。

綾は〝みだれ髪〟と〝乾杯〟を唄った。声量もたっぷり、音質もアルトで艶《つや》がある。

奥の席から中年男が拍手しながら「アンコール」と声をかけてきたのもうなずける。綾が美形だというだけではあるまい。

綾は唄い終わって、奥のほうへ婀娜《あだ》っぽい眼を流した。

「恐れ入ります」

結局、ママはあらわれなかった。

帰りはハイヤーを呼んだ。これも綾ならではの特権である。

ビール、冷酒、ブランデーと知らず知らずの間に、けっこう過ごしたから、田宮は足がふらついた。

ハイヤーに乗り込むまではしゃんとしていた綾も、リアシートに納まるなり、酔いが回ったとみえ、呂律《ろれつ》が怪しくなった。

「運転手さん、広尾から松原へお願いします」

車がスタートした。

「松原を先にしてください」

田宮が遠慮すると、綾は首を振った。

「気を遣わなくていいのよ。ほとんど通り道でしょ。それより、〝伸びゆく会社〟シリーズ苦戦してるんだって」

「ええ」

「スターハウスと青山建設はまだなんでしょう。社長に会ってごらん。いい返事がもらえるかもよ」

綾は両手で田宮の右腕を取って、囁くように言った。

「主幹は、なぜか両社に遠慮してるみたいだけど、そんな必要はないと思うな。スターハウスと青山建設には貸しこそあれ、借りはないと思うわ。この話は、治子さんのほうが詳しいかもよ」

「治子がどうして」

「とにかく聞いてごらんなさい」

「この話ってなんの話ですか」

「いいから治子さんに聞けばいいの」

綾はとろんとした眼で意味ありげに田宮をとらえた。

5

杉野治子が溜《た》め息をつきながら、時計に眼を落としたとき、ドアのロックが外れる音が聞こえた。治子は半袖《はんそで》のインナーウエアに着替えていた。頭にタオルを巻きつけているのは、シャワーを浴びたとき髪を濡《ぬ》らしたくなかったからだろう。

「ただいま」

「遅い遅い。もう、十時半よ」

「ごめん、ごめん」

「それにお酒臭い。お食事の相手は誰だったの」

治子は鼻をつまんで、顔をしかめた。田宮は咄嗟《とっさ》に嘘がつけなかった。

「古村さんだよ」

「へーえ。わたしとの約束をすっぽかして、古村さんと食事をしたわけ」

果たして治子はカリカリした。

「けっこう重要な話があったんだ。あとで話すよ。とにかくシャワーを浴びるから」

田宮は下着とパジャマを抱えてバスルームへ入り、ついでに歯も研《みが》いた。

「ビール、つきあおうか」

「まだ飲むの」

「たいして飲んでないよ」

治子はプリプリしながら、ビールの用意をした。夕食を誰とどこで摂《と》ったかわからないが、アルコールを飲んだ気配はなかった。

「こんな遅くまで古村さんとなにを話してたの」

「もちろん仕事の話だよ。以前話したと思うが、僕がいまやってる仕事は出版企画っていうか営業なんだ。出版局の事業部で〝伸びゆく会社〟シリーズを担当してる。つまり企業PRの一翼を担わせてもらおうってこと。けっこういいカネ取るから、なかなか企業が乗ってこなくて、苦労してるんだよ」

「それが古村さんとなんの関係があるの」

「そうとんがるなよ。青山建設とスターハウスにアプローチしてみたらどうかって、古村さんから言われたんだ。両社の社長、つまり青山社長とも沢松社長とも主幹は親しい仲だけど、考えてみると、まだどっちも〝伸びゆく会社〟シリーズに入ってないんだよねぇ」

古村綾としたたかに飲んだのに、酔いはほとんど醒《さ》めていた。

「なんかきみが詳しく話を知ってるようなことを言ってたぞ」

治子が眉《まゆ》を上げた。そして遠くを見るような眼をして、口をつぐんだ。

「思わせぶりな言い方をしてたけど、話したくないんなら話さなくていいよ。要するに二人のオーナー社長に会えっていう情報を古村さんからもらっただけのことなんだ」

治子は挑むように顎《あご》を突き出した。

「別に隠す必要なんてないわ。古村さんは、わたしと山下のことをあてこすったつもりなんでしょうけど」

田宮も山下明夫がらみの話ではないか、そんな気がしていた。

山下はかつて産業経済社の社員だった。

治子との恋愛が実らず、仙台の私立高校で教員をしていると、田宮は治子自身から聞いている。

「山下君は『帝都経済』の記者時代、建設業界を担当してたから、青山社長とも沢松社長とも面識はあったと思うし、取材能力も筆力もナンバーワンだったからねぇ。なんかどでかいスクープでもしたんだろうか」

治子は意を決したように、ぐっとグラスを呷った。

「違うの。スクープしそこなったのよ。父が悪いんだけど」

「察しはつくな。スクープをカネに変えちゃったんだろう。主幹や瀬川副社長がよく使う手だよ」

「山下が三年前、福岡支社に飛ばされたのはわたしとのこともあったけど、父にとって山下は煙たい存在でもあったんじゃないかしら。わたしが山下から聞いた話は多分事実だと思う……」

治子の長話が始まった。

6

話は四年ほど前にさかのぼる。

東京・荒川に本社を置く光陽製作所の創業社長・岡本英雄は株の仕手筋として知られていた。光陽製作所の資本金は三十九億円、株式は店頭公開されており、インテリア、リビングなど総合家具の卸大手で、年商二百億円、株式の約七〇パーセントは岡本一族で保有する典型的な同族会社だが、光陽製作所は昭和六十一年（一九八六年）に突如、東亜興業の株式を三〇パーセント保有する筆頭株主に躍り出た。

東亜興業（資本金三十五億六千万円）は中堅の建設会社ながら、一部上場企業である。

岡本は、東亜興業の創業者で会長の中安弘に取得した株の引き取りを要求したが、中安に拒否され、グリーンメイルをやりそこねて、怒り心頭に発した。

光陽製作所が保有する東亜興業の株式が悪名高いメトロポリタン社長の池山勇に移動したのは、八八年の初めだ。

池山は裏社会で名うてのグリーンメイラーとして聞こえていた。それを承知で杉野良治は池山とけっこう親しくつきあっていたのだから救いがたい。池山はひところ、ひんぱんに産業経済社に出入りしていた。

「杉野先生」「池山君」と呼び合う仲だった。

池山からグリーンメイルの仲介を依頼された杉野は、さっそく東亜興業社長の熊切正一に面会を求めた。熊切は創業者の中安家とは無縁だが、技術屋社長で実直タイプの男だ。スギリョーに面会を求められて、断らなかった。

「メトロポリタンが筆頭株主でいいんですか。名門の東亜興業の名がすたるでしょう。池山君がわたしに仲介してくれと頼んできたので、犬馬の労を取らせてもらうが、悪いことは言いません。引き取るほうがいいと思いますよ」

京橋の東亜興業本社ビル役員応接室で、杉野はそんなふうに切り出した。

池山ごときヤクザのために「犬馬の労を取る」も変な話だが、熊切は黙って聞いていた。

「東亜興業さんは仕手株化して、株価がおかしな動きになってますね。去年の暮れに三千円を付けたが、いま二千三、四百円ってとこですか。光陽製作所の岡本君のときに引き取ってれば、こんなバカなことにはならなかったんでしょう。ちょっとケチったお陰で、御社もずいぶん損しちゃったね。池山君の買いコストは千五、六百円ってところだろうから、時価というのも何だが、熊切君に引き取るつもりがあるんならよろこんで斡旋《あっせん》してあげますよ」

「そんなつもりは毛頭ありません」

熊切はきっぱりと断った。杉野の眼がつり上がった。

「交渉のテーブルに着く気もないということなのか」

「はい。仕手筋の言いなりになってましたら、それこそ名門企業の名折れです。亡くなった中安の判断は間違っていなかったと思います」

中安は先ごろ鬼籍入りした。

「それは中安君の遺言なのかね」

杉野は無理に笑おうとしたが、顔はこわばったままだ。

「まさかそんなことはありませんよ。失礼ながらお尋ねしますが、杉野先生は言論人として、つまり『帝都経済』の主幹としてお見えになったのですか」

「どういう意味だ」

「杉野先生ほどのかたが、池山さんのような人の使者でお見えになるとはどうにも信じられないのです」

「無礼者！」

杉野はこぶしでドーンとテーブルを叩いた。

「東亜興業のためを思えばこそ、超多忙のわたしがこうして足を運んで来たんだ。池山の使い走りとはなんていう言いぐさか！　ふざけるんじゃない」

「お気に障ったらおゆるしください」

「きみは人の好意を無にするのか」

熊切は杉野より二、三年先輩である。きみなんて言われる覚えはない。

「わたしがここまで言ってるのに、ノーなんだな」

「申し訳ございません」

「きみに侮辱《ぶじょく》されたことは一生忘れんぞ！」

「先生を侮辱したなんて、そんな……」

熊切はちょっとひるんだ。

『帝都経済』で何を書かれるかわかったものではない。メトロポリタンがさらに東亜興業株を買い上げてゆき、株主数が不足して一部上場資格を失うことも、あり得ないとは言えない。

しかし、メトロポリタンごときに舐《な》められてたまるか、と熊切は勇を鼓して言った。

「先生のお叱りは甘んじてお受けしますが、どうかおゆるしください。この話はなかったことにしていただきたいと存じます」

「わかった。もういい。勝手にしろ！　あとで泣きをみることになるぞ」

杉野は、湯呑《ゆの》みをつかんで熊切めがけて投げつけたい衝動を辛うじて制御した。

7

杉野が、『帝都経済』編集長の川本克人を呼んで「東亜興業を叩け」と命じたことは言うまでもない。

これを受けて川本は、山下に東亜興業を取材するよう指示した。

「メトロポリタンがらみで叩くわけにもいかんでしょう」

「当たり前だ」

「それ以外になんかありますかねぇ」

「3Kのゼネコン（総合建設会社）で、叩いて埃《ほこり》が出ないところがあるわけないだろう。なんでもいいから嗅《か》ぎ回ってみろ。主幹命令なんだからしようがないじゃないか」

「主幹は熊切社長となんかぶつかったんですかねぇ。副社長時代に一度会ってますから、とにかく熊切社長に会ってみますか。ゼネコンの社長にしてはインテリ臭くて好感が持てる人です」

杉野が会った四日後に熊切のアポイントメントが取れた。挨拶《あいさつ》もそこそこに熊切のほうから切り出した。

「杉野先生からお叱りを頂戴《ちょうだい》しました。メトロポリタンに株を買い占められたことはわが社始まって以来の痛恨事ですが、いくら杉野先生のお話でも仕手筋の言いなりになって、買い占められた株を高値で引き取るような愚かなことはしたくありません」

なるほどな、と山下は思った。

「そんなことだろうと思ってました。恥を晒《さら》すようですが、わたしは杉野とはまったく対話がないんです。あることで睨《にら》まれまして、編集長から、東亜興業を叩けと言われて、困ってるんですよ」

「ウチは堅実経営を旨とする地味な会社です。光陽製作所のような仕手筋にどうして狙われたのか、さっぱりわけがわかりません。しかもその株がこともあろうにメトロポリタンの池山に渡るなんて、ほんとうに参りました。手の込んだ悪質な厭《いや》がらせとしか思えません」

熊切は深い吐息をついてから上体を寄せて声をひそめた。

「おとといの夜、自宅に変な電話がかかってきたんです。相手はスターハウス社長の沢松治雄氏です。メトロポリタンが保有している当社の株についてスターハウスとしても重大な関心を持っている、という趣旨の話でした。これはわたしの勘というか、推理ですけど、池山の背後に沢松氏がいるんじゃないかっていう気がするんですが……」

　山下は顔色を変えた。

　ひとくせありげな沢松の顔を眼に浮かべながら、山下は訊《き》き返した。

「メトロポリタンの池山勇は株の名義人に過ぎず、沢松社長が池山をあやつっている、つまりカネも出しているし、株も保有しているっていう意味ですか」

「そう解釈できないこともないような気がします。あくまでもわたしの推理ですけど」

「京都の地上げで、スターハウスが池山と組んだという噂があるのをご存じですか」

　熊切は曖昧《あいまい》にうなずいた。

「沢松社長はちょっとやばいところがあるんですよ。M&A（企業買取）とか、時代を先取りしているような調子のいいことを言ってますけど、要するに成り上がりの仕手筋でしょう。叩かれるのは沢松社長であるべきですよ。池山勇なんかと組んでたら、叩かれるのは御社じゃなくてスターハウスのほうです。一度、沢松社長に会ってみます」

「山下さんだから話しましたが、わたしの名前は絶対に出さないようにしてください。くれぐれもお願いしますよ」

「わかりました。ご心配なく」

　サラリーマン社長らしい小心さを出されてちょっとがっかりしたが、山下はどきどきするほど興奮していた。だいいち、〝鬼のスギリョー〟の恫喝《どうかつ》に屈しなかったのだから気骨がある。見上げたものだと褒めてやらなければならない。

「スターハウスの沢松社長はマスコミ受けする人ですけど胡散《うさん》臭いところがありすぎて、僕は好きになれません」

「同じ建設関係の会社ですから、お手やわらかにお願いしますよ」

山下は当時、治子と不倫問題で悩んでいたが、私生活はともかく『帝都経済』では珍しく多血質で正義派的な記者であった。

スターハウスを叩こう、と山下はそう決意した。

山下はその足で、スターハウスに乗り込んだ。とりあえず、電話で佐々木広報室長のアポイントメントが取れたのである。

スターハウスの本社は新宿にある。

広報室の応接室で、山下は斬りつけるように佐々木に言った。

「おたくの社長がヤクザとつきあってるっていうのはほんとですか」

「いったい何の話ですか」

海千山千の広報室長は顔色一つ変えずに返した。

「メトロポリタンの池山勇はスジモノですよね。沢松社長と親しいんでしょ」

山下は佐々木を凝視した。

佐々木は眼を逸《そ》らさずに、冗談めかして答えた。

「絶対にあり得ません。それこそ名誉毀損《きそん》で山下さんを訴えたくなりますよ」

「そんな大きなこと言って大丈夫かなあ。ウラを取ってるんですけどねぇ。京都での地上げで組んだ話は有名だし、そんな程度の話ならまだゆるせるんですけど、東亜興業の株をめぐって、いろいろあるんでしょう」

佐々木はわずかに眉《まゆ》をひそめたが、そらっとぼけた。

「知りません。わたしにはなんのことやら、さっぱりわかりませんよ。わたしがペイペイの広報室長ってこともありますが、ウチの社長に限って、池山勇と親しいなんてことがあるはずないと思います」

「沢松社長に会わせてくれませんか」

「ちょっと無理かもしれませんよ。無茶苦茶に忙しくて、わたしも会えないくらいですから」

「そうなると、こっちで取材した範囲で書くことになりますが、それでもいいですか」

「おそらく根も葉もない風聞に過ぎないと思いますが、念のため事実関係だけでも調べてみましょうかねぇ」

佐々木はしたたかだった。

8

杉野治子の告白めいた話はまだつづいている。

治子の話にわれを忘れて聞き入っていた田宮大二郎が質問した。

「それで、山下君はスターハウスの沢松社長に面会できたのかい」

「ええ。広報室長に会った三日後ぐらいにアポイントが取れたと言ってたわ」

昭和六十三年（一九八八年）三月上旬の某日、山下明夫は佐々木広報室長からの電話連絡で沢松社長に面会した。むろん初対面ではない。

挨拶《あいさつ》のあとで、沢松が訊いた。

「杉野先生はメトロポリタンの池山さんとお親しいんですか」

「親密かどうかは知りませんが、残念ながら池山氏が産業経済社に出入りしていることは事実です。杉野が池山氏のようないわくのある人とつきあっているのは、恥ずかしいことだと思ってます」

山下は緑茶をひと口飲んで、反問した。

「沢松社長も池山氏と相当近いと聞いてますけど」

「不徳の致すところなんですかねぇ。ぜんぜん誤解ですよ。一度も会ってません」

「信じられませんねぇ」

山下はライターで煙草に火をつけながら返した。

「誰かウチの役員が池山氏を知ってるのかねぇ」

ソファから離れたところに控えていた佐々木広報室長は、沢松から出し抜けに質問を受けて、直立不動の姿勢を取った。

「さあ、わたくしは聞いておりませんが」

白々しい。芝居をしているとしか思えない。

山下は整った顔に冷笑を浮かべた。

「沢松社長は最近、東亜興業の熊切社長に電話をかけたそうですねぇ」

沢松は顔をしかめた。

「誰がそんなことを言ってるんですか」

「熊切社長本人から聞きましたよ」

「わたしは熊切さんを存じ上げないし、電話をかけた憶《おぼ》えもありません」

「ウソでしょう。メトロポリタンが買い占めた東亜興業の株について、重大な関心を寄せているようなことを熊切社長に話しませんでしたか」

「狐につままれてるような話ですよ」

「熊切社長か沢松社長のどちらかがウソをついてることになりますねぇ」

「わたしの名前をかたった者でもおるんですかねぇ」

山下は咥《くわ》えたばかりの煙草を力まかせに灰皿にねじりつけた。

「狐につままれてるのはわたしのほうですよ。率直に伺いますが、杉野良治が熊切社長に面会したことは当然ご存じなんでしょう。杉野は池山氏に頼まれて、熊切社長に買い占めた株の買い取りを要求したんです」

「そんなこと、わたしが知るわけないじゃないですか」

「もう一つお訊きします。メトロポリタンが買い占め株の名義人になってますが、実際に株を持ってるのはスターハウス、すなわち沢松社長なんじゃないんですか。つまりメトロポリタンは名義人に過ぎないということです」

「そ、そんなことを誰が言ってるんですか」

沢松は血相を変え、声がうわずった。

熊切の名前は出せない。

「わたしの当てずっぽうですが、いい勘してますでしょう。沢松社長は兜町《しま》では仕手筋として聞こえてますからねぇ」

たたみかけられて、沢松のこめかみに静脈が浮き出た。

「わたしは、株をやらんとは言わないが、仕手筋と一緒にされたら迷惑です。東亜興業の株とかメトロポリタンなどとわたしはなんの関係もないですよ。『帝都経済』でおかしな記事を書いたら、名誉毀損《きそん》で訴えますからね」

「池山氏も杉野に沢松社長のことまでは話していないようですが、場合によっては杉野が直接取材に乗り出すことになるかもしれませんよ。ウチはけっこう過激というか派手に書いてるわりにはなぜか名誉毀損で訴えられたことが一度もないんです。一度ぐらい経験しておくのも悪くないんじゃないですか。内容証明でもなんでも送りつけてください」

山下はうそぶいた。沢松の空々しい態度に頭に血をのぼらせていたが、こんなやつに負けてたまるかと思ったのだ。

9

山下は、会議室でその日の夕刻、編集長の川本克人に取材内容を説明した。

「メトロポリタンは名義人に過ぎないと思います。東亜興業株式の約三〇パーセント二千万株を保有しているのはスターハウス社長の沢松治雄に間違いありません」

「きみ、そんな断定的な言い方をして大丈夫か」

「間違いないと思います」

「スターハウスと言えば、れっきとした一部上場企業でプレハブ業界の大手だぜ。いくらなんでも沢松社長がメトロポリタンの池山勇なんかと組むとは思えんがねぇ」

「不動産にしても建設業界にしても、どぶみたいにドロドロしている世界ですよ。沢松なんて相当なくわせものです。だいいち、ウチの主幹はどうなるんですか。池山なんかと平気でつきあってるんですよ」

「主幹は東亜興業を叩けと言ってるんで、スターハウスをやっつけろとは言ってないからなあ」

「川本さんはそれでも編集長ですか。編集長なら編集長らしく主幹と話をつけてくださいよ。大スクープじゃないですか」

川本はむっとした顔で返した。

「おまえ、『帝都経済』の編集長の立場がどんなものか知ってて、そういう口を叩《たた》くのか。それこそ名義だけで、編集長は主幹なんだ。おまえ、自分で主幹に話せよ」

山下は世をはかなんだような顔で、口をつぐみ、ふるえる手で煙草を咥《くわ》えた。

川本が取り入るような口調に変わった。

「治子さんのことは治子さんのこと、仕事は仕事で分けて考えるべきだろう。主幹はきみの能力は買ってるんだから、一度ぶつかってみろよ」

「主幹はわたしを八つ裂きにしたいんでしょうよ。編集会議でも絶対にわたしの顔を見ようとしませんからねぇ。主幹との直接対話は無理ですよ」

「そんなことを言ってたら、山下はこの会社にいられないじゃないか」

「遠からずそうなるでしょう」

山下はふてくされたように言って、吸い込んだ煙草の煙を口と鼻から天井に向けて吐き出した。

「離婚の見通しはどうなんだ」

「頑張るつもりですけど、見通しは暗いです。友達の弁護士から聞いたんですけど、女房が発狂するか、三年間ゆくえ不明になるか、不貞をはたらくかしない限り、こっちから家裁に持ち込んでも絶対に勝ち目はないそうです。向こうが離婚する気を起こしてくれれば話は別ですけど」

山下が煙草を灰皿に捨ててつづけた。

「そんなことよりスターハウスの件どうしますか」

「一応、原稿だけでも書いてみろや。ただし東亜興業も叩くようにしろ。光陽製作所が株の引き取りを持ちかけたときに、断ったことは、どう考えたって利口じゃないよなあ。経営トップが感情的になって意地を張ったらダメだ」

川本にしてはまともなことを言う、と山下は思った。

山下が残業して原稿を書いているとき、佐々木から電話がかかった。

「沢松が一度お食事をどうかと言ってます。それで山下さんのご都合をうかがうようにと」

「わたしはいつもひまですけど、沢松社長は猛烈にお忙しいんじゃないんですか」

「昼食に時間をあけるようなことを言ってますが」

「はっきり言いますけど、沢松社長には会いたくないんですけどねぇ」

「そんなつれないことをおっしゃらないでください」

「たしか名誉毀損で訴えるようなことを言ってませんでしたか。いまその原稿を書いてるとこなんです」

「お書きになる前にもう一度、沢松に会ってやっていただけませんか」

佐々木は気持ちが悪くなるほど丁寧だった。

「わかりました。じゃあ、あした御社に伺います。ただし、昼食の時間はふさがってますので、午後二時から五時までの間にしてください」

昼も夜もあいていたが、山下は見栄を張った。見栄と言うより、弱みを見せたくないと思ったのだ。

10

翌日、午後三時半に山下は、スターハウスの本社に沢松を訪ねた。

「昨日は失礼しました」

沢松はにこやかに山下を迎えた。佐々木の同席は言うまでもない。

「どういう風の吹き回しですか。きのうはけんもほろろっていう感じでしたけど」

「そんなはずはありませんよ。わたしはいつも内ヅラは悪いが外ヅラはいいと社員に言われてるんですから」

言葉とはうらはらに、嘴《くちばし》の黄色い若造記者に舐《な》められてたまるかと、沢松の顔に書いてあった。

「それでご用件は」

「東亜興業の株のことは眼を瞑《つぶ》ってくれませんか」

「ということは、事実関係は認めるわけですね」

「そうはいいません。ただねぇ……」

沢松は言いにくそうにつづけた。

「メトロポリタンの池山氏と一度だけですが、会ったことがあるんです。ウソをついたことはあやまります」

一度や二度であるはずがない。仕手筋として同じ穴のムジナではないか――。

「東亜興業の熊切社長に電話したことも認めますか」

「それは断じて違います。神に誓いますよ」

これもウソだ。神に誓うが聞いてあきれる——。

山下が冷笑を浮かべて背広のポケットから煙草を取り出したとき、沢松が佐々木に目配せした。

佐々木が角張った小さな包みをセンターテーブルに置いた。有名デパートの包装紙を見て山下は、商品券だな、とぴんときた。

「これは沢松のほんの気持ちです」

『帝都経済』の記者なら誰でもあっさり受け取るかもしれない。そう思いながらも山下は、包みを沢松のほうへ押しやった。

「なんだか知りませんが、いただくわけにはいきません」

沢松が笑顔をつくった。

「そんな大そうなものじゃありませんよ。たかだか五十万円の商品券です」

「わたしの月給よりもはるかに多額の商品券です。換金できることも承知してます。喉《のど》から手が出るほど欲しいというのが正直な気持ちですけど、わたしにもプライドがあります。そこまでおちぶれてないつもりです」

沢松と佐々木は信じられないと言いたげな顔を見合わせた。

二人ともカネのためなら手段を選ばないのが『帝都経済』の流儀と心得ていた。〝スギリョー毒素〟〝鬼のスギリョー〟で通っている。スギリョーの子分が商品券をポケットに入れないなんて信じられない。

「わたしとしたことが失礼しました。五十万ぽっちの端《はした》ガネで眼を瞑れなんて押しが太すぎますよねぇ」

沢松は苦笑をにじませて唇をゆがめた。

「変に気を回さないでください。メトロポリタンとスターハウスの関係、それと東亜興業株の買い占め問題は、記事に書かせていただきます。編集長からも書くように言われてるんです。記事にしなかったら、それこそいくらもらったんだ、という話になってしまいます」

沢松が口へ運んだ湯呑《ゆの》みをセンターテーブルに戻した。

「杉野先生も記事にすることをご存じなわけですね」

「さあ、どうでしょうか。当然、編集長が話してると思いますけど」

沢松が妙にしんみりした口調に変わった。

「もうひと昔も前になりますか。杉野先生から産業経済大賞のホープ経営者賞をいただいたことがあります。先生は青二才のわたしを励ましてくださったんです。恩人でもある杉野先生にずいぶん長いことご無沙汰《ぶさた》してしまって……この機会にご挨拶《あいさつ》に行かせていただきましょうかねぇ」

「杉野に挨拶するのは勝手ですけど、この記事が活字になってからにしてください」

沢松がカネでカタをつけようとしているのは見え見えである。杉野はあっさり乗るだろう。山下は焦躁《しょうそう》感に駆られたが、負けずに沢松を睨みつけた。

「記事にするのはもう少し事実関係を把握してからのほうが、山下さんのためにもいいと思いますけどねぇ」

「沢松の言うとおりです。山下さん、もう少し時間をください。このとおりです」

佐々木が起立して、最敬礼した。

「それと、これは受け取っていただけませんでしょうか。記事にするしないに関係なく、お願いします」

佐々木はふたたび低頭した。

「そうはいきません。次の予定がありますので、きょうはこれで失礼します」

山下は包みを尻目《しりめ》にスターハウスを辞去した。

11

翌日の午後二時過ぎに、山下は川本と共に主幹室に呼ばれた。二人はソファで杉野と向かい合った。

杉野は昼食にビールでも飲んだのか上気した顔を川本に向けた。

「いまスターハウスの沢松君と昼めしを食べてきたところだ。池山君が一緒だった。池山君も水臭いやつだ。沢松君と親しいとは聞いてなかったからな」

杉野は一度だけちらっと山下に眼を流しただけで、もっぱら川本と話した。

「主幹は東亜興業を叩けとは言ったが、メトロポリタンを書けとは言ってないぞ」

杉野に対しているときの川本はヘビに睨まれたカエルで、からっきし意気地がない。

山下がたまりかねて口を挟んだ。

「メトロポリタンの背後に、スターハウスが存在していることがわかったんです。これを記事にしない手はないと思います」

「そんな証拠でもあるのか。あるんなら見せてみろ、おまえ、えらそうな口をきくんじゃない」

杉野に険のある眼で睨みつけられたうえに、大きな声を出されたら黙るしかないが、山下は食い下がった。

「メトロポリタンを叩く気はありません。せめてスターハウスのことだけでも書かせてください」

「おまえ、熊切に会ったのか」

「はい。会いました」

「主幹はあの男に恥をかかされたんだぞ」

杉野は、山下と話すときは横を向いている。おまえの顔など見たくもない、と言いたいらしい。

「川本、東亜興業のことも書かんでいいからな。五十そこそこで、主幹にちょっと考えがある。沢松は若いのになかなか見どころのあるやつだ。五十そこそこで、スターハウスをあれだけの会社にしたんだからな。M&Aという新しい事業にも意欲的だし、時代を先取りする新しいタイプの経営者として褒めてやっていい。池山と沢松のことは主幹にまかせてくれ。いいな」

杉野は言いざま、ソファから離れて、デスクに向かった。

山下は会議室へ川本を誘って、なお抵抗を試みたが、川本は首を左右に振り続けた。

12

時刻は午前零時を過ぎた。杉野治子の話はまだ終わらない。

いつの間にか紹興酒《しょうこうしゅ》のオンザロックになっていた。〝天女〟なる十年物の紹興酒を治子が丸越デパートで見つけてきたのだ。

田宮大二郎はキュービックアイスを多めにして飲んでいたが、ひと味違う。

「山下君は、あのとき編集会議ではなにも話さなかった。編集会議は月四度ある。そのうち二度は主幹は会議に出ないが、たしか主幹抜きの編集会議でも話さなかったと思う。川本編集長の判断で一ページくらいの記事なら書けたはずなんだけどなあ。特集などメインの記事は主幹の承認が必要だが……」

「山下は大きな記事にしたかったんじゃないかしら」

「それにしても、五十万円の商品券を拒否したのは立派だね」

「あなたならどうしたかしら」

「さあねぇ……。やっぱり受け取らなかったと思うな。そこまでピュアになれたかどうかわからんけど、スターハウスに弱みを握られることになるからね。たとえば調査を頼まれるとか、スターハウスの社内報にバイト原稿を書くとか、そういうこととは違うからなあ」

「あなたは決してそんなダーティーな商品券を受け取る人じゃないと思う。父はおカネに穢《きたな》い人で、おカネのためには手段を選ばない人だけど、あなたも山下も、ぜんぜん父とは違うわ」

田宮はタンブラーを掌の中でもてあそびながら、感慨深げに眼を遠くへ投げた。考えてみれば不思議でならない。かつて治子が熱愛した山下明夫をこれほど客観視できるとは。それに治子に「山下君のことは禁句にしましょう」と話した記憶がある。

13

メトロポリタン社長の池山勇とスターハウス社長の沢松治雄から協力を依頼された杉野良治は、青山建設社長の青山太吉とホテルで密会した。

「東亜興業の株を買う気はないですか」

「良治先生、やぶから棒に、いったいどういうことですか」

「M&Aですよ。青山建設は土木に強いが必ずしも建設に強くないでしょう。中堅ゼネコンの両社が合併すれば相互補完と相俟《あいま》って、大手に迫る地歩を築くことができるじゃないですか」

「つまりメトロポリタンが持っている東亜興業株を買い取れということですね。しかし、池山のようなヤクザと話す気にはなれませんねぇ。それに東亜興業は仕手株化して、株が高すぎます。二千二、三百円もしてる株にはちょっと手が出ません」

「池山の背後にスターハウスの沢松君がおるんだ。きみ、知ってたかね」

「いいえ」

「そうだろうなあ」

杉野はにたっとした顔でつづけた。

「池山君はそのことをわたしにも隠してたんだから、けしからん。あんまり水臭いから、こないだ怒鳴りつけてやったんだが、メトロポリタンは名義人に過ぎんのだよ。沢松君が頭を下げてきたから、それならひと肩入れてやろうと思ってねぇ。わたしはあなたのことがすぐ眼に浮かんだ。これは青山建設にとって朗報じゃないかと……」

「沢松さんならやりそうなことですが、持ちきれなくなって、良治先生に泣きついてきたわけですね」

杉野はルームサービスのミルクティーをすすって、考える時間をかせいだ。

「それがそうでもないらしいんだ。外資系の企業が買いたがってるっていう話だよ。だから急いで決めてもらわないとねぇ」

〝聖真霊の教〟を信仰している仲である青山にも平気でつくり話をできるところが〝スギリョー毒素〟〝鬼のスギリョー〟と言われるゆえんかもしれない。

「とにかくこの話に乗って損はないと思うな。一挙に三〇パーセントを保有する筆頭株主になれるんだし、近い将来、東亜興業を吸収合併することも夢ではない。いや違うな。吸収合併するように、わたしもバックアップしようじゃないの」

今度は青山が思案顔でティーカップを口へ運んだ。

「合併できなかったら、株を手放せばいいだけのことだが、仕手筋じゃないけどそれでもけっこう儲《もう》かるかもしれませんぜ。どっちにしても損はないな」

「創業社長が死んで、サラリーマン社長に代わりましたから、合併話に乗ってこないとも限りませんかねぇ」

杉野の頭の中を「言論人として来たのか、池山の使いで来たのか」と迫った熊切の風采《ふうさい》の上がらない顔がよぎったが、しれっとした口調で相槌《あいづち》を打った。

「そのとおり。創業者の社長はカマドの灰まで自分の物と思いがちだが、熊切君は話のわかる男なんじゃないかな」

「良治先生、前向きに考えさせていただきますよ。社内で一、二相談したい者もいますし、銀行筋の意見も聞かなければなりませんので一週間、時間をください」

「こういう話はひろげないほうがいいと思うな。要は青山社長の経営決断の問題でしょう」

「よく承知してます」

「あなたが決断したら、条件その他わたしが仕切らせてもらう。絶対に悪いようにはせん。沢松君は成功報酬をはずむようなことを言ってたが、わたしは両社から各一パーセントだけいただけばけっこうだ」

青山が杉野に東亜興業株の取得に応じると伝えてきたのは、一週間のタイムリミット一日前である。

杉野は直ちに沢松をホテルの専用室に呼んだ。

「青山建設が引き取ることになった。条件はわたしに一任されたが、まずきみの希望を聞かせてもらおうか」

「池山さんの顔も立てなければなりませんし、金利もかさんでますので、ずばり二千円でお願いできればと存じます」

「千九百円でたのむ。二千万株で三百八十億円。それでダメなら、この話はなかったことにする」

「それでけっこうです。先生ありがとうございました」

ソファにちんまり座っていた沢松は起立して深々と頭を下げた。

「あさっての午後二時に三協銀行本店へ現物を持参してもらおうか。相対取引だから青山建設には一流銀行振り出しの小切手を用意させる。ことがらの性質上、然《しか》るべき銀行と証券会社の者が立ち会うが、青山君は行けないそうだから、きみのほうも代理人でけっこうだ」

「なにからなにまで、ほんとうにありがとうございました」

もともと腰の低いほうだが、沢松はひょこひょこひょこ何度もお辞儀を繰り返した。

杉野は身内がふるえるほど興奮していたが、咳払《せきばら》いをして、表情をひきしめた。

「成功報酬三億八千万円の振込先はここに書いてある杉野良治事務所のほうへお願いす

る」

沢松は差し出されたメモを押し戴《いただ》くように受け取った。

「わたしが介在したことは秘中の秘ですよ。あなたと池山君と青山君以外に誰も知らない」

「よく存じております。きょう限り忘れます。いや、もう忘れました」

三百八十億円の小切手と二千万株の株券が交換された直後、杉野良治事務所の銀行口座に青山建設とスターハウスから三億八千万円ずつ送金されてきた。〆《しめ》て七億六千万円。濡《ぬ》れ手で粟《あわ》のボロ儲けだ。杉野がフィクサーの旨《うま》みをこれほど感じたことはかつてなかった。

「これからはM&A事業に限る。M&A事業を伸ばそう」

杉野が産業経済社にM&A事業部を新設したのは、これに味をしめた結果である。

社内で七億六千万円をせしめたことを杉野以外に承知しているのは古村綾一人だ。カネの流れを正確につかんでいるのは綾だけで副社長の瀬川誠でさえ、知り得る立場になかった。

沢松・青山―杉野間のヤミ取引の存在に感づいていた山下を杉野は福岡支社に飛ばし、一年後に解雇した。

14

田宮がつぶやくように言った。

「主幹は沢松社長と青山社長から、いくら取ったんだろう」

「山下は五億円は下らないと思うって言ってたわ」

「あり得るね。というのは、東亜興業の筆頭株主がメトロポリタンから青山建設に移動したことがオープンになった直後だったと記憶してるけど、市ケ谷に小さなビルを居抜きで買ったんだ。もちろん五億や六億で買えるとは思えないけど、そのカネが頭金になったことは間違いないよ」

治子がこっくりした。

「そんな話をわたしも聞いたことがあるわ」

「グリーンメイルとかグリーンメイラーという言葉はあのころはまだ日本で使われていなかった。買い占めた株を当該企業に高く引き取らせてサヤを稼ぐ。つまり仕手筋のことだが、セントラル自動車系部品メーカーの大糸製作所が麻布不動産の渡会《とかい》喜十郎に狙われた。渡会は買い占めた大糸製作所の株を買い取るように要求したが、大糸製作所は応じなかった。渡会は一計を案じて、アメリカの大物グリーンメイラーのヒギンズが経営するムーンカンパニーを名義人に仕立て上げたんだ。この問題で、グリーンメイルとかグリーンメイラーなる言葉が日本でも使われるようになったわけだが、東亜興業の株も外資系企業に狙われていたという新聞記事を読んだ憶えがある。それが事実で、メトロポリタン名義の東亜興業株が青山建設ではなく、外資系企業に買い取られていたら、グリーンメイラーなる言葉が一年早く日本で使われるようになっていたかもしれない」

「渡会喜十郎という人も父と親しいんでしょ」

「ひところよく会社に顔を出してた。バブルがはじけて、いまや青息吐息で死に体同然という見方もあるけど。渡会喜十郎は大糸製作所の株で大ヤケドをしたが、かれにカネを出してる信託銀行にも問題があるんだよ。和秀の小森にしても、第三不動産の加藤にしても、バブルでふくらんだ不動産会社はみんな死に体同然だが、いまかれらを支えているのは信託銀行らしい。それこそ信託銀行が貸し付けているカネの四割は不動産がらみっていう話だから、麻布や和秀を潰《つぶ》したら、信託銀行自体が危ない。必死に支えざるを得ないわけだ」

治子があくびを洩《も》らした。

「そろそろ寝ようか」

「まだ平気よ。コーヒーが飲みたくなったわ。あなたはどう」

「僕はいらない」

治子はコーヒーを淹《い》れるために、テーブルを離れた。

田宮は、仙台の私立高校で社会科の教師をしている山下明夫に思いを馳《は》せた。どこかニヒルで破滅型の男だったが、一方的にクビを誡《き》られて、悪あがきしなかったのは褒めていい。俺だったらどうだったろう。

意趣返しにメトロポリタンの背後にスターハウスが存在したことを週刊誌に売り込むぐらいはやりかねなかったかもしれない。杉野良治がフィクサー役を果たし大金をせしめたネタは、もっとニュースバリューがあるように思える。

そこまで考えて、田宮はハッとした。

山下は、治子への思いをカウントしたのだ。

リムジンから放り出され、足蹴《あしげ》にされたのに、産業経済社を辞めなかった俺と、どこか共通するものがあるのだろうか。

かなり違うな。山下と治子は本気で惚《ほ》れ合ったが、俺の場合は動機が不純で、杉野が築いた産業経済社に対する思いがあった。

初めに野心ありきだった。治子への愛情はあとからついてきたのだ。だが、そこまで自分を貶《おとし》める必要はないかもしれない。

治子はいい女だ。勝ち気だが、頭もいいし思いやりもある。俺も治子がますます好きになっている。

しかし、父親に対する治子の反感はちょっと理解に苦しむ。スギリョーの本質を見抜いているにしても、治子がスギリョーの分身であることはまぎれもない事実なのだ。山下に対するスギリョーの仕打ちをいまだに根に持っているということなのか。

違うな。古村綾の存在に気づかなければいけなかった。綾への治子の思いは憎悪そのものではないか。

田宮は〝みよしの〟で握手を求めてきた場面を眼に浮かべた。

「あなたとわたしが組めばなにがあっても安泰よ」とあのとき綾は言った。綾には俺の野心がわかっている。

綾がスギリョーの愛人であることは間違いない。

山本はなに対する古村綾の思いも尋常ならざるものがある。社員の〝お籠もり〟に固執するスギリョーが綾を別格扱いするのは、いったいなんなのか。

山本はなと古村綾の女の闘いに、わが治子はどうかかわっているのか。

伏魔殿と言ったら大袈裟《おおげさ》に過ぎるが、産業経済社の中も複雑怪奇である。

インスタントのコーヒーを淹れて、治子が円卓に戻って来た。

「なにを考えてるの」

「別に」

治子はコーヒーカップを口へ運ぶ動作を止めて、田宮を見上げた。

「山下さんのこと」

「うん。まあ、ほんの少しだけど。山下君はジャーナリストとしての誇りを持っていた。ところが僕のほうは忸怩《じくじ》たるものがあるよ。〝お籠もり〟は拒否できない。主幹にぶんなぐられても会社を辞めないんだから、われながら情けないよ」

治子が伏し眼がちに言った。

「それは、わたしに対するやさしさなんでしょう。わたしはそううぬぼれてるわ」

「そう思ってもらえればうれしいけど、ほんとうにそうなのかどうか」

「どういう意味なの」

「さっき古村さんに言われたんだ。産業経済社に野心があるんだろうって。ないとは言わない。もう少し、まともな経済誌にしたいとは思ってるからねぇ。それが野心だと言われれば、そんな気もするし」

「あなたは素敵な人だわ。わたしには勿体《もったい》ないと思ってる。クリスチャンの吉田修平さんを〝お籠もり〟させるほどパワーもあるし、チャーミングでもあるのよ」

治子は田宮を見つめてから、眼を伏せてコーヒーをすすった。

「そこまで言われると、照れるなあ」

「ううん。わたしは、あなたに会社を辞めるようにけしかけたけど、必ずしも本心ではないのよ。自分で自分の気持ちがよくわからないの。古村さんなんかに負けてもらいたくないとも思うし」

「教祖様のほうはどうなの」

「あの女にも負けちゃあいられないわ。あんなわけのわからない女に入れあげる父は頭が狂ってるとしか思えないもの」

「過激なんだねぇ」

「あんな会社どうとでもなれ、って思うこともあるし、あなたに頑張ってもらいたいと考えることもあるし、どうあればいいのかほんとうにわからないの」

「神ならぬ人間はみんな悩んだり迷ったりするんだよ」

田宮は伸びをしながら腰を上げた。

15

時刻は午前零時を四十分過ぎた。平成三年（一九九一年）九月二十七日から二十八日にかけて、田宮と治子は話していたことになる。もっとも、時間にすればまだ二時間ほどしか経っていない。

トイレから戻った田宮がまたロックで紹興酒《しょうこうしゅ》を飲み始めた。

「あなたそんなに飲んで大丈夫。息がすごーくお酒臭い」

田宮は両手をかこって息をふきかけたが、熟柿《じゅくし》臭さは自分ではわからない。

「ぜんぜん酔った気がしないんだよね。ビール、冷酒、ブランデー、それから帰って来てビールを少しと、紹興酒がこれで四杯目だよねぇ」

「チャンポンでそんなに飲んだら二日酔いであしたが大変よ」

「アルコールには強い体質だから心配ないよ。それよりいまトイレで思い出したんだが、青山建設がメトロポリタン、すなわちスターハウスが買い占めた東亜興業株を取得したのは八八年の三月だが、青山建設の青山社長が記者会見してオープンにしたのは六月だった。それで建設業界は大騒ぎになったんだ。青山社長はまず資本提携して、将来は合併も考えたいと記者会見で語ったが、東亜興業の熊切社長は猛反発して、問題外だと一蹴《いっしゅう》した」

「あなた、どうしてそんなに詳しく憶《おぼ》えてるの」

「山下君が福岡支社に飛ばされて、僕に建設業界も担当するように言われたから、顔なじみの一般紙の記者からまた聞きみたいな取材をしたんだ」

治子が眉をひそめた。往時を思い出したのだろう。一年に及ぶ山下との同棲《どうせい》生活は忘れられるはずがない。

「父の名前は新聞に出なかったんでしょ」

「もちろん。スターハウスの沢松社長もね。自民党の最高幹部だとか、財界著名人が取り持ったなどと噂は飛び交ったが、舞台裏に迫ったところは業界紙も含めて一紙もなかった。

週刊誌も経済誌も同じだ。僕もきみの話を聞くまでは主幹が介在してたなんて夢にも思わなかった。川本編集長もボーッとした人だから、どこまでわかってたんだか……」

「すべてを呑《の》み込んでいたのは古村さん一人ってことね」

治子は険しい表情になっている。煽《あお》ってはいけないと思いながら、田宮は口がすべった。

「山下君もニオイぐらいは嗅《か》いでいたわけだ。古村さんは金庫番だからしようがないよ。カネの流れはすべてわかってる。簿記はできるし、頭も切れる」

「それはそうでしょう。青山建設とスターハウスをゆすってこいって、あなたに知恵をつけるような人なんだから。ああいう人を悪女っていうんでしょ」

「そうふくれなさんな。産業経済社は古村さんでもってる面がないとも言えないからねえ」

「ふくれてなんかいないわ。事実を言ったまでよ。あなたは古村さんファンだから」

治子はきっと田宮を睨《にら》んだ。

16

A新聞は昭和六十三年（一九八八年）六月十二日付朝刊で次のように報じた。

中堅建設会社である青山建設の青山太吉社長は十一日、同業の東亜興業の株式約三〇パーセントを青山建設グループで買い占め、筆頭株主になったことを明らかにした。青山社長によると、土木事業が中心の青山建設と建設が中心の東亜興業がとりあえず資本提携し、将来は合併も考えたいという。これに対して東亜側は「合併など問題外。提携するなら話し合いをするのが先決であり、株の力で迫ってくるのはおかしい」(熊切社長)と反発している。青山側が株を手に入れたのは仕手グループの業者からだったこともあり、両社の対立はひと騒動になりそうだ。(中略)昨年七月にこの株式が大阪の投資グループ、メトロポリタンに移った。東亜興業はこのメトロポリタンの池山勇社長からも株式の買い取りを求められたが交渉は失敗に終わった。そうした折に建設部門の弱い青山建設が複数の財界人を通してこの株式を買わないかと持ちかけられ、買い占めに踏み切ったという。

青山社長によると、この話が出た時に「外資系企業が買うとの話も出ているので、早く決断してほしい」といわれたので、東亜側に取得話をしなかった、という。(以下略)

青山建設の東亜興業株取得問題は建設業界と兜町《かぶとちょう》の話題をさらったが、強引な買収だったため、青山側の非を鳴らす業界関係者が多かった。

建設業界はその談合体質がつとに指摘されているだけに、調停者にはこと欠かない。飛田建設会長の相原大造は、業界の長老である。その談合屋の親分が割って入った。「M&A、合併などもってのほか。建設業界にあるまじき暴挙」と相原は青山建設を非難した。

十日後に、青山建設と東亜興業は次のような覚書を交わし、これを発表した。

一、青山建設株式会社と東亜興業株式会社は相互に自主性を尊重し、対等の立場で友好関係を確立するよう努める。
二、青山建設グループが保有する東亜興業株式はとりあえず現状のまま凍結し、東亜興業は青山建設の株式を取得し保有する。
三、青山建設グループは、その保有する東亜興業株式の一部については、将来東亜興業から要請があった場合には譲渡する用意がある。
四、両社は友好関係を保持し相互の業績向上のために情報の交換、特定プロジェクトにおける共同施工等の協力関係を維持する。
五、両社の合併は考えない。

相原の調停を両社長が呑んだ結果の覚書である。

そして、両社は相互に株式を持ち合うことも、友好関係を保持することもなく、青山建設が保有株式を東亜興業の協力会社へ放出して、幕が引かれた。

17

治子がテーブルを片づけながら言った。

「文化や歴史が異なる企業の合併がそんなに簡単にできるとは思えないわ」

田宮が組んだ両手で頭を支える姿勢で返した。

「そうだね。バブルがふくらんでた時代だから、青山建設もグリーンメイルまがいのことができたんだ。スターハウスの存在も杉野良治がフィクサー役になったこともオープンになることはなかったが、ヤミ取引とか相対取引なんてことが大手を振ってまかり通っていたのがいままでの株の世界だったわけだ。そんなふうに不透明性が高かったからこそ東京証券市場は平均株価が三万何千円なんて突出して高かった。バブル経済の恩恵をわが産業経済社も享受したってことだろう」

テーブルがきれいに片づいた。治子は食器を洗いながら、時折こっちを振り返って話す。二人とも声高になるのは水道から流れる水の音に負けまいとするからだ。

「五パーセント・ルールとか、東京証券取引所のチェック機能が強化されて、いまは市場を通さない相対取引なんてできないんでしょう」

「よく知ってるねぇ。仕手筋とかグリーンメイラーも存在し得ない時代に変わった。損失補塡《ほてん》とか暴力団との取引で、証券会社に対する一般投資家の不信感は相当根強いから、株式市場がダイナミズムを取り戻すまでに、どのくらい時間がかかるか見当がつかない。気が遠くなるような話だろう」

「証券会社で倒産するところが出てくるかもしれないわね」

「あり得るな。昭和四十年代初期の証券不況は、共同証券などの株の買い上げ機関をつくったり、日銀特融なんていう離れ業もできたが、国際化され、自由化された中で、日本だけがそんなウルトラCは使えないからねぇ」

「準大手の証券会社が危ないなんて、ウチの財務部長が話してたわ」

「外資系の化学会社も財テクで失敗してるんじゃないのか」

「ウチは被害軽微みたいよ」

治子がテーブルに戻ってきた。

「父がちょっと口をきいただけで、何億円もおカネをもらって、税金は払ってるのかしら」

「ヤミ取引だから脱税はあり得るだろうな。つまり所得税法違反ってことだけど、主幹は曾根田元総理をはじめ自民党幹部にはマメに手を打ってるから、税務調査が入る心配はないと思うけど」

田宮は不安をふっきるように力を込めて言った。あり得ないとは言いきれない。しかし、心配しだしたらきりがなかった。

「二千万株の移動ではどうだったのかしら。青山建設とか、スターハウスはどうなの」

「取引税は納めてると思うが、スターハウスはどうなのかねぇ。裏契約を結んで名義人のメトロポリタンが対象になるんだろう。表に出てる人たちはもちろん脱税できないよ」

「危ない橋を渡るのはもうやめてもらいたいわ」

治子は深刻に表情をゆがめている。

「きみが心配したって始まらないし、産業経済社の〝取り屋〟的体質がそう簡単に改まるとも思えないが、少しずつでも体質を変えていかなければいけないと願ってるよ」

「あなた、古村綾さんに焚《た》きつけられてスターハウスと青山建設にアプローチするつもり」

「一応そのつもりだけど」

「それだって威《おど》しとかゆすりでしょ」

「出版事業部の仕事は、そんなに悪辣《あくらつ》なものじゃないよ。企業側にニーズがあるから、成り立ってる面もあるんだし」

「なんだか歯切れが悪いわねぇ」

皮肉っぽく言われて、田宮は少しむきになった。

「東都生命なんて、向こうから頼んできたんだぜ。そんなのがけっこうあるんだよ」

事実はかなり違う。〝伸びゆく会社〟シリーズで採り上げられた企業に、建設会社や証券会社が多いのは偶然ではない。

スギリョーにそれだけ弱みを握られていると考えたほうが当たっている。

18

翌朝、田宮が眼を覚ましたとき、治子はTシャツにショートパンツ姿で洗濯機を回しながら食事の支度をしていた。

十時を過ぎている。九時間ほども熟睡したことになるが、田宮は二日酔い気味で頭が重かった。

「やっとお目ざめですか」

「よく寝たなあ」

田宮は大きな伸びをした。

「六時ごろだったかしら、珍しく凄《すご》いいびきをかいてて、一度起こされちゃった。でも三十分ぐらいしてまた眠れたわ。一時間前に起きたの」

「悪かった。いい気になって飲みすぎたね。ちょっと気分が悪いよ」

「二日酔いでしょ。紹興酒《しょうこうしゅ》も一本あけちゃったのよ」

「僕一人で飲んだわけでもないだろう。ま、アルコール依存症じゃないところを証明するために、きょうは休肝日にするよ。二日酔いは特効薬があるから心配ないけどね。風呂に入るけど、きみはどうする」

「わたしはさっきシャワーを浴びたからけっこうよ。特効薬ってなあに」

「〝魔法のクスリ〟って、僕は言ってるんだけど、あとで教えてあげる。とにかく熱い風呂に入って、まず汗をかかないと」

田宮は浴槽に湯が溜《た》まるまで、新聞を読んでいた。

風呂から上がって、冷蔵庫から〝ポカリスエット〟を二缶取り出し、一気に飲んだ。湯上がりだから六八〇ccぐらいわけなく、喉《のど》を通過する。

「〝魔法のクスリ〟って、スポーツ・ドリンクのこと」

「そうなんだ。高校時代のクラスメートで大学病院の勤務医をしてるやつが、自分も含めて医局仲間で人体実験した結果、二日酔いには〝ポカリスエット〟などのスポーツ・ドリンクが効き目があるっていうことになったらしい」

「人体実験はオーバーだわ。いろいろ試飲したってことでしょう。スエットは汗、発汗だけど、二日酔いに効くのかなあ」

「もう胸がスーッとしてきた。胸のむかつきが嘘のように引いてるよ」

「どうして冷蔵庫の中にこんなものがたくさん入ってるのかと思ったら、そんなことだったの」

「二日酔いに限らず、飲みすぎたときは一本飲むことにしてるんだ。素人考えだけど、ナトリウムやカリウム、カルシウムなどの無機質が血中のアルコール濃度を下げるのに有効なんじゃないかな」

田宮はスポーツ・ドリンクの空き缶をダスターボックスに放り込んで、食卓に着いた。

田宮はTシャツにジーンズ。首にバスタオルをかけている。

食卓に、コンソメスープ、スパゲティのミートソース、野菜サラダが並んだ。

「ブランチだから、多めにしたわ」

「ブランチって、朝昼食兼用ってことだったよな」

「そうよ。ブレックファーストとランチの合成語」

「二日酔いは治ったけど、こんなに食えるかなあ」

「無理に食べなくてもいいのよ」

「うん。いただきます」

田宮はスプーンでスープをすくった。

「おいしいねぇ。つめたいし……」

「きのう作って、冷蔵庫に入れておいたの」

「ゆうべ、主幹がスターハウスと青山建設の間を取り持って、濡《ぬ》れ手で粟《あわ》のボロ儲《もう》けをした話をしたけど、そういうのを兜町界隈《かいわい》では〝オンナヘン〟とか言ってるらしいよ」

「〝オンナヘン〟って、どういう意味なの」

「株の売買は、証券会社を通して証券取引所で行なわれるのが通常なんだが、相対取引は媒介によることが多いだろう。媒介の媒の字が女偏だから〝オンナヘン〟っていうわけらしい。つまり隠語だよ」

「〝オンナヘン〟なんて、厭《いや》な言い方ねぇ。父は青山建設とスターハウス以外にもそんなことをやってたのかしら」

「あれで味をしめたことはたしかだから、やってたかもしれないねぇ。しかし、いま現在はあり得ない。ただM&Aの仲介、斡旋は事業としてけっこう意欲的に取り組んでるよ」

「それも危ない橋を渡ることなの」

「ダーティー・ビジネスとは違うと思うけど」

「産業経済社は出版が本業なんでしょ」

「それだけじゃ、百何十人も食わせられないから事業を多角化してるんだよ」

二人とも食欲は旺盛《おうせい》で、野菜サラダもきれいに片づいた。

ミルクティーを飲みながら、さらに話が続いた。九月二十八日土曜日の午前十一時を二十分回ったところだ。

この日は台風十九号によるフェーン現象で気温が上昇し、外は摂氏三〇度を超えていたが、マンションの部屋の中はほどよくクーラーが利いている。

田宮が急に顔をしかめて、ティーカップを受け皿に戻した。

「厭なことを思い出しちゃったよ。きのうメトロポリタンの池山勇の話が出たろう。実は一度だけだが、僕も池山に会ったことがあるんだ」

治子が怪訝《けげん》そうに訊《き》き返した。

「その人、父が親しくしてて、産業経済社によく顔を出してたんじゃないの」

「うん。僕も会社で池山の顔を何度も見てるけど挨拶したこともなかったから、取材で会ったときが初対面ってことになるんだろうねぇ。『帝都経済』で金融を担当したときに大阪梅田のメトロポリタン本社に池山社長を訪ねたんだ。主幹から東亜銀行を叩けって命令されたんだが、そのことはメトロポリタンを応援しろっていうことだから、池山からいくら取ったかっていう話になるんだろうねぇ。慚愧《ざんき》に耐えないよ」

19

田宮大二郎が池山勇に会ったのは、杉野良治が青山建設とスターハウスから七億六千万円の大金をまんまとせしめた直後である。

メトロポリタンは株式会社クマタの仕手戦を仕掛けている最中だった。

クマタはボイラー、ゴミ焼却炉のトップメーカーだが、メトロポリタンの仕手戦に対抗するため、昭和六十二年十一月に千六百万株の第三者割当増資を行ない、新株の価格を発行直前の株価千四百二十円の半額以下の六百八十円に設定した。

クマタに入れ知恵をしたのはメインバンクの東亜銀行に相違ない、と勝手に解釈した池山勇から相談を持ちかけられた杉野は「東亜銀行を叩け!」と編集会議で指示した。

第三者割当増資によって、メトロポリタンの持ち株比率は三五パーセント強から二五パーセント強に大幅に低下したのである。

六十三年三月下旬に田宮は大阪に行った。

池山の年恰好《としかっこう》は四十四、五歳。上背はないが肩幅が広く、がっしりした体形で、げじげじ眉《まゆ》が印象的だった。

普段はかけないのに、接客中は度のないメタルフレームの眼鏡をかける。さしずめ紳士をよそおうための小道具といったところだろう。

事実ヤクザ特有の鋭い目付きが眼鏡で減殺され、言葉遣いも丁寧だった。

モスグリーンの毛足の長い絨毯《じゅうたん》を敷き詰めた広いフロアの半分は、三十人も座れる楕《だ》円《えん》形の大テーブルが占め、大型の木製デスクと応接セット、それに衝立《ついたて》の向こう側に天井まで届く大金庫が備えてある。

田宮はソファで池山と向かい合った。

抑えた野太い声で池山は話し始めた。

「クマタの第三者割当増資はゆるし難い暴挙ですよ。わたしは、あれは違法行為思うてるんですわ。つまり商法で禁じられている有利発行に当たるんです。考えてもごらんなさい。時価の半値以下の千六百万株の新株は東亜銀行などの金融機関に割り当てられて、膨大な利益を享受しとるんです」

「東亜銀行は八十万株を取得したと聞いてますが」

「おっしゃるとおりですわ。東亜銀行だけで三億円以上の利益を受けたことになるんです。わたしらもそうだが、一般株主、投資家の皆さんはなんの恩恵も受けておらんのです。東亜銀行の言うがままに新株を発行したクマタの現経営陣は即刻退陣すべきです。特別背任の疑いもあるんですわ」

「メトロポリタンさんがクマタの株を手放すことは考えられませんか」

このとき、田宮はメトロポリタンは東亜興業株の名義人に過ぎず、背後にスターハウスが控えていたことや、その東亜興業株が杉野の斡旋《あっせん》で青山建設に譲渡されたことなど夢にも知らなかった。

田宮の質問に、池山は一瞬、厭《いや》な眼をした。

池山は、この小僧、どこまで知ってるのか、と考えたに違いないが、田宮には池山の表情の変化までは読めなかった。

池山は無理に笑って、手を振った。

「そんな阿呆《あほ》なことありますかいな。クマタ株は死んでも手放しません。最後まで戦い抜きますがな。東亜銀行赤坂支店が三十五億円の不正融資事件を起こして騒がれとるが、わたしは事件の裏の裏を知っとります。証拠も握っとるんですわ」

話が妙な方向に逸《そ》れたとき、どやどやと三、四人の男たちが衝立の向こう側に入ってきた。

大金庫は、田宮からも見えるが、男たちの姿は衝立にさえぎられて見えない。

囁き声が聞こえ、大金庫があけられる音が響いてきた。

池山が血相変えてテーブルを離れ、衝立の向こう側に消えた。

「てめえら、なにをがたがたやってるんや！　お客さんがおるのがわからんのか！」

ドスの利いた胴間声《どうまごえ》は迫力充分だ。田宮は背筋が寒くなった。誰かの言い訳している声が、かき消された。

「ええから、あとにせんか！」

男たちはあっという間に退散した。

カッと頭に血をのぼらせて、取材中ずっとズボンのポケットにしまわれていた池山の左手がテーブルに置かれた。先端が欠けている小指を田宮に見られて、池山は凄《すご》みのある眼をくれたが、バツが悪そうにそれをしまいながら言った。

「失礼しました。どこまでお話ししましたかねぇ」

「東亜銀行赤坂支店の不正融資の裏の事情をご存じだと……」

「そうそう、そうでした。東亜銀行とは徹底的に戦う覚悟ですわ」

「大阪地裁がクマタの臨時株主総会招集を許可したと聞いてますけど」

「ええ。四月下旬に開催します。現経営陣の退陣を決議して、わたしらがクマタを経営したい思うてますすんですわ」

池山はそのあとも東亜銀行の非を鳴らし続けた。

一時間ほど話を聞いて、田宮がソファから腰をあげかけたとき、池山が手で制した。

「ちょっと待ちいな」

池山は背広の内ポケットから茶封筒を取り出して、センターテーブルに置いた。

「これは、謝礼のまねごとです」

〝御車代〟と上書きにある。

池山が茶封筒を田宮のほうへ押しやりながら言った。

「杉野先生にはえろう厄介かけとります。よろしゅうお伝えください。これは先生に内緒にしときまひょ」

田宮は茶封筒をいったん手に取ってから押し返した。

「これはいただけません。取材を受けていただいたのですから、お礼をしなければならないのは、わたしのほうなんです」

池山はソファに背を凭《もた》せて不思議そうな顔で田宮を見やった。

「そうでっか。気を悪うせんといてください」

池山は茶封筒をポケットに戻した。

田宮は帰京して、取材内容を杉野に報告した。

「頭取の羽田に会え。羽田を叩くんだ。東亜銀行は藤田会長はいいが、頭取はタマが悪すぎる」

杉野は、羽田頭取になにか意趣があるらしい。

田宮は杉野に命じられて広報室に取材を申し込んだ。

羽田は取材に応じてくれたが、

「クマタの第三者割当増資は証券会社の問題でしょう。当行主導で増資などできるはずがありません」

と、かわされた。

クマタの主幹事は丸野証券である。

六十三年四月上旬号と下旬号で『帝都経済』は東亜銀行を叩いた。

〝不祥事に揺れる東亜銀行を直撃！〟〝本音の藤田氏、建前の羽田氏〟〝仕手戦に巻き込まれた大銀行！〟〝メトロポリタンからシッペ返し〟

見出しは例によってどぎついし、メトロポリタンと池山よいしょの低劣な記事である。

20

残りのミルクティーを喉へ流し込んでから、治子が田宮をいたずらっぽい眼で見上げた。

「あなた、ほんとうに〝御車代〟返したの」

「当たり前だろう。相手は本物のヤクザだよ。池山に弱みを握られたらあとが怖いもの」

「いくらぐらい入ってたのかしら」

「けっこうずしっと掌《て》に量感があったから四、五十万円は入ってたんじゃないかなあ」

「相手がヤクザじゃなければ、もらったわけ」

「いや、絶対にもらわない。要するに名目というか、理屈がつくかどうかだろう。前にも話したけど、調査を頼まれたとか、バイト原稿を書いたとか」

「父の子分にしては、シャイなのねぇ」

「不満そうに言うなよ」

「ううん。安心したわ」

「メトロポリタンの池山を持ち上げたことはかえすがえすも悔いが残るよ。僕の一大汚点だもの。池山は東亜銀行に融資を頼んで断られて、逆うらみしたのかもしれない。それであることないこと僕に話したふしがある。結局、クマタの株は暴落して、メトロポリタンは仕手戦に敗れて倒産、池山は行方をくらますというお粗末な結末になってしまった。しかも、『帝都経済』は丸野証券も叩いた。丸野から一億円は取ったかもしれない」

田宮は憂鬱《ゆううつ》そうな顔をあらぬほうへ向けた。

21

十月一日火曜日の朝、田宮はスターハウスの佐々木広報室長に電話をかけた。

「産業経済社の出版局の田宮大二郎と申します。三年ほど前、臨時に建設を担当させられたときに一度お目にかかったことがあるのですが……」

「よく憶えてますよ」

「一度ご挨拶《あいさつ》に伺いたいと思いまして、電話をかけさせていただきました」

「ご丁寧にどうも。わたしのほうから出向きましょうか」

「とんでもありません。いつでもけっこうですから、お時間をいただけますか」

「どうぞどうぞ。よろしかったらきょうでもけっこうですよ」

佐々木は莫迦《ばか》に丁寧な受け答えだった。

午後二時に田宮はスターハウス本社で佐々木に会った。

挨拶のあとで佐々木が二つ折りした週刊誌大の白い封筒をセンターテーブルに置いた。

封筒には社名も印刷されていなかった。

「これは沢松から田宮さんに差し上げるように申しつかったものです。ほんの気持ちです」

「どういう意味ですか」

田宮は眉を寄せた。こっちの意図を察して断るために先回りされたと思ったのだ。

「杉野先生のお嬢さんとご婚約されたそうですねぇ。おめでとうございます」

田宮は唖然《あぜん》として、しばらく言葉が出なかった。

「僅少《きんしょう》ですがデパートの商品券です。ご婚約のお祝いにと思いまして。沢松が杉野先生に大変お世話になっております」

田宮は生唾《なまつば》を呑《の》み込んで、かすれ声を押し出した。

「そんなつもりで参ったわけではありません。わたしのプライベートなことが建設業界にまで聞こえてるとは驚きました」

「田宮さんは御社の次代を担うエースだともっぱらの評判ですよ」

「杉野とはぶつかることも多いですし、わたしたちの結婚を苦々しく思ってるようです。そんなわたしがエースであるわけがありません」

「ご謙遜《けんそん》ご謙遜」

調子がよすぎる佐々木に田宮は軽い反感を覚えた。

「この商品券はひょっとすると五十万円ですか」

佐々木は不思議そうな顔でかすかにうなずいた。

「ヤマカンが当たったんですね。三年ほど前に同僚の山下が五十万円の商品券をいただかずにお返ししたという話を聞いた記憶があります。山下はとっくに会社を辞めましたが……」

佐々木の表情が動いた。

この男、どこまで事実を知っているのか、と懸命に読み取ろうとしている。

「山下のひそみにならって、わたしもこれをお返ししたいと思います」

「しかし、これはお祝いですから」

「それにしても過分です。山下のケースはどういうことだったんですかねぇ」

「さあ」

佐々木はうつむき加減に返して、ふるえる手で湯呑みをつかんだ。

「きょうはそんなプライベートなことで参上したわけではありません。仕事のことで、ぜひお聞き届けいただきたいことがございます。申し遅れましたが、わたしは〝伸びゆく会社〟シリーズを担当させられております」

田宮は名刺を佐々木に差し出した。

「お陰さまで〝伸びゆく会社〟シリーズは好評です。スターハウスさんにも入っていただくわけにはいきませんでしょうか」

「なるほど。ご用向きはそういうことですか」

佐々木の顔にホッとした思いが出た。

「杉野から沢松社長にお願いする前に、まず広報室長さんにと思ったものですから」

「沢松と相談します。予算はどのくらい……」

「五千万円でお願いしてます」

「五千万円はちょっと難しいかもしれませんよ。ウチは大手の建設会社とは違います。吹けば飛ぶような会社ですから」

佐々木は大手建設会社のケースを正確に把握しているに違いない。大正建設も清田建設も五千万円で契約した。

「これは私の一存で沢松に叱られるかもしれませんが、二千五百万円なら、なんとか捻《ねん》出《しゅっ》できるかもしれません」

「三千万円以下のケースはありませんから、それはちょっと……」

「とにかく前向きに考えさせてもらいましょ。田宮さんに対するご祝儀みたいなものですから」

佐々木に笑顔が戻った。

田宮も微笑を浮かべた。

「そういうことですと、逆にお断りしなければならなくなります。スターハウスさんのパブリシティになると確信してるんですけれど」

「ま、どっちだっていいじゃないですか。二、三日検討させてください。それと、これは受け取ってもらえませんか」

佐々木が封筒に顎《あご》をしゃくった。

「お気持ちだけいただきます」

田宮は余裕たっぷりに返したが、帰りの電車の中で気が滅入って仕方がなかった。

スターハウスは〝伸びゆく会社〟シリーズ入りをOKするに相違ない。治子がいみじくも言ったが、まさに威《おど》しであり、ゆすりではないか。俺はスギリョーの子分そのものなのだ。

スターハウスも青山建設もあっさり〝伸びゆく会社〟シリーズをＯＫしてきた。契約額は三千万円と五千万円。古村綾の読み勝ちだと田宮は舌を巻いた。

（下巻につづく）

（本作品はフィクションであり、実在の個人・団体などとは一切関係がありません）

この作品は1996年2月講談社より刊行されました。

徳間文庫をお楽しみいただけましたでしょうか。どうぞご意見・ご感想をお寄せ下さい。
宛先は、〒105－8055　東京都港区芝大門2－2－1　㈱徳間書店「文庫読者係」です。

徳間文庫

濁《だく》流《りゅう》 上

企業社会・悪の連鎖

2008年10月15日 初刷

著者 高《たか》杉《すぎ》良《りょう》

発行者 岩渕徹

発行所 株式会社徳間書店

東京都港区芝大門二—二—二〒105—8055

電話 編集〇三(五四〇三)四三五〇
販売〇四八(四五一)五九六〇

振替 〇〇一四〇—〇—四四三九二

印刷 製本 図書印刷株式会社

ISBN978-4-19-892866-7 (乱丁、落丁本はお取りかえいたします)

徳間書店